Leila Howland

Salzige Sommerküsse

Verliebt auf Nantucket

Leila Howland wuchs in Providence, Rhode Island, auf. Nach ihrem Abschluss an der Georgetown University lebte und schauspielerte sie fünf Jahre in New York, wo sie im Ensemble des vielfach ausgezeichneten Flea Theaters in Tribeca war. Leila Howland lebt mittlerweile mit ihrer Familie in Los Angeles, wo sie die begeisterten Leser- und Pressestimmen zu ihrem Debütroman *Salzige Sommerküsse* zu weiteren Jugendromanen inspiriert haben. Online findet man die Autorin auf Twitter @leilahowland oder ihrer Website leilahowland.com.

Leila Howland

Salzige Sommerküsse

Aus dem amerikanischen Englisch
von Alexandra Rak

Ravensburger Buchverlag

Als Ravensburger Taschenbuch
Band 54462
erschienen 2018

MIX
Papier aus verantwortungsvollen Quellen
FSC www.fsc.org
FSC® C114500

1 2 3 4 5 E D C B A

Ungekürzte Ausgabe

Die englische Originalausgabe erschien 2013
unter dem Titel »Nantucket Blue«.

Printed in Germany
ISBN 978-3-473-54462-2

www.ravensburger.de

Für meine Eltern
und für Jonny

Eins

Eigentlich müssten wir dieses Spiel gewinnen können, dachte ich. Selbst ohne Holly Howard und Dori Archer, die mit Alkohol auf dem Schulgelände erwischt und gesperrt worden waren. Die Sonne stand hoch und hell am Himmel und ein leichter Wind wehte einen Hauch von Mädchenschweiß, Duschgel und dem frischen Asphalt der Zufahrt zu mir herüber. Der Himmel war knallblau mit drei Wattewolken. Es war der perfekte Tag für ein Lacrosse-Spiel hier auf Rhode Island, und man konnte sich gar nicht vorstellen, dass irgendwo auf der Welt sonst noch etwas Wichtiges passierte. Ich wischte mir mit dem Arm über die Stirn und blinzelte gegen das Brennen der Sonnencreme an. Meine Wangen glühten, mein Pferdeschwanz spannte und meine Beine wollten laufen.

Wir spielten gegen Alden, unsere Erzrivalen der letzten hundert Jahre. Ihre Saison war nicht besonders gut gelaufen, denn praktisch alle starken Zwölftklässlerinnen waren letztes Jahr abgegangen. Somit hatten wir, die Rosewood-Mädchenschule, endlich die Chance, eine zehnjährige Pleiteserie zu beenden. Beim Hinspiel hatten wir sie haushoch geschlagen – genau wie alle anderen Gegner. Unser Schulteam war seit einem Jahrzehnt das erste Mal ohne Niederlage durch die Saison gekommen, und trotzdem standen wir jetzt mit einem Unentschieden auf dem Rasen. Uns blieben nur noch drei Minuten.

Einen Moment lang fiel es mir schwer, das alles wichtig zu nehmen. In der letzten Schulwoche, wo sämtliche Prüfungen hinter uns lagen und der ganze Sommer vor uns, fiel es mir überhaupt schwer, irgendetwas wirklich wichtig zu nehmen. Schließlich schwirrte mir der Kopf noch von den ganzen Unterrichtsfächern, Fortgeschrittenenkursen und Prüfungen. Und dann war der Sommer so nah, dass ich ihn fast schmecken konnte.

Aber ein Blick zum Spielfeldrand genügte und man nahm das Spiel doch wichtig, sehr wichtig sogar. Die Zuschauerränge, deren verwaiste silberne Sitzschalen sonst die Sonne reflektierten, waren voll besetzt mit Mädchen in Schuluniform. Geschwister aus der Unter- und Mittelstufe hatten sich auf dem Rasen vor der Tribüne breitgemacht. Eltern lehnten sich aufmerksam in ihren mitgebrachten Campingstühlen nach vorn. Meine waren wie üblich nicht dabei. Meine Mutter korrigierte im Klassenzimmer ihrer fünften Klasse irgendwelche Arbeiten, und mein Vater war in seinem Büro im Fachbereich Englisch der Rhode-Island-Schule für Design, oder vielleicht half er auch gerade seiner neuen Frau Polly und ihrem ukrainischen Adoptivsohn Alexi. Nina, die Mutter meiner besten Freundin Jules, kam normalerweise zu unseren Spielen – immer in Jeans und einem ihrer Kaschmirpullis. Die Pullis waren entweder grau oder elfenbeinfarben oder türkis, und manche hatten einen Gürtel oder Rüschen; aber diesen Frühling mochte Nina Wickeltops, und sie brachte sie in glänzenden Einkaufstaschen aus New York mit hierher nach Providence. Dort war sie jetzt auch, fiel mir gerade ein. In New York.

Unsere Schulleiterin und früherer Golfchampion Edwina MacIntosh war in ihrem rötlich braunen Lieblingskostüm gekommen. Sie hatte eine Brille aus Schildpatt und heftig dauergewellte Haare. Auch Lehrer, die sich sonst keine Spiele anschauten, waren da. Sogar Mrs Hart, die uralte Englischlehrerin, stand dort in Strumpfhosen und Pumps und linste auf das Spielfeld.

Wichtiger allerdings waren die Jungs. Für sie war schon seit dem vergangenen Wochenende die Saison vorbei. Aus Alden war eine ganze Gruppe da, auch mein zukünftiger Freund, der »zuckersüße« Jay Logan. Jules hasst es, wenn ich das Wort »zuckersüß« für etwas anderes als Essen benutze, aber an diesem Tag war er einfach zum Anbeißen – wie eine leckere Waffel auf einem geschmolzenen See aus gesalzenem Karamelleis. Er steckte in zerschlissenen Jeans und einem roten Shirt und strich sich gerade seine kastanienbraunen Locken aus den Augen. Ich schwärmte schon seit der achten Klasse für ihn und hatte auf meinem iPod eine Jay-Logan-Playlist mit fünfzehn Liedern, die mich an Erlebnisse mit ihm erinnerten. Das Jay-Z-Lied, zu dem wir auf Dani Golds Bat-Mizwa abgetanzt hatten; das eine von Elton John, das im Hintergrund lief, als ich Jay im Sommer nach der neunten Klasse mit seiner Mutter im Drogeriemarkt getroffen hatte und er mich fragte, welches Shampoo ich kaufe; das Lied von Coldplay, das ich mir immer und immer wieder anhörte, nachdem wir uns bei einem Eishockeyspiel fast zehn Minuten lang unterhalten hatten und so weiter.

Allmählich drang ich auch in Jays Kosmos ein und er nahm mich zum ersten Mal richtig wahr. Letztes Wochenende auf Joey Riveras Party zumindest ganz definitiv. Er war mir auf die Sonnenterrasse nachgegangen. Auf der standen fast nur Mädels mit glänzendem Lipgloss und lackierten Fußnägeln, die perfekt zu den rosafarbenen Weinkühlern passten. Er hätte dort ja keine eineinhalb Stunden neben mir auf dem Sofa ausharren müssen, während sich unsere Beine berührten, schließlich saßen seine Kumpels nur eine Treppe entfernt im Keller, tranken Bier und spielten Videospiele. Er hätte seinen Arm nicht hinter mir über die Lehne legen müssen, sodass mir gar nichts übrig blieb, als mich gegen seinen Körper zu lehnen und seine Nähe zu genießen.

Jetzt warf er gerade den Kopf in den Nacken und lachte über etwas, das sein Kumpel Chris gesagt hatte. Ich fragte mich, ob ich ihn auch so zum Lachen bringen könnte, ob er der Typ Junge war, der glaubte, das Mädchen lustig sein konnten.

»Konzentrier dich aufs Spiel, Cricket!«, rief mir Miss Kang, unsere Trainerin, von der Seitenlinie aus zu. Ich klinkte mich aus meinem Jay-Logan-Traum und sah meine

Teamkollegin Arti Rai wie einen Expresszug das Spielfeld entlangrasen.

Ich brach nach rechts außen aus und sprintete an drei Alden-Spielerinnen vorbei, den Schläger in der rechten Hand. Letzten Sommer hatte ich im Park einhändiges Fangen aus dem Laufen heraus geübt. Im September konnte ich den harten orangefarbenen Ball schon so problemlos aus der Luft pflücken, als würde ich einen Apfel fangen, der vom Baum herunterfällt.

Arti legte einen ihrer präzisen, kräftigen Pässe hin und der Ball landete mit einem befriedigenden Plopp in meinem Netz. Ich zog den Schläger nah an meinen Körper, drehte mich um und rannte los. Auf den Rängen gab es begeisterten Applaus, die Zuschauer jubelten und feuerten mich an. Aus dem Augenwinkel sah ich Jules, die ungedeckt auf einen Pass wartete. Ich warf und sie fing – wie immer. Wir waren ein perfekt eingespieltes Team. Die Alden-Verteidigerinnen deckten sie und ließen mich ungeschützt, also passte sie mir den Ball zurück.

Ich war mittlerweile im 12-Meter-Bereich und beschloss, dass heute ein guter Tag für einen aufgesetzten Ball war, also zischte ich zum 8-Meter-Kreis. Dort änderte ich meine Meinung und wollte ihn gerade in die linke obere Ecke schleudern, als mich wie aus dem Nichts ein Metallschläger am Kinn traf und sich ein Stollen in mein Schienbein bohrte. Zwei elende Sekunden später lag ich mit zerschrammten Händen auf dem Rasen und fraß Dreck.

Ich hörte ein kollektives Aufstöhnen.

»Gelbe Flagge«, rief die Schiedsrichterin.

Rote Flagge, dachte ich. Aber noch bevor ich den Dreck ausspucken konnte, war schon jemand neben mir, der süß und rosa roch, nach irgendeinem aufdringlichen Deo oder einem billigen Körperspray für Tussis.

»Denk nicht mal im Traum daran, dich an Jay ranzumachen«, sagte eine raue Stimme.

Ich hob den Kopf und hielt die Luft an. Wenn ich eingeatmet hätte, hätte ich womöglich angefangen zu weinen, aus Schock oder vor Schmerzen oder wegen beidem. Ich drehte mich um – neben mir hockte Nora Malloy. Von Weitem sah es bestimmt so aus, als wäre sie besorgt, aber aus der Nähe betrachtet, glich sie eher einem Puma kurz vorm Sprung. Ihrem stechenden Blick nach zu urteilen, hätte man meinen können, sie wäre jemand, den ich nicht nur gut kannte, sondern dem ich auch fürchterlich unrecht getan hatte. In Wirklichkeit hatten wir bisher vielleicht ganze vier Mal miteinander gesprochen, einmal davon hatte ich sie im *Alden Sports Center* gefragt, wo die Toiletten waren.

Nora Malloy war in der elften Klasse, und ich schätzte, sie mochte Jay so sehr, dass sie dafür sogar bereitwillig den Wettkampf aufs Spiel setzte. Aus der Nähe sah sie noch besser aus als sonst. Ich hatte Nora letzten Sommer im Bikini am Strand gesehen. Nur die wenigsten Mädchen können in Jungsshorts herumlaufen. Dafür braucht man einen runden Hintern und lange Beine. Obwohl ich mich nicht beschweren kann, was meinen Körper betrifft, sehe ich doch eher nach Mädchen aus als nach Frau. Ich bin wie meine Mutter gebaut, die sogar mit fünfundvierzig noch eher mädchenhaft wirkt.

Ich zog die Beine an und betrachtete mein Schienbein. Die Haut war nicht aufgeschürft, aber ich spürte schon jetzt, wie sich ein fetter lilafarbener Bluterguss ausbreitete.

»Hast du mich verstanden?«, fragte Nora. »Finger weg.«

»Meinetwegen«, sagte ich, nahm meinen Mundschutz raus und wischte mir über die Lippen. *Meinetwegen?* Puh. Warum fallen mir passende Antworten nie ein, wenn ich sie brauche? Sie kommen immer erst später, unter der Dusche zum Beispiel oder wenn ich am Einschlafen bin, oder allein in dem Honda Civic meiner Mom sitze und an einem Stoppschild halte – natürlich immer ohne Zeugen. Dann knistern die Antworten in meinem Hirn wie statisch aufgeladene Socken frisch aus dem Trockner.

Ich berührte mit der Zunge meine Lippe. Bitte nicht anschwellen, dachte ich. Nicht heute. Es ging das Gerücht, dass später bei Chris eine Party steigen würde – eine Party, auf der auch Jay sein würde. Seit dem Abend bei Joey Rivera lag ein Kuss zwischen uns praktisch in der Luft. Ich wollte unbedingt, dass es passierte, bevor Jay den Sommer über nach Nantucket verschwand.

»Alles in Ordnung, Cricket?«, fragte Jules ein paar Meter neben mir. Ich nickte, stand auf und wischte meine Knie ab, die voller zermatschter Grashalme waren. Vorsichtig verlagerte ich mein Gewicht auf das andere Bein. Es tat weh, aber es war nichts Ernstes. Die Zuschauer klatschten.

»Hey, Nora«, flüsterte Jules ihr unüberhörbar zu, »ich hab gehört, dass du bei Joey schon wieder in der Kiste gelandet bist. Ich hoffe, der Typ hat ordentlich abgesahnt!«

Nora fuhr sprachlos herum. Ich schlug mir die Hand vor die anschwellende Lippe.

»Blöde Kuh!«, murmelte Nora vor sich hin.

Jules zog nur die Augenbrauen hoch und schaute ihr eiskalt ins Gesicht. Sie hatte immer eine passende Antwort parat, sodass es fast an ein Wunder grenzte, dass sie jetzt den Mund hielt. Woher, fragte ich mich, nahm sie nur den Mut?

Miss Kang kam mit einem Kühlpack und einem Erste-Hilfe-Koffer angerannt. »Ist alles in Ordnung mit dir?«, fragte sie. Ich nickte und spürte, wie der Dreck zwischen meinen Zähnen knirschte.

»Das tut mit *total* leid«, sagte Nora mit honigsüßer Stimme.

»Vier Meter Abstand, Nummer sechzehn«, sagte die Schiedsrichterin. Nora zog sich zur 12-Meter-Linie zurück.

Miss Kang sah mich mitfühlend an. »Willst du ausgewechselt werden, Thompson?«

»Auf keinen Fall«, sagte ich, obwohl meine Lippe und mein Schienbein höllisch wehtaten.

»Das ist die richtige Einstellung.« Sie schaute auf die Uhr. »Fünfzehn Sekunden noch. Und so machen wir's: Du täuschst links an, weichst dann nach rechts aus und setzt den Ball in die untere Ecke.« Sie drehte sich zur Schiedsrichterin um und nickte ihr zu. Dann joggte sie mit wippendem Pferdeschwanz rückwärts vom Spielfeld und lächelte in meine Richtung.

»Gelber Ball«, sagte die Schiedsrichterin. »Geh auf deine Position, Nummer vier.«

Ich suchte den Punkt auf dem 8-Meter-Kreis, der der Stelle am Nächsten war, wo ich gefoult worden war, und nickte Jules zu, als würde ich ihr gleich den Ball passen wollen. Dann kam der Anpfiff. Ich hielt den Ball locker im Netz und joggte seelenruhig nach links, bevor ich ruckartig nach rechts abdrehte, direkt auf das Tor zuschoss und meinen Schläger so rasch vorschnellen ließ, dass es zischte. Der Ball flog nach oben, während die Torfrau sich lang schräg nach unten streckte, und landete in der linken oberen Ecke des Netzes. Es war ein geradezu eleganter Wurf.

»Ja!«, rief ich, sprang in die Luft und klatschte Jules ab. Arti Rai hob mich hoch und drehte mich im Kreis. Miss Kang ließ ihr Klemmbrett fallen und kam jubelnd zu uns gerannt. Ich hatte soeben meinen dritten Treffer in diesem Spiel gelandet und damit für die Rosewood-Mädchenschule den ersten Titel seit zehn Jahren geholt.

»Gut gespielt, gut gespielt, gut gespielt.« Unsere Mannschaften gingen in zwei Reihen aneinander vorbei. Nora bohrte mit ihren Blicken Löcher in mich.

Nora. Sie ist mit allem ausgestattet, was man für ein perfektes Highschool-Leben braucht: Sie hat ein hübsches Gesicht, einen Körper, bei dem alles an der richtigen Stelle sitzt, sie ist sportlich, hat ein wahnsinniges Selbstvertrauen und einen eigenen gelben VW-Käfer. Und ihre Reibeisenstimme trieft vor Sex-Appeal. Diese Stimme ist sozusagen das i-Tüpfelchen, als würde man in einer Jeans, die man monatelang nicht angezogen hat, einen Zehndollarschein finden. Aber Nora weiß nicht, wie sie mit der Aufmerksamkeit umgehen soll, die man bekommt, wenn man beliebt ist. Natürlich fällt den beliebtesten Schülern die Aufmerksamkeit immer wie von selbst in den Schoß, aber man muss auch damit umgehen können.

Noras Talfahrt begann letzten Sommer, als sie mit Paul Duke geschlafen hat – ein aufgeblasener Sack, wie Jules meint, aber eben ein beliebter. Er versteckt sich gerne in Schränken, wenn seine Freunde mit irgendwelchen Mädchen rummachen. Und sobald das Mädchen die Hose unten hat, springt er raus. Nachdem er mit Nora geschlafen hatte, erzählte er jedem, welche Farbe ihre Schamhaare haben (Ocker), und imitierte ihr Gestöhne, das sie angeblich drei Minuten lang bühnenreif von sich gegeben hatte. Ihr Höhepunkt wird seitdem von den Unterstufenschülern immer nachgemacht, wenn sie beim Eishockey ein Tor schießen.

Um es Paul heimzuzahlen, schlief Nora dann mit Matt Baldwin, obwohl sie nicht einmal zusammen waren. Am darauffolgenden Montag sprach Paul in der Schule kein einziges Wort mit ihr und behandelte sie, als ob sie unsichtbar wäre. Und als wäre das noch nicht genug, tat sie es wieder, diesmal auf einem mehrtägigen Schulausflug und zwar mit John Dwyer, einem Zehntklässler. Nach den Sommerferien war sie überall als »Nora das Flittchen« bekannt. Sogar ich hatte mitbekommen, dass sie es auf Joey Riveras Party vergangene Woche mit einem Neuntklässler getrieben hatte. Als Elftklässlerin einem Neuntklässler nachzusteigen ist richtig übel. Sozusagen hoffnungslos verzweifelt.

Aber so muss es nicht laufen. Man kann immer noch einen anderen Weg einschlagen.

Vor ein paar Jahren bekam eine schüchterne, aber extrem vollbusige Zwölftklässlerin namens Jenna Garbetti einen üblen Ruf. »Hast du noch nie? Dann versuch's bei der Garbetti«, lautete der Spruch. Aber anstatt nach Bestätigung von falscher Seite zu suchen, schnitt sie ihre rabenschwarzen Haare zu einem vorteilhaften Bob, ging ein paar Monate lang auf keine Partys, büffelte ohne Ende und belegte einen Kurs über Siebdruckverfahren an der Kunsthochschule. Wenige Monate später hatte sie einen Kunstpreis gewonnen und die Zusage für Yale in der Tasche. Oder anders ausgedrückt: Sie verwandelte die falsche Art von Aufmerksamkeit in die richtige, und als das nächste Frühjahr kam, war sie wieder vorne mit dabei. Letztes Jahr, als mich ein paar Zwölftklässlerinnen fragten, ob ich nicht mit in ihren Aufenthaltsraum kommen wollte, und mir tatsächlich zuhörten, als ich was erzählte, und als ich auch den Streit zwischen Greg Goldberg und Liam Hardiman mitbekam, wo es darum ging, wer mit mir zum Arden-Frühjahrsball gehen würde, und als sogar Lehrer zu mir sagten, dass ich wie das Mädchen auf dem Fahrrad aus der Maybelline-Werbung aussehe, da schwor ich mir: Falls ich jemals die falsche Art von Aufmerksamkeit auf mich ziehen würde, würde ich es wie Jenna Garbetti machen – abtauchen, gut aussehen und lernen.

»Gut gespielt, gut gespielt, gut gespielt.« Nora und ich waren noch drei Spielerinnen auseinander, dann zwei, dann nur noch eine. Als wir mit dem Händeschütteln an der Reihe waren, hielt ich ihr meine hin, aber sie drehte sich weg und ließ mich mit meiner ausgestreckten Hand stehen.

Arti Rais Mom hatte uns wie immer Miniflaschen mit einem isotonischen Getränk mitgebracht und Schokoladencupcakes gebacken. Dieses Mal mit einem Erdnussbuttertopping. Als unser Team ausgelassen und hungrig auf die Auswechselbank zusteuerte, ließ ich mich ein paar Schritte zurückfallen und suchte Jay. Er stand bei den Alden-Fans, schaute aber zu mir herüber. Er lächelte und zog den Zeigefinger über seine Kehle, was so viel heißen sollte wie: Ich kann unseren Block unmöglich verlassen und dem Feind gratulieren, ohne dabei mein Leben zu riskieren.

Ich lachte über seine Pantomime, die er sofort sein ließ, als Chris sein verräterisches Verhalten entdeckte. Er zuckte Chris gegenüber nur unschuldig mit den Schultern und zwinkerte mir zu. Ich wollte gerade zurückzwinkern, als sich unsere Schulleiterin Edwina MacIntosh mit ihren ganzen 1,82 Meter vor mir aufbaute und meine Hand schüttelte. Wir nannten sie insgeheim Ed.

»Du hast Starqualitäten, Cricket Thompson«, sagte sie und zerquetschte mit dabei fast die Hand. Manchmal vergaß sie, wie viel Kraft sie hatte.

»Danke, Miss MacIntosh«, sagte ich. Da ich seit dem Kindergarten in diese Schule ging, kannte ich Ed ziemlich gut. Verdammt, ich war länger hier als sie. Und meine Mutter und meine Großmutter waren auch beide auf die Rosewood gegangen.

»Judy, warte mal kurz.« Ed winkte die Schiedsrichterin zu sich.

Jules reichte mir einen Cupcake. »Also, du weißt doch, dass heute bei Chris diese Party steigen sollte?«, sagte sie und nahm sich selbst einen zweiten. Jules hat die braunen Locken ihrer Mutter, eine Stupsnase und gut trainierte schlanke Beine. Außerdem hat sie den Stoffwechsel eines Geparden.

»Ja?«

»Tja, es gab da eine kleine Planänderung«, sagte sie mit

vollem Mund. »Offenbar sind Chris' Eltern nun doch nicht nach Cape Cod gefahren.« Sie rammte ihren Schläger in den Boden und lehnte sich dagegen, wie auf einen provisorischen Stuhl. Die Füße schlug sie übereinander.

»Und wo findet sie jetzt statt?«, fragte ich, während ich das Papierförmchen vom Cupcake zog und dem Alden-Team dabei zusah, wie sie in ihren Bus stiegen, der genauso rot war wie ihre Trikots.

»Bei Nora Malloy«, sagte Jules und leckte sich die Buttercreme von den Fingern.

Zwei

»Irgendwie habe ich Angst.« Ich setzte mich auf dem Bett, das nahe am Fenster stand, aufrecht hin – es war in den letzten Jahren seit der Scheidung meiner Eltern mehr oder weniger zu meinem geworden – und zog meine Jeans hoch, um ihr den Bluterguss zu zeigen. »Das hat Nora in aller Öffentlichkeit getan. Wer weiß, wozu sie in ihren eigenen vier Wänden fähig ist.«

»Oh, bitte. Was soll sie denn groß machen?«, fragte Jules. Sie hatte einen Arm über ihren nackten Bauch gelegt und stand in Unterhose und BH vor dem Schrank und überlegte, was sie anziehen sollte. Ich hörte, wie ihr Bruder Zack die Treppe hochkam und im Arbeitszimmer den Fernseher anstellte. Ich war total gern bei Jules. Ihr Haus war groß, aber nicht zu groß, es wirkte angenehm chaotisch und roch ein wenig nach dem Parfüm ihrer Mutter. Jules' Zimmer mochte ich am liebsten. Es hatte einen dunklen Holzboden und große Fenster mit weißen, bauschigen Gardinen und war in einem kräftigen beruhigenden Blau gestrichen. Jules nannte die Farbe »Nantucket Blau«, weil das Meer in Nantucket an einem wolkenlosen Tag genauso aussah.

»Außerdem ist ja wohl ziemlich offensichtlich, dass Jay dich mag«, sagte sie, während sie sich durch ihren Schrank wühlte.

Ich ließ mich mit einem breiten Grinsen aufs Bett zurückplumpsen und trommelte mit den Fingern auf die hellgelbe Tagesdecke.

»Glaubst du, dass ich mit Jay mein erstes Mal erleben werde?«, fragte ich. Ich biss mir auf die Lippe, um mein Lächeln zu verbergen – ich wollte nichts beschreien. Jules und ich waren beide noch Jungfrauen, obwohl sie letzten Sommer mit einem Internatstypen schon ziemlich weit gekommen war.

»Gut möglich«, sagte Jules. »Aber hüpf nicht sofort mit ihm ins Bett.«

»Oh mein Gott, nein. Ich halte mich schön an die 6-Monats-Regel«, sagte ich. Jules und ich fanden, dass ein halbes Jahr die perfekte Zeitspanne war, die man mit einem Typ zusammen sein sollte, bevor man Sex hatte. Nach dieser Zeit wusste man, dass man nicht benutzt wurde. Ich drehte mich um und starrte an die Decke.

»Mir ist gerade was Blödes eingefallen«, sagte ich. »Was ist, wenn Jay mal so wird wie sein Bruder?« Jay hat einen älteren Bruder, der in der Oberstufe genauso war wie er: großartig, beliebt und sportlich. Aber dann hatte er das College geschmissen und war betrunken am Steuer erwischt worden, und jetzt wohnte er wieder zu Hause und arbeitete in einem Bagel-Laden. Und da er keinen Führerschein mehr hatte, lief er andauernd zu Fuß herum und hatte echt üble Augenringe. Ich sah ihn genau vor mir. »Er ist so ein Versager.«

»Cricket«, sagte Jules. »Das ist gemein.« Aber sie grinste. Und das war typisch Jules. Bei ihr konnte ich immer sagen, was ich wirklich dachte, und sie mochte mich trotzdem noch. Eigentlich glaube ich fast, wenn ich solche Sachen sagte, Sachen, die man zwar denken darf, aber besser nicht laut aussprach, dann mochte sie mich noch mehr.

»Tut mir leid, aber es stimmt«, sagte ich. »Er sieht doch ständig traurig aus. Ich komme mir immer richtig mies vor, wenn ich zum *Bagel Place* gehe.«

»Mir geht's genauso. Ich hasse es, wenn er gerade Schicht hat. Und wenn ich was bestelle, kann ich mich gar nicht normal verhalten.«

»Hoffentlich liegt das nicht in den Genen! Ich finde nämlich, dass Jay und ich irgendwann mal heiraten sollten. Also, nachdem wir beide an der Uni waren.«

»Darf ich denn deine Trauzeugin sein?«

»Natürlich.« Ich seufzte. »Ich mag gar nicht dran denken, dass ich ihn jetzt schon wieder ewig nicht sehe, sozusagen *monatelang!*«

Jay brach bald nach Nantucket auf. Genau wie Jules. Im Sommer gingen alle irgendwohin. Nach Cape Cod. Martha's Vineyard. Arti zu einem Kunstkurs nach Innsbruck in Österreich. Sogar Nora Malloy verreiste. Sie würde den Mount Rainier besteigen (und vermutlich auch ein paar ihrer Bergsteigerkollegen).

»Man weiß nie, was noch alles passiert«, sagte Jules und hielt eine weiße Jeans vor sich.

Ich konnte gut auf einen weiteren Sommer hier in Providence verzichten, wo ich ohnehin nur den Babysitter für Andrew King spielen sollte. Während alle anderen an irgendwelchen tollen Orten waren, würde ich das Planschbecken in der Einfahrt der Kings aufbauen. Aber meine Familie hatte einfach nicht genug Geld für ein Sommerdomizil oder eine Reise nach Europa. Ich sah mich schon dieses bescheuerte Plastikbecken in der Mittagshitze mit dem Gartenschlauch auffüllen, und dann, wenn die Straßenlaternen angingen, den Rand runtertreten, damit das Wasser wieder ablief.

Durch den Deckenlautsprecher schmetterten Trompetenklänge in Jules' Zimmer.

»Klingt ganz nach meiner Mom«, sagte Jules.

Nina hatte gerade einen südafrikanischen Jazzmusiker für sich entdeckt, über den sie etwas gelesen hatte, und hörte sein neues Album in einer Endlosschleife – wie ein Teenager, der seinen neuesten Popstar im Surround-Sound durch das Haus dröhnen ließ. Wir legten sofort mit unserem Tanz los, den wir uns für die inzwischen vertrauten Klänge ausgedacht hatten. Jules spielte Lufttrompete und ich wirbelte um sie herum.

Jules und Zack machten sich gerne mal über Ninas Leidenschaften lustig, aber ich mochte es, wie sie sich voll und ganz auf etwas konzentrierte – einen Dichter oder einen Regisseur oder auch nur eine Farbe, einen bestimmen Orangeton zum Beispiel. Und dann wurde eine Ecke des Hauses durch ihre Neuentdeckung verändert. Im Eingangsbereich stand ein großformatiges Buch über mexikanische Kunst, aus dem gelbe Klebezettel ragten, unten im Bad hatte sie mit Schablone ein William-Carlos-Williams-Zitat aufgemalt, oben im Arbeitszimmer hing ein altes John-Coltrane-Poster, und auf dem Esszimmertisch stand eine gelbe Porzellanschüssel mit Aprikosen.

Letzte Woche erst hatte Nina mich gefragt, ob ich ihr aus einem Buch von Jonathan Franzen vorlesen könne, das sie beim Kochen nicht aus der Hand legen wollte. Also setzte ich mich im Schneidersitz auf die Arbeitsfläche. »Was würde ich nur ohne dich tun, Cricket?«, sagte Nina, als ich das Kapitel zu Ende gelesen hatte. Sie schnitt gerade Zwiebeln fürs Abendessen. »In diesem Haus liest mir sonst niemand vor.«

Mr Clayton war in der Arbeit. Zack lernte für eine Prüfung. Jules schaute im Arbeitszimmer *Splash*. Sie war verrückt nach Filmen aus den Achtzigern.

»Ich mag den Typen«, sagte ich, während ich das Buch umdrehte, um mir das Autorenfoto anzusehen. »Ich mag, wie er die Immobilienfrau in ihren Jeans beschreibt. Und wie er über ihre Haare spricht!«

Nina blinzelte Zwiebeltränen weg und schaute auch auf das Foto. »Wetten, dass er in Jeans ziemlich gut aussehen würde.« Sie nippte an ihrem Wein, stellte das Glas ab und presste Knoblauch. »Okay, lies weiter.«

Ich lächelte und blätterte um.

Als Zack die Tür öffnete, hüpfte ich zu dem Flötensolo in dem südafrikanischen Jazzstück um eine halb nackte Jules herum. »Hey, Mom hat wohl gerade ihre Dashiki-Laune.« Er kam ins Zimmer, blieb aber beim Anblick von Jules in BH und Unterhose wie angewurzelt stehen. »Was zum Geier treibt ihr beide da? Mann, warum habt ihr mich nicht vorgewarnt?«

Er rannte wieder raus.

»Hättest ja anklopfen können«, rief Jules ihm hinterher und lachte sich halb schlapp.

»Ich wusste doch nicht, dass du in deiner verdammten Unterwäsche steckst. Jetzt bin ich fürs Leben gezeichnet«, brüllte er vom Flur her.

»Wenigstens hatte sie keinen String an.« Ich zog die Tür hinter mir zu, damit Jules sich in Ruhe anziehen konnte.

»Das macht es auch nicht besser«, sagte er und verkrümelte sich ins Arbeitszimmer. Er saß auf dem Sofa und stützte seinen Kopf. »Na, großartig. Vielen Dank auch, jetzt krieg ich's nicht mehr aus dem Kopf.«

»Das ist auch nichts anderes als ein Badeanzug.«

»Oh doch«, sagt er. »Keine Ahnung wieso und keine Ahnung warum, aber das ist es.« Sein rechter Mundwinkel zuckte. Er legte seine Füße auf den Beistelltisch und überkreuzte sie. »Jetzt muss ich einen Termin bei meinem Kummerdoktor machen.« Die Claytons waren vor vier Jahren von New York hierher gezogen. Laut Jules war

Zack ein ängstliches Kind mit dicken Brillengläsern gewesen, das fast die gesamte Grundschulzeit einen Psychiater besucht hatte, seinen »Kummerdoktor«. Die meisten Leute schämen sich wegen ihrer Therapie, aber Zack sprach offen über seine Zeit auf dem Stuhl. »Es ist kein Sofa«, sagte er, »sondern ein bequemer Lederstuhl mit Sitzkissen, wahrscheinlich aus den Siebzigern« – und das erzählte er jedem, der danach fragte. Als sie hierher gezogen waren, hatte er eine Klasse wiederholt, und in Alden hatte er sich zu einem witzigen, eher unauffälligen Neuntklässler entwickelt, der selbstbewusst seine Brille mit dunklem Rahmen trug und viele Freunde hatte.

»Gutes Spiel heute übrigens, Cricket.« Ich hatte gar nicht mitbekommen, dass er da gewesen war. »Und ja, ich wechsle hemmungslos das Thema. Du warst große Klasse da draußen.«

»Oh, danke«, sagte ich und ließ mich neben ihm aufs Sofa plumpsen.

»Du bist so schnell wie ein Tier, das vor einem Fressfeind davonläuft, der in der Nahrungskette eins über ihm steht.«

»Bin ich für dich etwa ein Tier, Zack Clayton?« Ich schlug mit einem Kissen nach ihm, das mit einem Krebs bestickt war.

»He, der gute Krebs ist gegen jede Form von Gewalt«, sagte er, nahm mir das Kissen aus der Hand und stopfte es sich hinter den Kopf. »Ich meinte nur, dass du wie ein

Präriehund ausgesehen hast, der vor einem Schakal davonrennt.«

»Jetzt bin ich also ein Präriehund?« Er nickte. Ich schaute mich nach einem anderen Kissen um, doch ehe ich eins entdeckt hatte, hatte er es auch schon geschnappt und hielt es sich abwehrend vors Gesicht.

Langsam ließ er es sinken. »Aber wer sagt eigentlich, dass es schlecht ist, ein Tier zu sein? Ich persönlich glaube ja, dass wir unsere animalischen Triebe viel mehr würdigen sollten.«

»Wenn ich euch beide jemals dabei erwische, wie ihr euren animalischen Instinkten folgt, dann kotze ich zweimal und sterbe«, sagte Jules, die aus ihrem Zimmer aufgetaucht war. Sie hatte sich für eine Jeans und ein weich fallendes, tief ausgeschnittenes T-Shirt entschieden, über dem sie eine leichte Strickjacke trug.

»Ich habe nicht geflirtet«, sagte ich.

»Wer hat hier was von Flirten gesagt?« Zack grinste mit hochgezogenen Augenbrauen. Ich sah ihn schockiert an.

»Erwischt«, sagte Jules. Zack presste das Kissen an sich, legte den Kopf nach hinten und lachte lautlos.

»Spiel hier nicht den arroganten Arsch, Zack«, sagte Jules und drehte sich dann zu mir. »Nur damit du Bescheid weißt, er hat einen Pilz am Rücken. Was bedeutet, dass wir einen echten Schimmelpilz unter uns haben.«

»He, den habe ich schon lange nicht mehr«, sagte Zack

und rückte den Schild seiner Baseballkappe zurecht. »Und er war auch nur auf meiner Schulter.«

»Ich hoffe, du hattest Flip-Flops in der Dusche an, Cricket«, sagte Jules.

»Abendessen ist fertig!«, rief Mr Clayton von unten.

Jules schlang sich eine lange Kette um den Hals. »Mal sehen, was Mom mir aus der Stadt mitgebracht hat.«

Ich sprang vom Sofa und folgte ihr die schmale Hintertreppe hinunter.

Nina war nicht in Dashiki-Laune – sie war überhaupt nicht da. Es war Mr Clayton, der den südafrikanischen Jazztypen aufgelegt hatte. Er steckte noch in seinem Anzug, hatte das Telefon unters Kinn geklemmt und packte gerade Salate aus einer Papiertüte, die mit dem vertrauten Schriftzug einer Pizzeria hier aus Providence bedruckt war. Die Pizzas standen schon auf dem Tisch. Zack hatte die Schachtel aufgeklappt und zog ein Stück heraus, als Mr Clayton ihm das Telefon reichte. »Deine Mutter will mit dir sprechen.« Zack nahm den Hörer.

»Kommt Mom nicht nach Hause?«, fragte Jules. Mr Clayton schüttelte den Kopf und sagte, dass Nina fürchterliche Kopfschmerzen habe. Sie sei von der Einkaufstour mit ihrer Freundin so erledigt, dass sie noch eine weitere Nacht in der Stadt bleiben werde, was bei den Claytons New York hieß, und dass sie sich was aufs Zimmer kommen lassen werde.

»Aber ich dachte, wir würden …?« Jules flüsterte ihrem Vater etwas zu und er flüsterte zurück. Zack reichte das Telefon an Jules weiter, und sie nahm es mit ins Esszimmer, um in Ruhe mit Nina zu reden. Dann schaute sie um die Ecke und winkte mich zu sich. Sie nahm den Hörer vom Mund. »Wir würden gerne wissen, ob du diesen Sommer mit uns nach Nantucket kommen willst?« Ich schrie und schlang meine Arme so heftig um Jules, dass wir rückwärts auf den gepolsterten Fensterplatz stolperten und sie das Telefon fallen ließ. Ihr Bauch spannte sich unter mir vor Lachen an.

Jules hat mir schon so viel von dieser wunderbaren Insel erzählt. Ich hatte Fotos von den Claytons gesehen, auf denen sie sonnengebräunt, barfuß und glücklich in die Kamera schauten, Fotos von ihrem Haus, vor dem zwei Bänke stehen, von der Terrasse, die seitlich um die Ecke führt, und von dem Garten hinterm Haus, der wie ein englischer Garten angelegt ist und in dem sich Schmetterlinge und Hasen tummeln. Ich hatte auch die Namen von Orten auf Nantucket schon gehört, die alle wie eine Geheimsprache klangen: Shimmo, Sconset, Sankaty, Miacomet, Madaket, Madequecham. Cisco, Dionis, Wauwinet. Ich hatte von Strandpartys im Mondschein gehört, die so lange dauerten, bis man sich zusammen den Sonnenaufgang ansah, und zwar mit Gleichaltrigen, die Parker und Apple und Whit hießen. Ich hatte Fotos von einem Leuchtturm gesehen, der wie eine Zuckerstange aussieht, und von einer

Stadt mit Kopfsteinpflaster, wo es so sicher ist, dass die Eltern ihre Kinder unbeaufsichtigt herumstromern lassen. Ich hatte schon mal Ninas Marmeladenglas voller Nantucket-Sand in der Hand gehalten, der so weiß und feinkörnig war wie Zucker. Und ich hatte in Jules' Zimmer ein gerahmtes Poster voller kleiner Boote mit regenbogenfarbenen Segeln so lange angestarrt, dass ich beinahe den salzigen Wind auf meiner Haut spüren konnte.

»Heißt das, ja?«, drang Ninas Stimme leise durch die nadelgroßen Löcher des Telefonhörers. Ich hob das schnurlose Teil auf.

»Ja«, sagte ich. Doch dann besann ich mich. »Ich glaube, ich muss erst noch meine Mutter fragen.«

»Ich hab schon mit ihr gesprochen, Liebes. Sie sagt, dass du das selber entscheiden darfst.«

»Im Ernst?« Ich drückte Jules' Hand und sagte: »Danke, vielen Dank!«, ins Telefon. Keine unfreiwilligen Wochenenden mit Dad und Polly und Alexi, keine Samstagabende, an denen ich mit Mom vor dem Fernseher hing oder mir Sorgen machte, warum sie schon um halb neun ins Bett ging. Stattdessen würden Jules und ich uns einen Ferienjob suchen, auf Partys gehen und ganze Nächte lang aufbleiben. Ich würde die meiste Zeit im Bikini herumlaufen. Ich hätte den ganzen Sommer Sand in den Schuhen, und wenn ich ins Bett ginge, wären meine Haare vom Salzwasser ganz hart. Ich würde immer den Geruch des Meeres in der Nase haben und auf Kopfsteinpflasterstraßen in die

Stadt laufen. Und Jay wäre auch da. Außerdem war ich mir inzwischen ziemlich sicher, dass wir uns in diesem Sommer verlieben würden.

Nina wollte gerade auflegen, als ich ihr sagte, dass ich sie lieb hatte. Einfach so. Ich wurde rot. Wie peinlich! Wer sagt denn so was zu einer anderen Mutter? Es stimmte natürlich, aber ich hatte es nicht sagen wollen. Ich war einfach rundherum glücklich.

Nina zögerte keine Sekunde. »Oh, ich hab dich auch lieb, Cricket. Und du wirst begeistert von dieser Insel sein. Wenn du mal einen Sommer auf Nantucket verbracht hast, bleibt ein kleines Stück von dir dort für immer zurück. Sag bitte allen, dass ich später noch mal anrufe. Ich leg mich jetzt erst mal hin. Mir geht es nicht so gut.« Und dann legten wir auf.

Ich hatte keine Ahnung, dass das genau die richtigen Worte waren. Ich hatte keine Ahnung, wie wichtig es war, dass ich sie gesagt hatte. Denn als wir in Noras Einfahrt einbogen und an ihr vorbeiliefen, während sie Bier zapfte, als Jules und ich Jay entdeckten, der mit den anderen Jungs die Liegestühle am Pool belagerte, als ich Jay sagte, dass ich auch nach Nantucket fahren würde, und er antwortete, dass das »die besten Neuigkeiten überhaupt« seien, da war Nina bereits tot.

Drei

Nina wurde vom Zimmerservice gefunden. Sie hatte ein Aneurysma gehabt. (Das ist eine unheimliche Sache – es kann *einfach passieren.*) Sie war kurz nach acht gestorben, kurz nachdem wir aufgelegt hatten. Aber als ich am nächsten Morgen, einem herrlichen Sommermorgen, früher als Jules aufwachte, erzählte mir Mr Clayton nichts davon.

Ich war schon seit Ewigkeiten wach. Ich wartete darauf, dass Jules ein Lebenszeichen von sich gab, zum Beispiel verschlafen blinzelte, ihre Faust öffnete oder tief Luft holte, irgendwas, was mir zeigen würde, dass sie allmählich aus ihrem Dornröschenschlaf erwachte. Was sie aber nicht tat. Also stellte ich eine Liste mit Gründen auf, warum ich Jay mochte. Nur die Top Five. *Erstens, er ist schön. Er hat große, verträumte Augen und den knackigsten Jungshintern, den ich kenne. Zweitens, er ist ein echt guter Sportler.* Auf dem Lacrosse-Feld sieht er fast wie ein Krieger aus, anmutig und gleichzeitig kraftvoll. Ich glaube, er wirkt auch deshalb so attraktiv auf mich, weil ich ganz primitiv auf seine potenziellen Fähigkeiten als Jäger anspringe, während ich selbst lieber Beeren sammle. *Drittens, ich mag, wie er steht.* Zugegeben, das hört sich echt komisch an, aber das hat etwas. Ich kann es nicht erklären. *Viertens, er hat eine tolle Familie.* Seine Mutter ist total hübsch. Ihre langen roten Haare sehen immer ein bisschen zerzaust aus, was sie jünger wirken lässt, und sein Vater hat tolle, alte Autos. Und obwohl sein Bruder gerade eine schwere Zeit durchmacht, glaube ich, dass er trotzdem eine innere Größe besitzt. Irgendwie sieht man ihm das an, wenn er durch die Gegend läuft. Obwohl etwas in ihm zerbrochen ist, läuft er selbstbewusst herum. *Fünftens, Jay hält immer zu seinem Bruder, was mir zeigt, dass er ein guter Mensch mit einem großen Herzen ist.* Er wäre echt ein super Freund.

Um elf Uhr trat ich schließlich die Decke weg. Ich hatte Hunger. Ich dachte an das Abendessen und musste grinsen. Die Einladung nach Nantucket war kein Traum gewesen, oder? Nein, es gab sie wirklich. Es gab sie wirklich und ich hatte noch alles vor mir, und die Zukunft funkelte wie eine ferne Stadt im Abendlicht.

Oben am Treppenabsatz zögerte ich. Normalerweise hätte ich jetzt Küchengeräusche gehört: den Kühlschrank, der auf- und zugemacht wird, die Besteckschublade, die Zeitung, deren Seiten umgeblättert und zusammenfaltet werden, nackte Füße, die über die hellen Holzdielen tappen. Normalerweise hätte ich Kaffee gerochen, getoastetes Zimtbrot, vielleicht auch Frühstücksspeck, und ich hätte die Energie gespürt, die von Nina ausgeht, wenn sie in Baumwollpyjamahose und einem Uni-T-Shirt in der Küche herumwerkelt. Doch an diesem Morgen fühlte sich das

Haus so an wie die Welt, wenn es die ganze Nacht über geschneit hat: leise und gedämpft, keinerlei Geräusche. Es roch nach nichts. Ich ging trotzdem hinunter. Vielleicht waren sie kurz was besorgen gegangen?

Ich war mir so sicher, allein zu sein, dass ich Selbstgespräche führte. Ich wiederholte, was Jay am Abend vorher zu mir gesagt hatte, als ich im Gartenstuhl auf seinem Schoß gesessen hatte. »Weißt du überhaupt, wie süß du bist?«, hatte er gefragt. Seine Worte kitzelten an meinem Hals, er ließ mich leicht auf seinen Knien wippen. »Hm, sag mal?« So was konnte ich niemandem erzählen, ohne dass es angeberisch klang oder blöd und vielleicht auch sexistisch. Edwina MacIntosh zeigte in ihrer alljährlichen Vorlesung *Kritische Betrachtungen zur Geschlechterfrage in den Medien* regelmäßig Bilder von Frauen in Zeitschriften, die in aufreizenden Klein-Mädchen-Posen abgelichtet worden waren. Diese Fotos waren echt total daneben. Als ich also auf Jays Schoß saß, hatte ich ein bisschen ein schlechtes Gewissen, als würde ich den Erwartungen der Rosewood-Mädchenschule nicht gerecht werden. Ich konnte unmöglich jemanden erzählen, dass ich mich gleichzeitig schüchtern und hübsch und mächtig gefühlt hatte.

Und ich konnte auch kaum glauben, dass wir uns nicht geküsst hatten. Er und seine Freunde hatten mit irgendeinem Trinkspiel angefangen und keiner von denen hatte seine Freundin dabei. Aber ich erinnerte mich mit einem

Grinsen daran, dass er mich nach meiner Telefonnummer gefragt und sie in sein Handy eingetippt hatte.

Erst als ich das Brot aus dem Kühlschrank geholt hatte und mich umdrehte, bemerkte ich Mr Clayton, der unbeweglich und ruhig dasaß wie das Steindenkmal von Abraham Lincoln, das wir auf unserer Klassenfahrt nach Washington gesehen hatten. Vor ihm stand ein Becher Kaffee. Er war kreidebleich. Er hielt etwas fest. Es war um seine Hand gewickelt. Ein Verband? Ein Kissenbezug? Er ließ seine Hand in den Schoß sinken.

»Du musst nach Hause«, sagte er und schluckte. Er sagte das leise und ernst, und es war nicht die Stimme, mit der er sonst mit seinen Kindern sprach. Oder mit mir.

Ich wusste instinktiv, dass ich jetzt besser nicht nachfragte. Ich nickte und ging leise die Treppe hoch, immer zwei Stufen auf einmal, schlüpfte in meine zugebundenen Turnschuhe und lief mit meiner halb zusammengepackten Übernachtungstasche durch die Haustür. Ich war durcheinander und tat einfach, was von mir verlangt wurde. Mir fiel auf, wie heiß es war, es war beinahe Mittag, und ich hatte mir noch nicht mal die Zähne geputzt oder ein Schluck Wasser getrunken. Bis zu mir nach Hause waren es drei Kilometer. Außerdem hatte ich mein Handy vergessen, es hing zum Aufladen an Jules' Steckdose.

Als ich den Briefkasten an der Ecke erreichte, wusste ich auf einmal, was Mr Clayton in der Hand gehalten hatte. Das Schlafshirt von Nina. Sobald ich in die Küche gekommen war, hatte er es an sein Gesicht gepresst. *Diese roten Augen. Die seltsame, wackelige Stimme.* Er hatte geweint. Und das war der Moment, als ich mich ohne einen weiteren konkreten Hinweis fragte, ob sie vielleicht gestorben war. Ich blieb stehen, berührte meine Lippen und schloss die Augen. Eine eiskalte Schwärze schlug über mir zusammen, als ob ich gekentert wäre und mich ein Anker auf den Grund des Meeres ziehen würde. Aber das konnte ja nicht sein. Es war schrecklich, so was auch nur zu denken.

Ich schloss die Haustür auf. Moms Frühstücksteller stand einsam und allein vollgekrümelt in der Spüle, daneben ihr Kaffeebecher, auf dem Lineale und Äpfel das Wort »Lehrer« bildeten. Meistens essen wir auf Papierservietten oder nehmen die Kunststoffbehälter von der Feinkostabteilung irgendwelcher Supermärkte und brauchen deshalb so wenig Geschirr, dass die Spülmaschine nur sonntags läuft.

Was nicht immer so gewesen war. Es gab Zeiten, da habe ich Teller voller Käse und Cracker auf einer der spontanen Dinnerpartys meiner Eltern herumgereicht. Ich spielte die Bedienung, bis ich ins Bett musste, und dann schlief ich beim Geruch von Brathähnchen und Partylärm ein, der durch die Lüftungsschlitze zu mir drang. Bevor Mom zu Bett ging, sah sie noch mal nach mir, und manchmal muss ich im Schlaf gekichert haben. Damals glaubte ich, das läge daran, dass ich kurz vorm Einschlafen noch ihr Lachen gehört hatte.

Am nächsten Morgen machten wir aus dem Aufräumen immer ein Spiel und fingen noch im Schlafanzug damit an. Mom kochte eine große Kanne Kaffee, Dad kaufte ein Dutzend Donuts, und wir schauten, wie viele Teller wir während eines Lieds aus den Achtzigern abgewaschen bekamen. Barfuß und mit rot lackierten Zehennägeln sang Mom die Texte in perfekter Tonlage mit. Sie war von dem ganzen Kaffee und Zucker richtig high. Ich weiß noch, wie sie mit nach vorn geschüttelten Haaren Bon Jovi sang und ich mich fragte, warum sie eigentlich nicht berühmt war.

Aber das war schon ewig her. Damals hatte sie noch eine gesunde Gesichtsfarbe und lange Haare und machte sich immer für die Schule zurecht, auch wenn alle anderen Lehrer nur in Jeans und Turnschuhen kamen. Das war, bevor die Partys weniger wurden und die Streitereien begannen. Das war, bevor ich Flüche durch die Lüftungsschlitze hörte statt Gelächter. Bevor Dad auszog und sich das Haus mit Schweigen füllte: einem schweren, drückenden Regenwolkenschweigen.

Das Telefon klingelte und schreckte mich aus meinen Erinnerungen. Wahrscheinlich war das Jules, aber ich konnte das Telefon nicht finden. Es stand nicht auf der Station, daher folgte ich dem Piepston durchs Wohnzimmer, bis ich es gerade noch rechtzeitig zwischen den Sofakissen entdeckte. »Hallo?«

»Hallo, ich bin's«, sagte Jules.

»Jules?« Sie hörte sich nicht an wie sonst. »Hey«, sagte

ich. »Alles in Ordnung?« Es entstand eine Pause. Mir wurde schlecht. Ich saß auf der Sofakante. »Jules?«

»Meine Mom ist gestorben«, sagte sie. Ihre Stimme war abgehackt, tonlos. »Sie hatte in New York ein Aneurysma.« Sie sagte das Wort, als würde sie es schon ihr ganzes Leben lang benutzen.

»Ein was?«, fragte ich und rang nach Luft.

»Das ist, wenn der Kopf blutet, innendrin.«

»Oh mein Gott«, sagte ich und legte mich hin. Ich war völlig fertig, dass Jules den medizinischen Ausdruck erklärte. Ich schloss die Augen. Mir schnürte es die Kehle zu. Mein Bauch tat weh. »Das ist ja furchtbar, Jules. Das tut mir unendlich leid. Ich kann es einfach nicht glauben.« Ich wartete, dass sie weinte oder schrie oder irgendwas machte, aber ich hörte sie nicht einmal atmen.

»Ich hab dich lieb«, sagte ich. »Und wenn du irgendwas brauchst, egal was, sag einfach Bescheid, ja?«

»Danke«, sagte Jules.

Ich umklammerte das Telefon, presste es gegen mein Gesicht. Ich wusste nicht, was ich noch sagen sollte. Nach ein paar weiteren wortlosen Sekunden sagte sie schließlich: »Ich muss jetzt los«, und legte auf.

Ich rannte nach oben und brach im Bett meiner Mutter zusammen. Ich weiß nicht, wann ich das letzte Mal vor ihr geweint hatte. Während der Scheidung war ich stoisch geblieben – Schotten dicht und zweimal abgeschlossen wie die Schule an Weihnachten. Ich war immer überaus freundlich und tüchtig gewesen. Es war zu gefährlich, vor ihren Augen zu weinen. Weil es genau das war, was sie von mir erwartete. Ich sollte die Niederlage eingestehen, auf den Trauerzug aufspringen und mit ihr in die verfallene Casa de Scheidung einziehen. Was ich aber gar nicht wollte. Doch das hier war anders.

»Ich hab sie so lieb gehabt«, sagte ich und atmete stoßweise.

»Ich weiß«, antwortete Mom. Sie hielt mich fest und mein Kinn lag auf ihrer Schulter, ich zitterte am ganzen Körper, mein Atem prallte von meinen Rippen ab. »Arme Jules«, sagte sie. »Arme, arme Jules.«

Mom erlaubte mir, dass ich die Feierlichkeiten zum Gründungstag ausfallen ließ und auch den Tag, an denen die Auszeichnungen verliehen wurden, obwohl ich in Geschichte den Anne-Hutchinson-Preis gewonnen hatte und dann noch einen in Sozialkunde. Ich könnte sie später abholen, hatte Ed gesagt. Zur Abschlussfeier, wo die Zwölftklässlerinnen in weißen knielangen Kleidern auf der Bühne standen, ging ich aber. Ich sang mit dem Chor mit wie an all den anderen Schulabschlussfeiern auch. Und mir ging es dadurch sogar ein bisschen besser. Weder meine Mutter noch mein Vater sind religiös; ich schätze mal, dass die Schullieder, die ich jetzt schon elf Jahre lang gesungen hatte, für mich das waren, was Gebeten am nächsten kam. Jules war nicht da.

Ich hätte sie gern angerufen, wäre gern zu ihr rübergegangen, in eins der beiden Betten in ihrem Zimmer gekrabbelt, hätte gern eine Schachtel Berliner mit ihr und Zack gefuttert und zusammen Filme angeschaut. Ich hätte gern bei ihnen im Garten auf diesen gestreiften Kissen gesessen und südafrikanischen Jazz gehört. Ich hätte gern ein Glas von Ninas Rotwein getrunken und mit den anderen geweint. Aber meine Mutter bestand darauf, dass ich mich nicht vom Fleck rührte; sie sagte, dass ich ihnen die Zeit lassen müsse, als Familie zu trauern. Und das alles in ihrer Lehrerinnenstimme. Ich wusste ja, dass sie recht hatte, aber wer außer den Claytons konnte mich verstehen? Wer außer ihnen fühlte sich sonst noch so? Wir schickten eine Pflanze vorbei, auf die ich ungelogen eifersüchtig war. Die Pflanze durfte bei ihnen sein.

Am dritten Tag machte ich Lasagne für sie. Ich hatte im Netz ein gesundes Rezept rausgesucht (sie brauchen gesundes Essen, dachte ich, sie brauchen Vitamine), aber die Vollkornnudeln waren in der Mitte noch nicht durch und am Rand hart geworden, ganz abgesehen davon, dass das Ganze auseinanderfiel. »Das können wir nicht nehmen«, sagte meine Mom, während sie mit einem Pfannenwender in die klumpige Katastrophe pikte. Tomatenfarbenes Wasser quoll seitlich heraus. Wir kauften ihnen ein paar Plätzchen und süßes portugiesisches Brot. Aber als wir die Sachen vorbeibrachten, war Jules nicht da. Ihre Großmutter hatte sie ins Kino mitgenommen. Ich huschte nach oben, um mein Handy zu holen. Keine Ahnung, was ich erwartet hatte, aber Jules' Zimmer sah aus, wie es immer aussah. Mein Handy hing zum Aufladen an der Steckdose. Ich hatte in den letzten drei Tagen drei Nachrichten von Jay bekommen.

> **#1 Hi!**
> **#2 Hab das von Mrs Clayton gehört.**
> **Das tut mir echt leid.** (Darauf folgte ein verpasster Anruf ohne hinterlassene Nachricht.)
> **#3 Wir brechen morgen nach Nantucket auf. Sehen wir uns dort?**

Der Trauergottesdienst fand in der Kirche in der Nähe der Brown University statt. Nina war ab und zu dort hingegangen, weil sie einen guten Chor hatten. Es war eine alte Kirche im Neuengland-Stil, schlicht und hübsch, ohne Jesusbilder oder Buntglasfenster. Nina hatte Jules und mich letztes Frühjahr zu einem Chorkonzert dort hingeschleppt, und der Raum war uns richtig groß vorgekommen, wobei auch nur ungefähr zwölf Zuhörer da gewesen waren. Heute war die Kirche voll und sie wirkte klein und eng, was bestimmt auch daran lag, dass es keine Klimaanlage gab. Kinder fächelten sich mit dem Programmzettel Luft zu. Als Mom und ich ankamen, waren kaum noch Plätze frei. Wir setzten uns in eine Bank ein paar Reihen hinter den Claytons, allerdings auf der anderen Seite des Mittelgangs. Wir saßen neben Leuten, die ich nicht kannte, ich schätze mal, sie kamen aus New York. Als wir aufstanden, um *Morning Has Broken* zu singen, konnte ich Zacks und Jules' Gesicht von der Seite sehen.

»Und jetzt möchte ich Ninas Kindern die Gelegenheit geben, ein paar Worte zu sprechen«, sagte die Pfarrerin, nachdem sie die Trauerrede gehalten hatte. Sie hatte die grauen Haare einer alten Dame, aber glatte gebräunte Haut wie jemand Jüngeres. »Jules?«

Jules ging nach vorne und stellte sich hinter ein schlichtes Holzpult. Sie sah aus, als wüsste sie nicht, worum es gerade ging. Die Lippen hatte sie so fest aufeinandergepresst, dass alle Farbe aus ihnen gewichen war. Wahrscheinlich war sie mit ihren Gedanken woanders. Ich kannte dieses Gesicht von ihr, so hatte sie ausgesehen, als sie sich vom Mathekurs abgemeldet hatte. Jetzt ließ sie ihren Blick über die versammelte Gemeinde gleiten und starrte dann auf irgendetwas – gefühlte hundert Sekunden zu lang.

»Ähm«, fing Jules an. Ihre Augen huschten zu Zack, aber der hatte seine geschlossen, und seine Schultern bebten, während Tränen über sein Gesicht liefen und von seinem Kinn heruntertropften. Ich hatte noch nie einen Jungen weinen sehen. Das ist typisch, wenn man auf eine reine Mädchenschule geht: Man kann kaum glauben, dass Jungen auch Menschen sind.

»Hallo«, sagte Jules und winkte uns seltsam steif zu. Sie hob eine Augenbraue. Oh mein Gott. Jetzt biss sie sich auch noch auf die Lippen, damit sie nicht *lachte*. Wirklich wahr. Ich hatte gehört, dass das Leuten auf Beerdigungen manchmal passiert, und jetzt passierte es Jules. Es entstand eine lange Pause. Ein Baby krähte. Ein paar Leute flüsterten. Jules zog einen Mundwinkel nach oben. Sie sah aus, als hätte sie Schmerzen. Atme, dachte ich, als ihr Gesicht rot anlief. Sie brauchte Sauerstoff, sonst würde sie ohnmächtig werden.

Ich stand auf.

»Cricket?«, flüsterte meine Mom.

»Sie braucht mich«, flüsterte ich zurück und drückte mich an ihr vorbei aus der Kirchenbank. Mag ja sein, dass meine Mutter am liebsten unsichtbar wurde, wenn es hart auf hart kam, ich aber nicht.

Jules stand bestimmt nicht mehr als zehn Schritte von meinem Platz entfernt, aber gefühlt brauchte ich ewig, bis ich endlich bei ihr war. Während ich den Mittelgang entlangging, waren alle Blicke auf mich gerichtet. Ich bekam rote Ohren und meine Füße schwitzten in den engen Ballerinas. Ich fixierte Jules. Sie neigte den Kopf nach vorn und kniff die Augen zusammen. Ich fragte mich kurz, ob ich das Richtige tat, aber sie da vorn einfach allein stehen zu lassen und dabei zuzusehen, wie sie keine Luft mehr bekam, war keine Alternative. Nicht für ihre beste Freundin.

»Es ist alles in Ordnung«, flüsterte ich, als ich schließlich bei ihr war. Sie sah zu Boden und holte tief Luft. Ich drehte mich zu den Trauergästen.

»Das letzte Mal, als ich Nina gesehen habe«, sagte ich, habe ich bei Jules für eine Prüfung gelernt. Ich war total neben der Spur.« Ich hörte mich selbst sprechen, wie ein Echo im Handy. Dann konzentrierte ich mich unbewusst auf einen gut aussehenden Vater-Typ mit gestylten Haaren und Nickelbrille. Er hatte etwas Freundliches an sich, wie ein heiß geliebter Englischlehrer. Er legte den Kopf zur Seite. »Und sie war draußen im Garten und malte einen großen Fisch. Also, sie malte Farbe auf einen echten Fisch, eine Lachsforelle oder so was.« Der Mann lächelte und seine Augen blinzelten hinter seinen Brillengläsern.

»Sie machte diese Fischbilder. Und sie war barfuß, mit einem hochgekrempelten Hosenbein, und ihre Haare machten sich selbstständig und standen an einer Seite hoch.« Mindestens zehn Leute lachten. Jules lief zu ihren Platz zurück. Ich hatte einen trockenen Mund, fuhr aber fort. Die Geschichte erzählte sich irgendwie fast von selbst. »Und sie hatte diesen Ausdruck in ihrem Gesicht. Den sie immer hatte, wenn ihr etwas wirklich wichtig war.« Eine Frau mit Pferdegesicht und Haarband nickte. »Diesen Gesichtsausdruck, der bedeutete, dass sie zu allem bereit war, dass es jetzt losgehen konnte, bereit fürs Leben.« Das letzte Wort blieb in der Luft hängen. Mein Atem stockte. »Und bevor ich wusste, wie mir geschah, hielt ich einen kalten Fisch in den Händen und sie brachte mir bei, wie man mit einer Lachsforelle druckt, was sogar Spaß machte – irgendwie ekelig und igitt, aber auch witzig. Und darüber habe ich die Prüfungen total vergessen. Wir haben fünf Drucke gemacht und ließen sie dann im Keller trocknen.« Ich wischte mir mit dem Handrücken über die Augen. »Ich weiß nicht mehr, was wir mit dem Fisch gemacht haben.«

»Daher kommt also der ganze Gestank«, rief Mr Clayton von der ersten Reihe her. Diesmal lachten fast alle. Außer Jules. Sie saß in ihrem schwarzen Kreppkleid in sich zusammengesunken da, die Hände auf dem Schoß, und ihr Gesicht war so unbeweglich wie das einer Puppe. Ich versuchte, Blickkontakt herzustellen, aber sie starrte auf den Boden. Dafür sah Zack mich an. Und irgendwas an der Art, wie er lächelte und gleichzeitig mit weit geöffneten Augen weinte, brachte mich dazu, weiterzuerzählen.

»Das war das Besondere an Nina. Sie schaute einen toten Fisch an und sah darin ein Kunstprojekt, sie warf einen Blick in den Kühlschrank, wo sie nichts außer Wiener Würstchen und Mayonnaise fand, warf das einfach zusammen und zauberte daraus das leckerste Essen der Welt.« Ich unterstrich meine Worte mit weit ausholenden Gesten, meine Hände schienen ein Eigenleben zu führen. »Sie schaute einen an«, ich schluckte, »sie schaute mich an und sah jemand Liebenswerten.« Der Mann mit der Brille tupfte sich mit einem Taschentuch die Augen. »Sie war die Beste und ich werde sie schrecklich vermissen«, sagte ich. Ich ging rasch zu meiner Bank und rutschte neben meine Mutter. Ich blickte zu Jules, aber sie drehte sich nicht um.

»Du weißt, dass es gesundheitsschädlich ist, wenn man mit rohem Fisch arbeitet«, sagte meine Mutter und reichte mir ein Taschentuch. »Du hättest krank werden können.«

Ich sah sie ungläubig an. Wie konnte sie Nina in diesem Moment kritisieren? Hatte sie den Sinn der Geschichte wirklich nicht verstanden? Wenn ich nicht geweint hätte, dann hätte ich jetzt laut geschrien.

Nach dem Gottesdienst war der Gemeinderaum brechend voll. Ich kannte viele Gesichter – Eltern aus der Schule, Leute aus unserer Stadt. Fast unsere gesamte Klasse war da. Sie standen in einer Ecke, eine Ansammlung von blauen und schwarzen Kleidern. Arti winkte mich zu ihnen, aber ich wollte mich nicht dazustellen. Sie hatten Nina kaum gekannt und sie auch bestimmt nicht so geliebt. Sie hatten keine Ahnung, wie ich mich fühlte. Ich wollte mit niemandem reden, außer mit den Claytons. Während meine Mutter sich mit der Frau mit den gelben Hunden aus dem gelben Eckhaus unterhielt, studierte ich die Pinnwand mit den Gemeindenachrichten und aß ein Eiersalat-Sandwich ohne Rinde und ein paar frisch gewaschene rote Trauben. Ich war hungriger als die ganzen Tage davor. Ehrlich gesagt, wusste ich gar nicht genau, wann ich zum letzten Mal richtig gegessen hatte. Als ich gerade ein Faltblatt über eine Krabbelgruppe durchlas, tippte mir jemand auf die Schulter.

»Ich weiß, dass dich dieser neonpinke Zettel magisch anzieht, aber da kannst du nicht mitmachen«, sagte Zack. Er hatte Cola oder Kaffee auf seine Krawatte gekleckert.

»Warum nicht?«, fragte ich.

»Zu alt.« Er zuckte mit den Schultern. »Und du musst schon alleine auf Töpfchen gehen können, tut mir leid.« Sein erschöpftes Lächeln schmerzte mich.

»Ich arbeite daran«, sagte ich. »Jeden Tag.«

»Danke für das, was du über Mom erzählt hast«, sagte er.

»Wirklich? War das in Ordnung?«, fragte ich.

»Doch, es war gut«, sagte er. »Es war lustig. Und toll.«

»Danke«, sagte ich und atmete laut ein. »Wo steckt Jules?« Beim Leichenschmaus waren so viele Leute gewesen, dass ich sie aus den Augen verloren hatte. Ich hatte gehofft, dass wir miteinander reden würden, wenn es etwas leerer geworden wäre.

»Sie ist gerade gegangen«, antwortete Zack und zuckte mit den Schultern. »Nach Hause. Vielleicht erwischst du sie ja noch.«

Als ich aus der Kirche trat, entdeckte ich sie sofort, allerdings drei Straßenkreuzungen weiter. Ich joggte in meinen Ballerinas los, was mich fast meine kleinen Zehen kostete, und erreichte sie, als sie gerade in ihre Straße einbiegen wollte.

»Hallo«, sagte ich.

Sie keuchte. »Hast du mich vielleicht erschreckt.«

»Hast du Lust auf einen Eiskaffee oder so?«, fragte ich und versuchte wieder zu Atem zu kommen. Mir liefen Schweißtropfen den Rücken hinunter. »Wir könnten zur *Kaffeebörse* gehen.«

»Ähm, nein. Jetzt lieber nicht.«

»Vielleicht später?« Ich fuhr mir mit der Zunge über die Oberlippe. Dieses Jahr war es ganz schön früh Sommer geworden.

»Klar«, sagte sie. Ich ging mit ihr die Straße entlang. »Die Sache ist nur, dass meine Cousins und Cousinen da sind, und da weiß ich nicht, was bei uns noch ansteht. Hey, ich hab gesehen, dass Jay dich angerufen hat.«

»Ja, aber das ist jetzt unwichtig. Du nicht.« Ich legte ihr meine Hand auf die Schulter, wo sie dann merkwürdig liegen blieb, während Jules schnell weiterlief und ich versuchte, mit ihr Schritt zu halten. »Ist alles in Ordnung mit dir, Jules?«

»Ja«, sagte sie. Vor ihrem Haus blieben wir stehen und ich hätte sie gerne gefragt, ob sie in der Kirche wirklich beinahe gelacht hätte, ob sie in letzter Zeit gut schlafen konnte und ob sie in meine Arme sinken wollte, wie ich in die Arme meiner Mutter. Ich hätte gern den durchsichtigen Plastikvorhang zur Seite gezogen, der zwischen uns zu hängen schien, damit ich sie berühren konnte. Ich wollte irgendeinen Beweis dafür haben, dass sie immer noch Jules war. Ich wollte, dass sie weinte.

»War das okay für dich, dass ich vorgegangen bin und das alles gesagt habe?«, fragte ich.

»Ja, das war toll«, sagte sie. »Ich wäre fast durchgedreht. Ich bin einfach müde.«

Ich seufzte erleichtert. »Also, nur damit du Bescheid weißt«, sagte ich ein bisschen zittrig, »diesen Sommer kann kommen was will, ich werde für dich da sein. Wir müssen auf keine Partys gehen. Wir können die ganze Zeit zu Hause bleiben und Filme aus den Achtzigern anschauen. Wir können jeden Tag am Strand spazieren gehen. Egal was. Hauptsache, dir geht es wieder besser. Du bist meine beste Freundin und ich bin hundert Prozent für dich da.« Was jeder hätte sagen können. Wo waren nur die richtigen Worte?

»Danke«, sagte sie und verschränkte die Arme. »Ich muss aus diesem Kleid raus. Ich komme mir vor wie eine verdammte Pilgerin.«

»Okay, sagte ich. Sie stand auf der untersten Stufe vor der verschlossenen Tür. »Ich glaube, ich sollte zurück zur Kirche und meine Mutter suchen. Ruf mich an, okay?«

Als Jules am nächsten Morgen anrief, stand ich vor dem Spiegel und putzte Zähne. Ich spuckte den Schaum aus und nahm ab. »Hallo!«

»Hallo«, sagte sie und hörte sich wieder ganz wie früher an. »Was läuft?«

»Oh, nichts Besonderes«, antwortete ich. »Wie geht es dir?«

»Du wirst es nicht glauben, aber bei uns zu Hause ist die reinste Irrenanstalt«, sagte Jules.

»Echt?«, sagte ich und schaute aus dem Fenster. Frankie, der Beagle unserer Nachbarn, hatte sich im Garten auf dem einzig vorhandenen Schattenplätzchen zusammengerollt. Heute würde es wieder heiß werden.

»Meine kleine Cousine schläft bei mir im Zimmer und sie hat gestern Nacht ins Bett gemacht, alles durchgepinkelt bis auf die Matratze. Es riecht richtig übel hier drin. Und meine Großmutter hat meine ganzen Jeans steif wie ein Brett gebügelt. Mit Bügelfalte. Kein Witz.«

»Ups, das ist ja übel«, sagte ich und war überrascht, wie normal sie klang. »Ich hab überlegt, ob wir vielleicht mit den Rädern nach Bristol fahren?« Bristol ist eine kleine Küstenstadt mit Cafés und einem tollen Antiquitätenladen. Jules und ich schauten uns dort immer gern die alten Fotos an, die in der hintersten Ladenecke vergraben waren.

»Heute nicht«, sagte sie. »Meine ganze Familie ist da.«

»Ja, klar. Ich dachte bloß, da draußen wäre es schön friedlich und so. Aber wo wir gerade von Fahrrädern sprechen – soll ich meins mit nach Nantucket nehmen?«

»Um ehrlich zu sein, rufe ich genau deswegen an. Du kannst nicht mehr mit uns mitkommen.«

»Oh«, sagte ich und sah im Spiegel, dass ich blass wurde. »Okay.«

»Es ist echt zum Kotzen, aber mein Dad sagt, dass er diesen Sommer nur Familie im Haus haben will.«

»Ja, klar. Kann ich verstehen. Klar.« Ich setzte mich auf den Klodeckel und ließ den Kopf hängen. Wie konnte ich nur so egoistisch sein? Ich lief vor Scham rot an. »Absolut verständlich.«

Sie seufzte. »Aber du kannst doch bestimmt deinen Babysitterferienjob bei den Kings wieder haben, oder?«, fügte sie hinzu.

Vier

Der Gedanke, dass ich auch alleine nach Nantucket fahren könnte, kam mir zum ersten Mal, als ich mir gerade das Telefon schnappen wollte, um Deirdre King, Andrews Mutter, anzurufen. Ich hatte die Nummer schon eingetippt und starrte auf das Display. Ich schürzte die Lippen. Warum, fragte ich mich, tat ich das? Ich hasste diesen Job. Letzten Sommer war Andrew von dem Wort *Titten* besessen gewesen. Er sagte »Titten« und drückte mir dann auf die Brust. Was echt nervig war. Besonders weil Mrs King das lustig fand, was es vielleicht gewesen wäre, wenn es sich dabei nicht um meine Brust gehandelt hätte. Ich wollte nicht wieder zur Stichwortgeberin bei Andrew Kings Komikernummern werden. Ich legte auf. Ich werde das nicht tun, dachte ich und ließ mich auf mein Bett fallen. *Auf keinen Fall.*

Ich dachte über andere Babysitterjobs nach. Welche, wo man bei den Leuten wohnte, welche, bei denen man angeblich mindestens zwanzig Dollar die Stunde verdiente. Welche in Nantucket.

Der Gedanke war auf einmal einfach da.

Das zweite Mal, als ich daran dachte, alleine nach Nantucket zu fahren, war, als ich auf der Veranda saß und Jay textete. Eigentlich wäre das mein Abend bei Dad gewesen, aber Alexi war schlecht drauf und wir anderen dementsprechend auch. Polly hatte ihn im Alter von drei Jahren aus einem ukrainischen Waisenhaus adoptiert, und er muss dort eine ziemliche harte Zeit gehabt haben, weshalb er wohl auch immer diese Zustände bekam. Alexi liebte die Beatles über alles, aber als wir an diesem Abend bereits zum fünften Mal *Yellow Submarine* hörten, wurde es mir zu viel und ich wechselte zu einem anderen Lied. Ich wählte James Taylor, einen von Dads Lieblingssongs, was aber keine gute Idee war. Alexi schaukelte mit dem Oberkörper vor und zurück, klopfte mit seinen Fersen auf den Boden und schrie, und das sogar noch, als ich längst wieder zurückgestellt hatte. Polly musste sich um ihn kümmern, und das bedeutete, dass Dad sich um Polly kümmern musste. Ich schlüpfte zur Hintertür raus, ohne mein Steak überhaupt angerührt zu haben. Dad steckte so sehr in dem Chaos, dass er nicht mal versuchte, mich zum Bleiben zu überreden. Er winkte mir nur kurz und warf mir eine Kusshand zu.

Bei Mom ist es wenigstens friedlich, dachte ich, während ich Jays Nachricht las. Er hatte in Nantucket einen Job als Rettungsschwimmer bekommen, an einem Strand, der Surfside hieß. Ich dachte daran, wie wir uns fast geküsst hatten, und an den Augenblick, als er mich zu sich auf seinen Schoß gezogen hatte. Ich stellte mir vor, wie ich in meinem neuen pflaumenfarbenen Rüschenbikini neben ihm auf dem Rettungsturm saß. Und wie ich ihn dort am Strand küssen würde.

Der Gedanke setzte sich fest und schlug Wurzeln.

Beim dritten Mal, als ich daran dachte, alleine nach Nantucket zu fahren, war ich gerade in der Universitätsbuchhandlung. Ich suchte nach den Büchern, die wir über die Ferien lesen sollten, als ich ein T-Shirt entdeckte, das genau wie das von Nina aussah. Mein Herz zog sich zusammen. Ich hielt die Luft an. Ich konnte unmöglich den ganzen Sommer von Jules getrennt sein. Klar brauchten die Claytons jetzt Zeit für sich, aber in einer Woche oder so würde Jules mich sicher dort haben wollen, sie brauchte mich. Ich würde nicht bei ihnen wohnen, ihnen also auch nicht zur Last fallen, und sie hatten immer noch ihre Privatsphäre. Aber ich müsste irgendwo in der Nähe sein. Damit ich einspringen könnte. Damit ich ihnen die Spülmaschine einräumen könnte oder eben mal schnell Milch kaufen gehen. Und wenn der berüchtigte Nantucket-Nebel aufzog, wäre ich sofort mit einem Brettspiel zur Stelle. Ich würde Minipfannkuchen backen. Die kann ich richtig gut. Ich stellte mir vor, wie ich den Tisch deckte.

Aber vor diesen Gedanken schob sich schnell ein Bild von Nina mit den farbenfrohen Tischsets, die sie letztes Frühjahr aus Mexiko mitgebracht hatte. Ich sah ihre Hände vor mir, wie sie die Sets auf den Tisch legten. Sah den gewellten Silberarmreif an ihrem Handgelenk. Sah, wie sie beim Lachen ihre Augen zusammenkniff, weil Jules und ich uns die gleichen Servietten wie Bandanas um den Kopf gebunden hatten. Ihr Verlust schmerzte so sehr, als hätte mir jemand einen Tritt verpasst. Ich hielt den Atem an, bis die Traurigkeit verschwand.

Ich kaufte alle Bücher auf meiner Leseliste außer einem (die Gedichtsammlung von Emily Dickinson für den Kurs von Mrs Hartz war gerade ausverkauft) und machte kurz bei dem Eiswagen an der Ecke halt, um mir ein Slush-Eis zu holen. Ich reichte die Dollarscheine rüber, die den Tag über in meiner Hosentasche weich und knitterig geworden waren, und nahm das kalte weiche Gemisch aus gefrorener Limonade. Einmal dran geschleckt und mein Mund wurde wach und meine Nasennebenhöhlen gekühlt. Es würde Spaß machen, allein nach Nantucket zu gehen. In acht Wochen wurde ich achtzehn. Dann war ich offiziell erwachsen, durfte wählen und sogar zur Armee. In Nantucket hätte ich mein eigenes Gehalt und könnte das Geld ausgeben, wofür ich wollte. Ich würde in dieses Café gehen, von dem Jules mal erzählt hatte, das *Auf Vordermann*, und mir regelmäßig Croissants und Kaffee holen. Ich würde jeden Morgen am Strand joggen gehen und mich danach im Meer abkühlen. Und abends würde ich mir vielleicht meinen Zeichenblock schnappen. Niemand wüsste, wo ich gerade wäre, und diese Vorstellung ließ mich tief durchatmen: Alles war schön und licht.

Ich wäre wie eine Studentin, dachte ich, während ich vor einem Café stehen blieb, das bei den Studenten der Brown Uni sehr beliebt war. Der Griff der mit Büchern gefüllten Plastiktüte schnitt mir in die Finger und klemmte mir das Blut ab. Ich wechselte die Hand und linste durch das Fenster. Eine Studentin in einem Sommerkleid kritzelte etwas in eine Künstlerkladde, ihre Handtasche hing über dem Stuhl. Ich sollte öfter mal Kleider anziehen. Und ich brauche so ein Notizbuch, dachte ich, während ein gut aussehender Typ mit Getränken kam und sie küsste. Als er sich setzte, unter dem Tisch ihr Knie berührte und die beiden mit ihren Gläsern anstießen, war der Gedanke, allein nach Nantucket zu gehen, schon zu einer großen tropischen Blume herangewachsenen.

Ich musste einfach dorthin.

Fünf

Das Schiffshorn tutete, die Fähre legte ab und mein Sommer breitete sich vor mir aus wie eine Picknickdecke. Die schweren Motoren ließen meinen Metallsitz vibrieren. Ich legte die Reisetasche auf meinen Platz, damit ihn mir niemand wegschnappte – ich hatte einen guten ganz vorne ergattert – und lehnte mich gegen die kalte klebrige Reling. Es wehte ständig ein leichter Wind, kühl, aber nicht kalt. Ich zog den Reißverschluss meiner Kapuzenjacke hoch und schaute aufs Meer. Weiter draußen war es dunkelblau, aber hier, genau unter mir, war das Wasser flaschengrün und braun mit goldenen Lichtpunkten. Ich streckte mein Gesicht der Nachmittagssonne entgegen und atmete die salzige Atlantikluft.

Die Fähre war voller Familien. Sie taten so, als würde ihnen das Schiff gehören. Neben mir wehrte sich ein kleiner Junge gegen die Umarmungen seiner Mutter, er wand sich aus ihren Armen und drückte sein Gesicht gegen das Gitter der Reling. Ein Mädchen in einem knallrosa Lilly-Pulitzer-Kleid kletterte auf die Plattform des Fernrohrs und bettelte bei seinen Eltern um eine Münze. Kinder in Polohemden sausten um die Sitze herum und wollten, dass man sie fing. Die Eltern waren genauso bunt gekleidet wie ihre Kinder. Erwachsene Männer hatten leuchtend grüne

Shorts an, die mit gelben Walen bestickt waren. Für Frauen gab es anscheinend eine inoffizielle Uniform: weiße Jeans, leuchtendes Top und Jack-Rogers-Sandalen. Die erkannte ich sofort, Jules hatte nämlich ein Paar blaue und ein Paar rosafarbene von derselben Marke. Sechs junge Mütter saßen in einem Kreis, sie schwatzten und sahen aus wie ein bunter Strauß Lollis.

»Oh, oh, hier kommen die Range Rovers«, sagte ein alter Herr mit wettergegerbtem Gesicht und einer leichten, praktischen Windjacke, als ein in Karo gekleidetes Paar mit nagelneuen Monogrammtaschen vorbeilief. Ihre drei blonden Kinder hatten T-Shirts an, auf denen *Nantucket* stand.

»Warum müssen die immer T-Shirts tragen, die der ganzen Welt verraten, wohin sie unterwegs sind?«, fragte die Frau des alten Herrn kopfschüttelnd. »Ich hab schließlich auch keine Bluse an, auf der *New Hampshire* steht, wenn ich dorthin fahre.«

Der alte Herr bemerkte, dass ich lauschte, und lehnte sich zu mir. »Für uns ist es unser Zuhause, für sie ist es *Nantucket*«, sagte er übertrieben vornehm.

Ich lachte und nickte, als käme ich auch von dort. Und ich nahm mir vor, keins dieser T-Shirts zu kaufen, auf denen *Nantucket* stand. Ich wollte die Einheimischen ja nicht nerven.

»Avery, komm bitte hierher!« Das war die Mutter von dem Lilly-Pulitzer-Mädchen – ihr Rock passte genau zu dem Kleid ihrer Tochter.

»Nein!« Avery streckte die Zunge aus.

»Avery, wenn du nicht sofort herkommst«, stieß sie hervor, »dann ist Theresa sehr böse auf dich.« Ein angewiderter Ausdruck huschte über das Gesicht einer kleinen runden Latina. Dann riss sie sich zusammen und sprang auf, um das Mädchen vom Fernrohr wegzulocken.

»Warum willst du als Dienstmädchen arbeiten?«, hatte Mom mich gefragt. Ich hatte in weniger als vierundzwanzig Stunden einen Babysitterjob mit Verpflegung und Unterkunft gefunden.

Ich hatte nur einen Morgen lang die Webseite der lokalen Zeitung auf Nantucket durchstöbert und ein paar E-Mails geschrieben, als mich auch schon eine Frau namens Mary Ellen auf meinem Handy anrief und wissen wollte, ob ich Montag anfangen könne. Sie war die Hausmanagerin – also im Grunde eine Art Butler – einer reichen Familie aus Boston, die bereits auf Nantucket war. Sie hatte von Rosewood gehört und kannte Miss Kang witzigerweise von der Uni. Wenn ich mir den Bus nach Boston schnappen würde, um sie am Nachmittag zu treffen, und meine Empfehlungen in Ordnung wären, könnte ich schon am Sonntag auf der Fähre sein. Ich traf sie in einem überfüllten *Starbucks* in der Newbury Street.

»Oh, du bist perfekt«, sagte sie, als wir uns gefunden hatten. »Caroline wird begeistert sein. Kannst du schwimmen?«

Ich nickte. Natürlich.

»Und jetzt sag mir noch, dass du den Führerschein hast. Kannst du fahren?«

Ich nickte. Welche Siebzehnjährige hatte denn bitte schön keinen Führerschein?

Sie erklärte mir, dass ich achthundert Dollar die Woche verdienen würde und das acht Wochen lang. Acht mal acht gab vierundsechzig! Ganz kurz dachte ich, dass ich am Ende dann sechzigtausend Dollar hätte (Mathe ist nicht gerade mein Lieblingsfach), aber als ich schließlich sechstausendvierhundert Dollar ausgerechnet hatte, war das immer noch eine schöne Stange Geld.

»Einfach wird es allerdings nicht. Du musst auf die Kinder aufpassen, sobald sie morgens die Augen aufmachen, und das bis zu dem Moment, wenn sie abends tot ins Bett fallen. Wenn sie nachts aufwachen, ist das deine Sache.«

Ich nickte und hatte ein breites Lächeln im Gesicht. Achthundert *die Woche!* Wie sich herausstellte, war der Vater ein bekannter Nachrichtensprecher bei CNN namens Bradley Lucas. Er kam mir ein bisschen alt vor für Kinder, die noch immer ein Kindermädchen brauchten, aber er war berühmt. Jetzt würde meine Mutter mich garantiert gehen lassen. Es gab drei Kinder und drei Kindermädchen, die rund um die Uhr abwechselnd in Schichten arbeiteten. Die Hausmanagerin erzählte mir, dass es mit einem der Kindermädchen, das von der Insel kam, nicht geklappt hätte und sie jetzt »in der Patsche« säßen. Dann spendierte sie mir einen Eistee und fischte aus ihrer Handtasche eine Karte von Nantucket, auf der sie mit blauem Kuli den Weg vom Fähranleger bis zu dem Haus in der Cliff Road 25 einzeichnete. Unten schrieb sie noch ihre Telefonnummer hin.

»Brauche ich die Nummer der Familie Lucas auch?«, fragte ich.

»Nein«, sagte sie und gluckste vor sich hin. »Wenn du was brauchst, rufst du einfach mich an. Mein Handy ist immer eingeschaltet.« Sie gab mir Geld für die Fähre und fünfzig Dollar extra für die Zeit, die ich mir genommen hatte, und sagte, dass sie in einer Woche nachkommen würde.

Als ich meiner Mutter davon erzählte, war ich überglücklich. Sie aber nicht.

»Doch wieder Babysitten?«, fragte Mom, während sie den letzten Bissen Moo-Shu-Schweinefleisch aus ihrer Schachtel fischte. »Ich dachte, du hasst Babysitten.«

»Ich hasse es nicht«, sagte ich. »Aber ich breche deswegen auch nicht in Begeisterungsstürme aus.« Mom warf mir einen skeptischen Blick zu und nippte an ihrem Wein. »Ich will nach Nantucket, und das ist die einzige Möglichkeit. Außerdem wäre ich hier auch ein Dienstmädchen, nur eben für Andrew King.«

»Das kannst du nicht vergleichen«, sagte sie. »Du würdest ja nicht bei den Kings wohnen. Man wohnt nicht einfach bei irgendjemandem. Das ist unter deiner Würde. Die glauben am Ende noch, du gehörst ihnen.« Sie leerte ihren Weißwein und schenkte sich noch ein Glas ein. »Und was, wenn dieser Nachrichtensprecher nicht ganz koscher ist? Der ist viel zu geleckt und er trägt eine Perücke.«

»Wenn er irgendwas Komisches versucht, rufe ich die Snell & Garabedian Rechtsanwaltskanzlei an«, sagte ich. Die Anzeigen dieser Firma hingen so ziemlich an jeder Bushaltestelle. Darauf waren zwei bullige Typen abgebildet, die vor einer Bücherwand voller Gesetzestexten standen und eine goldene Waage hochhielten. Mom lachte. Ich konnte an einer Hand abzählen, wie oft sie dieses Jahr gelacht hatte. »Und außerdem hast du das auch gemacht, Mom.«

Meine Mutter hatte einen Sommer in Nantucket verbracht, als sie ungefähr in meinem Alter war. Sie hatte in einem Strandhotel gearbeitet. Ich hatte ein Foto von ihr gefunden, auf dem sie grinsend und mit blauem Bikini in einem kleinen Segelboot sitzt und einen Fuß über den Bootsrand hängen lässt. Der Wind weht ihr die blonden Haare über die sommersprossige Wange und sie lacht den Fotografen an.

Es ist echt verrückt, wie ähnlich wir aussehen. Ich hatte kurz gedacht, dass ich das wäre, und fragte mich, warum ich mich nicht daran erinnern konnte. Es sah nach einem der schönsten Tage meines Lebens aus. Doch dann fiel mir auf, dass das Bild klein und quadratisch war und eine matte Oberfläche hatte. Es war schon vor Ewigkeiten aufgenommen worden und auf der Rückseite stand *Nantucket, 1984*.

»Ich war aber nicht allein da. Ich habe bei Verwandten gewohnt, bei meiner Tante Betty«, sagte meine Mutter. »Die können dort ziemlich arrogant sein, Liebling.«

»Kann ich nicht auch bei Tante Betty wohnen?« Ich brach meinen Glückskeks auseinander: *Überraschungen verdoppeln das Glück.*

»Sie ist 1993 gestorben.« Mom setzte sich ein wenig aufrechter hin und strich ihre Haare hinters Ohr. »Und sie hat mein Tagebuch gelesen, was mich zur Weißglut getrieben hat. Aber du wirst ganz allein dort sein. Ich möchte nicht, dass du gehst. Du bist erst siebzehn. Was, wenn dir irgendetwas passiert?«

»Im August werde ich achtzehn. Und Nantucket ist der sicherste Ort, den ich kenne«, erwiderte ich. »Das ist schließlich nicht der Gazastreifen. Und ich bin überhaupt nicht alleine. Die Claytons sind dort und die anderen Kindermädchen auch.«

»Die Claytons«, sagte Mom. »Was ist eigentlich so faszinierend an diesen Leuten? So wie du ihnen nachläufst, könnte man meinen, es sind die Kennedys.« Sie nippte wieder an ihrem Glas. »Es gibt ein paar Menschen, die Nina für leicht abgedreht hielten, weißt du. Vor ein paar Wochen habe ich sie mit einem Turban auf der Thayer Street gesehen. Und ich so – tatsächlich? Ein Turban?«

»Mom!«, sagte ich und spürte, wie ich wütend wurde. »Wie kannst du so was nur sagen?«

»Du hast recht«, antwortete sie. »Tut mir leid.« Aber

sie hörte sich nicht an, als ob es ihr wirklich leidtäte, und sie flüsterte fast, ein Trick, den sie bei ihren Schülern anwendet, wenn sie laut werden. Wenn sie leiser spricht, sprechen die auch leiser. Aber ich wurde nur noch lauter.

»Sie war Künstlerin«, sagte ich mit geballten Fäusten. »Der Turban war für ihr Yoga.«

»Man braucht keinen Turban für Yoga, Cricket«, sagte sie. Das zweite Glas Wein tat wohl seine Wirkung.

»Doch, braucht man«, sagte ich mit zitternder Stimme. »Für ein bestimmtes Yoga in New York. Und Nina war nicht abgedreht, sie war einfach … sie selbst.« Ich brachte die letzten Worte fast nicht heraus. Tränen stiegen hoch.

»Schon gut, ist ja schon gut.« Mom schaute mir in die Augen und holte tief Luft. »Es tut mir leid. Ich hätte das nicht sagen sollen.« Diesmal meinte sie es auch so.

»Und ich laufe ihnen auch nicht nach«, sagte ich leise. »Für mich sind sie wie meine Familie.«

»Ich gehe duschen«, sagte sie, seufzte und ging die hintere Treppe nach oben.

»Hör mal, darf ich jetzt nach Nantucket?« Ich schloss die Augen und drückte die Daumen.

Sie blieb auf den knarrenden Stufen stehen. »Ich werde darüber nachdenken.«

Während einer ihrer halbstündigen Duschsitzungen packte ich meine Tasche. Ich würde sie schon noch zu einem Ja überreden, auch wenn es mich das Leben kostete. Als ich meine Ferienlektüre einpackte, fiel mir ein, dass ich noch schnell das Bücherregal im Flur durchschauen sollte, wo Mom ihre alten Schulbücher aufhob. Ich suchte nach dem Emily-Dickinson-Buch. Mom hatte Mrs Hart auch schon als Lehrerin gehabt. Und wie nicht anders zu erwarten, stand das Buch tatsächlich da. Hatten sich die Leselisten in all den Jahren wirklich nicht verändert? Ich zog es am Buchrücken heraus. Es war ein bisschen staubig und das Cover hatte eine andere Farbe, aber es war das richtige Buch.

Als ich nach einer Weile dachte, dass wir uns beide wieder beruhigt hatten, ging ich in ihr Zimmer. Mom lag auf dem Bett und las einen Krimi.

»Und?«

»Ich denke noch immer darüber nach«, sagte sie und blätterte um.

Ich nahm ihr das Buch aus der Hand, markierte die Seite und legte es behutsam auf den Nachttisch. Ich setzte mich auf die Bettkante und sah ihr in die Augen.

»Ich bin hier sehr einsam, Mom«, sagte ich.

»Oh, aber wir haben doch uns«, antwortete sie und nahm mein Gesicht in ihre weichen, zarten Hände. Sie schob die Unterlippe vor.

»Ich brauche mehr als das«, sagte ich und zuckte vor ihr zurück. Wut stieg meinen Hals hoch wie eine giftige Spinne.

»Cricket«, sagte Mom leise und wurde in ihrem Kissen

ganz klein. »Ich liebe dich auch, weißt du. Ich liebe dich mehr als die Claytons.«

»Ich weiß, Mom. Und ich liebe dich auch. Ich liebe dich unendlich.« Ihre Augen leuchteten. »Es ist nur …« *Es ist nur, dass du mich nicht mir dir runterziehen solltest. Es ist nur, dass ich im Gegensatz zu dir was vom Leben haben möchte. Es ist nur, dass du wie ein Geist bist, ein mächtiger Geist, der zwar kaum da ist, sich aber viel zu fest an mich klammert.* Ich holte tief Luft, um mich zu beruhigen. »Alle meine Freunde sind den Sommer über irgendwo unterwegs und erleben was Spannendes, und ich will auch was Spannendes erleben. Es war ein anstrengendes Jahr für mich, Mom. Auch weil Dad und Polly geheiratet haben.« Mom beugte sich näher zu mir. Ich sprach darüber. Endlich hatte sie mich dort, wo sie mich haben wollte. »Ich brauche Abstand zu dem Ganzen hier, damit ich …« *Sag es,* bettelten ihre Augen. »Damit ich die Scheidung endlich hinter mir lassen kann.« Bitte schön. »Ich muss sie hinter mir lassen. Müssen wir beide. Und ich weiß nicht, ob mir das hier in Providence gelingt. Und ob dir das gelingt, weiß ich auch nicht.«

Sie atmete tief ein und sank ein wenig tiefer in ihr Kissen. Sie faltete die Hände und schaute aus dem Fenster. »Einverstanden«, sagte sie.

»Wirklich?«

»Du darfst gehen.«

»Danke«, sagte ich und umarmte sie. »Danke.«

Nantucket tauchte wie ein verwunschenes Dorf zwischen dem Meer und dem lavendelblauen Himmel auf. Hinter Baumwipfeln schauten weiße Kirchturmspitzen hervor. Segelboote lagen wie hingetupft im Hafen. Auf einer sandigen Landzunge blitzte der Leuchtturm einem grün entgegen. Während die Fähre anlegte, winkten die Leute an Land ihren Freunden und Verwandten zu. Es machte mir nichts aus, dass niemand auf mich wartete. Ich hatte alles durchgeplant. Ich hatte Jules nichts davon erzählt. Ich würde sie überraschen. *Überraschungen verdoppeln das Glück.* Als ich auf den Kai trat, auf dem alle geschäftig hin und her liefen, zeichnete die Abendsonne auf dem Wasser eine Spur. Sie war mir wie ein Scheinwerferlicht bis hierher gefolgt.

Sechs

Ich hätte mich am liebsten sofort umgezogen und meine abgerissene Jeans und die Kapuzenjacke gegen eins von den beiden schönen Kleidern getauscht, die ich nach Nantucket mitgenommen hatte. Vielleicht hätte ich Jules doch sagen sollen, dass ich komme. Dann hätte sie mich bestimmt vorgewarnt. Die Leute hier spielten in einer ganz anderen Liga. Kein Wunder, dass Jules das ganze Jahr diese Beauty-Zeitschriften las. Hier war jeder schön, und ich sog alles in mich auf. Es war anders als in Providence. Wenn ich dort herumlief, fiel mir nicht besonders viel auf, weil ich mit meinem eigenen Kram beschäftigt war. Aber wenn man alleine an einem neuen Ort war, rückte die Welt ein bisschen näher an einen heran. So wie damals, als ich diese riesige Lesebrille aufgesetzt hatte, um Jules zum Lachen zu bringen.

Sogar die alte Dame in ihrem himmelblauen Pullover, die eine dieser Korbtaschen mit sich herumschleppte, war die hübscheste alte Dame, die mir je begegnet war. Sie hatte weißgoldene Haare und Augen wie eine türkisfarbene Tiffany-Schachtel. Nina hatte Jules zum sechzehnten Geburtstag eine Halskette von Tiffanys geschenkt, und Jules legte die Kette jeden Abend zurück in ihre Originalverpackung. Es war ein bohnenförmiger Anhänger. Er sah zart aus und erwachsen, und wenn Jules duschte, zog ich ihn gerne heimlich an.

Nina, dachte ich, und ungelogen – für einen Augenblick roch ich ihr Parfüm.

Ich lief an einer Eisdiele vorbei, vor der die Leute bis um die Ecke Schlange standen, an einer Buchhandlung, dem Walfangmuseum und an einem Gasthaus mit drei Schaukelstühlen auf der Veranda. Alles war hübsch anzuschauen, gut erhalten und einzigartig. Alles sah aus, als wäre es für die Ewigkeit und genau für diesen Ort gemacht. Die Gehwege waren mit Ziegelsteinen gepflastert. Die Hydranten tennisballgelb. Mit meiner Reisetasche über der Schulter kam ich an einer Reihe von noblen Restaurants vorbei, in dem lauter schicke Abendessensgäste saßen, und an einer ruhigen Kunstgalerie, wo eine Frau wie eine Ballerina in der Tür stand und eine Zigarette rauchte.

Die Cliff Road war genau da, wo die Hausmanagerin sie auf der Karte eingezeichnet hatte. Das Straßenschild sah aus wie handgemalt. Vielleicht müssen das die Gefängnisinsassen von Nantucket machen, dachte ich. Statt Autokennzeichen malten sie hier Straßenschilder. Und statt der orangefarbenen Gefängniskleidung wurden sie mit Anglerpullis ausgestattet.

Drei Typen fuhren auf ihren Fahrrädern vorbei und riefen sich etwas in dieser unverständlichen Jungssprache zu. Keiner trug einen Helm und zwei von ihnen waren barfuß. Der Kleinere stand auf seinen Pedalen, ließ sich ausrollen und sah zweimal zu mir herüber. Ich grinste. Das Fahrrad tickte. Wohin fuhren sie?

Ich kam zu einem Briefkasten, auf dem der Name der Lucasens stand. Das Haus war von hohen Hecken umgeben, sodass ich es erst sah, nachdem ich den Riegel am Holztor hochgehoben hatte und die Zufahrt entlanglief. Das Haus war riesig und eindeutig größer als das von Sophie Toscano, dem reichsten Mädchen in unserer Klasse. Sie wurde in einem Rolls-Royce zur Schule gebracht. Dieser Ort war weit mehr als ein normales Haus. Es war ein *Anwesen*, so ähnlich wie die Villen, die meine Eltern und ich uns immer gerne in Newport angeschaut haben. Manchmal fuhren wir an Regentagen durch die Stadt. Dann gingen wir zu *Sues Muschelbude* und aßen Muschelsuppe und später weiter zur Ocean Avenue, wo wir so taten, als würden wir uns Häuser aussuchen, die wir kaufen wollten.

»Willkommen zu Hause«, sagte mein Dad, wenn wir zum Beispiel vor einer herrlichen Villa mit Schindeldach und Veranda rundherum und mit umwerfendem Blick langsamer fuhren.

»Warum hast du nichts gesagt, Liebling? Ich hätte unser Gepäck doch gleich mitgenommen!«, antwortete meine Mom darauf und ich lachte und zeigte auf mein Schlafzimmerfenster – wenn es eines gab, war es immer im Türmchen.

Aus diesem Haus, dieser Villa hier, drangen Partygeräusche. Ich hörte Gelächter und Musik. Jazz – War das etwa live? In der Zufahrt standen der Lieferwagen einer Cateringfirma und eine Reihe von Geländewagen, hauptsächlich Range Rover, genau wie der alte Herr auf der Fähre gesagt hatte, und ein paar in die Jahre gekommene Jeeps. An den Stoßstangen klebten Strandplaketten. Während ich den Steinpfad entlanglief, der von Laternen gesäumt war, drangen leise Stimmen von Erwachsenen zu mir, die entzückten Schreie von herausgeputzten Frauen, das Geklapper von Besteck und Gläsern. Und ich spürte das Meer.

Ich klingelte. Nach ein paar Minuten war noch immer niemand gekommen. Ich öffnete die Tür und ging rein.

»Hallo?«, rief ich in den Flur. Überall brannten Lichter. Aber es sah nicht so aus, als würde hier jemand wohnen. Keine Familienbilder, keine Kinderzeichnungen am Kühlschrank, nicht mal eine winzige verloren gegangene Socke. Es war eher ein Hotel als ein Haus. »Hallo?«

Plötzlich sprang ein Mädchen in einem Froschschlafanzug hinter dem Sofa hervor, es klammerte sich an eine Decke.

»Hallo«, sagte ich und ließ meine Taschen fallen. »Ich bin Cricket.«

»Ich bin Lucy«, sagte es und versteckte sich hinter seiner Decke.

»Ich bin die neue Babysitterin.«

»Noch eine?«, fragte Lucy und linste hinter ihrer Decke hervor. Ich nickte und lächelte. Sie hielt sich die Decke über Mund und Nase und sah mich mit zusammengekniffenen Augen an.

»Bist du ein Räuber?«, fragte ich.

»Ja!«, sagte sie überrascht. »Und ich überfalle dich jetzt!«

»Oh-oh!«, sagte ich und kauerte mich theatralisch zusammen. Sie kicherte. »Mein lieber Räuber, ich glaube, wir sollten erst einmal deine Mama finden, damit ich mich vorstellen kann.«

»Okay«, sagte sie. »Komm mit!« Sie führte mich durch eine protzige Küche zu einem großen Innenhof, wo sich viele Leute tummelten. Es gab eine Bar und eine Jazz-Band, die gerade *Moondance* spielte. Daneben grillte eine junge Frau, wahrscheinlich eine Studentin, Shrimps-Kebabs. Sie hatte eine Schürze der Nantucket-Cateringfirma umgebunden. Ein Kellner ging mit einem Tablett perlender Cocktails herum, jedes Glas war mit einer Limonenschalenspirale dekoriert. In der Ferne glitzerte dunkel das Meer. Die Sonne war inzwischen untergegangen und am Horizont leuchtete ein dunkelvioletter Streifen. Der Wind trug den süßen Duft nach Geißblatt und Strandhafer herüber.

Es gab einen kleinen rechteckigen Pool, um den acht schmucke Lehnstühle standen. Ein paar Frauen hatten darauf Platz genommen und schauten bewundernd auf einen breitschultrigen blonden Mann. Es sah aus, als würde er mit seinen schwungvollen Handbewegungen ihr Lachen dirigieren.

Bradley Lucas!, dachte ich. Der gerade lustige Geschichten erzählt. Keine fünf Meter von mir entfernt!

Als ich von der Fähre kam, war ich mir ein bisschen unordentlich und etwas zu leger gekleidet vorgekommen, doch jetzt war ich auf Oliver-Twist-Niveau gesunken. Die Männer trugen die typisch ausgeblichenen roten Nantuckethosen – ich erkannte sie sofort, denn Jules hatte sich über Zack lustig gemacht, als er seine zum Frühjahrsball angezogen hatte, obwohl sie insgeheim, glaube ich, stolz auf ihn war –, und die Frauen raschelten in ihren seidigen, farbenfrohen Sommerkleidern wie tropische Fische.

»Wer von denen ist deine Mom?«, fragte ich Lucy. Die einzige Frau mit etwas wie mütterlichen Pfunden war eine, die in Fransenweste und abgestoßenen Ballerinas in das Mikro summte. Lucy zeigte auf eine große Frau in einem kurzen weißen Kleid. Sie stand mit angewinkeltem Bein auf hohen Absätzen da und unterhielt sich mit einem Mann in Seersucker-Hosen und mit Filzhut.

»Mommy!«, rief Lucy. Mrs Lucas drehte den Kopf. Ihr Pferdeschwanz, der aussah, als wäre er von einem Profi gebunden worden, zischte durch die Luft. Sie runzelte die Stirn.

»Lucy, warum schläfst du nicht?« Als sie mich entdeckte, machte sie große Augen und kam mit langen Schritten auf uns zu. »Caroline Lucas«, sagte sie und streckte mir eine schmale, mit Juwelen bestückte Hand entgegen. Sie blinzelte.

»Cricket Thompson«, sagte ich und schüttelte ihre Hand.

»Das ist die neue Babysitterin«, sagte Lucy. »Noch eine!« Sie schlug sich wie eine Comicfigur mit der flachen Hand gegen die Stirn.

Mrs Lucas sah mich erschrocken an. Die Band ging zu *Killing Me Softly* über. Normalerweise mag ich dieses Lied, aber aus irgendeinem Grund wurde mir übel.

»Lasst uns reingehen, ja?« Sie deutete zu der Glasschiebetür, die ich offen gelassen hatte. »Komm, Lucy. Du musst ins Bett.«

»Aber es ist noch nicht mal dunkel«, protestierte Lucy und hüpfte nach drinnen.

»Wer ist heute Abend dein Erwachsener?«, fragte Mrs Lucas.

»Sharon.«

»Dann such sie.«

»Sie schläft«, sagte Lucy. »Und schnarcht.«

»Na, dann weck sie eben auf.«

»Ich bin total frustriert, Mommy«, sagte Lucy, tappte nach oben und zog ihre Decke hinter sich her.

»Ich habe einen schrecklichen Fehler gemacht«, sagte Mrs Lucas zu mir. Als sie ausatmete, konnte ich den Cocktail in ihrem Atem riechen. Sie legte ihre gebräunte Hand auf die Hüfte, die andere an ihre Schläfe. »Ich bin vollkommen überbesetzt. Mary Ellen hat Leute in Boston eingestellt und ich hier, und wir haben uns nicht besonders gut abgesprochen und jetzt habe ich Babysitter *en masse*. Im Gästehaus stapeln sie sich schon bis unters Dach«, sagte sie lachend. »Eine schläft auf der Luftmatratze in dem Raum über der Garage.« Als sie meine Miene sah, plätscherte ihr Lachen aus. »Mary Ellen hat dich also nicht angerufen, oder?«

»Nein.«

»Also, das tut mir leid. Ich werde mit ihr darüber reden. Aber ich kann dich nicht behalten. Ich brauche einfach keine weitere Babysitterin mehr. Ich habe schon Ersatzleute für die Ersatzleute.« Sie legte ihren Kopf schief. »Aber du könntest noch die letzte Fähre erwischen. Die fahren mindestens bis zehn.« Sie sah auf ihre Uhr und tippte mit ihrem perfekten roten Fingernagel dagegen. »Oh ja, du hast noch genügend Zeit.«

»Aber ich müsste auch noch den Bus nach Providence erreichen«, sagte ich. »Und bis ich zurück in Hyannis bin, fahren längst keine mehr.« Als ob das gerade mein größtes Problem wäre. Die Enttäuschung lauerte in mir wie eine Wespe über einem Stück Wassermelone und meine Träume zerplatzten wie Seifenblasen. Tschüss, Jay auf deinem Rettungsschwimmerstuhl, tschüss, verregnete Nachmittage, an denen ich mit Jules Filme schaue, tschüss, morgendliche Strand-Joggingläufe und achthundert Dollar pro Woche.

»Richtig, wie dumm von mir«, sagte sie kopfschüttelnd. »Du wirst ein Taxi brauchen.« Sie ging zur Kücheninsel und öffnete eine Schublade. Während sie das Bargeld zählte, schwankte sie ein wenig. Ich bekam drei neue Hundertdollarscheine von ihr. »Das sollte gut bis nach Hause reichen.« Sie hatte Schluckauf. »So, willst du, dass dich jemand zur Fähre bringt, oder schaffst du das alleine?«

Sieben

Während ich das Anwesen der Lucasens verließ, überlegte ich, welche Möglichkeiten mir blieben.

Option eins: die 10-Uhr-Fähre erwischen.

Ich wollte aber nicht nach Hause. Denn dann würde Mom den ganzen Sommer so tun, als ob wir ein großartiges langes Mädchenwochenende verbringen würden, obwohl wir beide schlecht drauf wären – sie, weil sie Dad nachtrauerte, und ich, weil ich mit meinen Freunden zusammen sein wollte. Sie würde versprechen, dass wir Ausflüge nach Newport oder Block Island machen, aber wenn es dann so weit wäre, hätte sie irgendwelche Kopfschmerzen. Und jedes Mal, wenn ich zu Dad ginge, hätte sie diesen Ausdruck in ihren Augen, als würde ich sie betrügen. Es war dieser weiche, bettelnde Blick, bei dem ich sie am liebsten sofort in den Arm nehmen und trösten wollte, aber gleichzeitig auch so schnell wegrennen, wie ich nur konnte. Ich verbat mir diesen Gedanken, noch bevor ich das Ende der Einfahrt erreicht hatte. Ich durfte noch nicht aufgeben.

Option zwei: zu Jules gehen.

»Es liegt ganz zentral«, hatte sie mir erklärt, »nur fünf Minuten vom *Hub* entfernt.« Das *Hub* war ein kleiner Laden, wo sie ihre Zeitschriften kaufte. »Sie haben auch

Postkarten und Kleinkram, Tic Tac, Kaugummi, Schlüsselanhänger und solche Sachen. Weil es in Nantucket ja keine großen Kaufhäuser gibt.«

Außerdem erzählte sie mir, dass nachts niemand seine Haustür hier abschloss, dass die Leute ihren Schlüssel im Jeep stecken ließen und jeder sein Brot beim Bäcker kaufte und das Gemüse beim Bauern und nicht im Supermarkt. Bei ihr hörte sich Nantucket wie ein fremdes Land an, dessen Bräuche ich wahrscheinlich nur schwer verstehen würde. Und das ärgerte mich. Es war ja nicht ewig weit weg. Meine Mutter hatte hier auch einen Sommer verbracht. Ich war schon ein paar Mal auf Cape Cod gewesen. Und in Tiverton gab es einen Bauernstand, bei dem Mom, Dad und ich im Sommer immer Blaubeeren, Tomaten und Mais geholt hatten. Ich war nicht völlig ignorant. Zugegeben, ich hatte vorsorglich zwei große Schachteln Tampons eingepackt. Könnte ja sein, dass sie hier nicht so leicht zu bekommen waren oder so teuer wie in Russland.

Jules' Adresse kannte ich auswendig, Darling Street 4, und ich wusste auch genau, wie ihr Haus aussah. Die Claytons nahmen Jahr für Jahr ein Familienfoto als Weihnachtskarte, auf dem sie vor der blauen Haustür mit dem Jakobsmuschelklopfer posierten. Über ihnen hing die goldene »4«, was aussah, als hätte jemand die perfekte Familie durchgezählt: Mutter, Vater, Schwester, Bruder. Auf der Karte vom letzten Jahr schaut Nina hoch und lacht. Welches Foto würden sie wohl dieses Jahr wählen? Würden sie sich überhaupt wieder vor die Haustür stellen? Mich überkam ein neuer Anfall von Traurigkeit, er schlug unerbittlich zu. Verlust hatte etwas Gewalttätiges an sich.

Als ich mich der Innenstadt näherte, holte ich die Straßenkarte heraus. Es war gar nicht so leicht, in der Dunkelheit die Straße der Claytons zu finden. Insekten summten in den umliegenden Gärten, während ich mit dem Finger den Weg entlangfuhr.

Ich ging durch die Stadt zurück und überquerte die belebte gepflasterte Hauptstraße. Mann, gab es hier etwa eine Fabrik für schöne Menschen? Eine Brutstätte für Models? Die Älteren liefen zu zweit oder zu viert dicht beieinander, die Jüngeren in lockeren Sechser- oder Achtergruppen. Der holprige Gehweg wurde von altmodischen Straßenlaternen beleuchtet. In den Schaufenstern lag Schmuck mit Meeresmotiven. Goldene Seesternohrringe lagen in einem Teich aus grüner Seide und diamantbesetzte Anker hingen an Samtbüsten.

Die Schaufenster der Inneneinrichtungsgeschäfte wirkten so heimelig und einladend, dass ich am liebsten in eins davon hineingekrochen wäre und es mir in ihrem nautischen Ambiente gemütlich gemacht hätte. Dann hätte ich meine Zehen in einen der Flickenteppiche vergraben und mich rückwärts in die dicken Kissen fallen lassen. Wie lustig, dachte ich, wenn Jules dann am Morgen vorbeilaufen und mich in einem Bett im Schaufenster entdecken würde.

Ich bog in die Fair Street ab und wollte weiter zu Jules,

als ich in meinem Kopf die Lehrerstimme meiner Mutter hörte. Sie erinnerte mich daran, dass Jules gesagt hatte, ich könne nicht bei ihr wohnen, und das sollte ich auch bitte respektieren. Ich konnte da nicht einfach auftauchen, außer ich hatte einen Platz, wo ich ganz sicher bleiben konnte. Eine Kirchenglocke läutete und ich zählte die tiefen Schläge. Es war zehn Uhr. Ich blieb stehen, ließ die Tasche fallen und schaute auf die Karte. Ich war vier Kreuzungen von der Darling Street entfernt und stand vor einem Gasthaus. Es war weiß mit dunkelroten Fensterläden und einer Veranda und trug ein geschnitztes Schild mit goldenen Buchstaben.

Option drei: das *Cranberry Inn.*

Die Tür stand offen. Der Eingangsbereich sah aus wie ein Wohnzimmer. Dort gab es Bücherregale, verschlissene Orientteppiche und verschiedene Sofas und Sessel, die um einen Kamin gruppiert waren. Hinter einem antiken Tresen las ein Mann mit Pferdeschwanz und Ziegenbart ein Taschenbuch mit einem dieser dunklen Männercover. Auf seiner Nasenspitze saß ein Brillengestell aus dem Drogeriemarkt. Er hatte die Beine übereinandergeschlagen und es sich in einem Sessel bequem gemacht. Es sah fast so aus, als hätte er eine Schlafanzughose oder vielleicht auch eine Karatehose an. In seiner Tasse hing ein Teebeutel. Er nippte am Tee und blätterte schnell um, während seine Augen nach oben zur nächsten Seite sprangen.

»Entschuldigung, haben Sie noch ein Zimmer frei?«, fragte ich. Oh Gott, jetzt sagte ich doch tatsächlich eine

Zeile aus der Weihnachtsaufführung in der fünften Klasse, in der ich die Maria gespielt hatte.

Der Kopf des Mannes schnellte nach oben, und er schaute mich mit aufgerissenen Augen erschrocken an, dann gluckste er.

»Ich habe dich gar nicht reinkommen hören«, sagte er, als ob er mich kennen würde. Er hielt sein Buch hoch. »Unsere Gäste lassen oft ihre Krimis da und ich kann sie einfach nicht aus der Hand legen. Die fesseln mich jedes Mal.« Er schüttelte enttäuscht über sich selbst den Kopf und winkte mich zu sich. »Nur hereinspaziert. Ich bin Gavin.« Er schaute durch die offene Tür nach draußen. »Bist du mit deinen Eltern hier?«

Ich verneinte.

»Eine Alleinreisende«, sagte er. »Wenn man sich selbst kennenlernen will, geht doch nichts übers Alleinreisen. Setz dich. Nimm einen Keks.« Er zeigte auf einen Tisch mit einem Wasserkrug und einem Teller voller Schokokekse. Ich nahm einen. Er neigte den Kopf und blätterte in seinem Reservierungsbuch. »Wir haben noch ein Zimmer. Die Admiral-Suite.«

Die Küchentür schwang auf und ein Mädchen mit einem Tablett frischer Gläser kam herein. Es stapelte sie neben dem Wasserkrug.

»Oh, toll«, sagte ich und hielt die Hand vor den Mund, während ich noch hinunterschluckte. Ich war hungriger, als mir bewusst gewesen war. »Die nehme ich.«

»Sie kostest drei neunundneunzig.« Er seufzte. »Plus Steuern«, fügte er noch hinzu.

»Oh«, sagte ich. »Das kann ich mir nicht leisten. Ich bin nicht wirklich zum Urlaubmachen hier, ich suche Arbeit.« Meine dreihundert Dollar mussten mindestens zwei oder drei Nächte reichen. Ich ließ mich etwas tiefer in den Stuhl sinken. Jetzt war ich zum ersten Mal müde. Seit ich heute Morgen um fünf aufgestanden war, war ich aufgedreht und voller Erwartungen gewesen.

»Gib ihr Rebeccas Zimmer«, sagte das Mädchen mit heftigem Akzent. Kam es etwa aus Irland? »Dafür kannst du nicht mehr als hundert nehmen, oder?« War sie vielleicht seine Tochter? Sie war ein bisschen pummelig, hatte rote Backen und eine sonnenverbrannte Nase. Sie schob sich eine schwarze Locke hinters Ohr und deutete in meine Richtung. »Armes Ding, sieht total fertig aus.«

»Und Rebecca hätte nichts dagegen?« Ich fragte mich, wer Rebecca war.

»Die ist inzwischen schon halb in England«, antwortete Gavin.

»Da besorge ich meiner Cousine einen Job in Nantucket und sie schmeißt ihn nach einer Woche schon wieder hin, weil sie ihren Freund vermisst, diesen dummen Kerl.« Ich war mir nicht sicher, ob ich das wegen ihres Akzents lustig fand und ob es überhaupt als Witz gemeint war, aber ich musste lachen. »Er ist echt ein Schwachkopf.«

»Ich suche Arbeit«, sagte ich, streckte den Rücken

durch und schlug mit der Hand auf den Tisch. »Und ich brauche eine, wo ich auch wohnen kann.«

»Also, das passt doch wunderbar, oder?«, sagte die junge Frau, eine Hand auf ihrer ausladenden Hüfte. »Du bekommst deinen Job, Gavin muss sich nicht groß auf die Suche nach einem Zimmermädchen machen und ich brauch mir nicht das Bad mit irgendeinem Psycho zu teilen. Du bist doch kein Psycho, oder?«

»Nee!« Ich schüttelte den Kopf. Zimmermädchen? Das hörte sich irgendwie nach einer Arbeit aus dem vorletzten Jahrhundert an, so ähnlich wie Tagelöhnerin oder Küchenmagd. Musste ich etwa Butter stampfen, Kamine fegen und Teppiche mit dem Besen ausklopfen? Und wenn schon! So hätte ich Arbeit und ein kostenloses Zimmer.

»Wir wissen nicht mal, wie sie heißt«, sagte Gavin zu der jungen Frau. Er legte eine Hand auf seine Brust und wandte sich zu mir. »Entschuldige, aber wie heißt du?«

»Cricket«, sagte ich. »Cricket wie die Grille. Cricket Thompson.«

»Wie merkwürdig«, sagte Gavin. »Vorhin erst sind mir die Grillen aufgefallen, ich meine, wirklich aufgefallen. Und ich dachte noch – ah, das Lied der Grillen, das Lied des Sommers.«

»Siehst du, das war ein Zeichen«, sagte die junge Frau. »Ich bin übrigens Liz. Nicht Liza, nicht Lizzy und« – sie warf Gavin einen finsteren Blick zu – »ganz bestimmt nicht Lisbetchen.«

»Freut mich, dich kennenzulernen, Liz.«

»Was meinst du, Gavin?«, fragte sie.

»Morgen kommt jemand, um sich bei uns vorzustellen«, sagte er. »Aber es gibt keinen Grund, warum ich mich nicht auch mit Cricket unterhalten sollte. Wie wär's, komm doch einfach morgen noch mal hier vorbei, vielleicht um drei?«

»Okay«, sagte ich und schüttelte seine Hand. »Das hört sich toll an.«

»Warte mal, wer kommt denn zu diesem Gespräch?«, fragte Liz.

»Svetlana«, sagte er.

»Svetlana ... *die Kuh?«,* erwiderte Liz entsetzt. Es hörte sich an, als meinte sie es absolut ernst, also verkniff ich mir ein Lachen.

»Sie hat gute Empfehlungen«, sagte Gavin.

»Sie hat direkt vor meinen Augen mit Shane geflirtet.«

»Wen ich einstelle, entscheide immer noch ich, Liz«, sagte Gavin, er hörte sich inzwischen wirklich verärgert an. »Dann sehen wir uns morgen, Cricket?«

»Ja«, sagte ich lächelnd. Es war mir zu peinlich, noch einmal nach Rebeccas Zimmer zu fragen. »Bis dann.«

Ich gab ihm meine Handynummer, nahm meine Reisetasche und ging. Sobald ich die Hauptstraße erreicht hatte, setzte ich mich vor den hübschen Geschäften auf eine Bank und fragte mich, wo ich die Nacht verbringen sollte. Mein Handy klingelte. Ich betete, dass es Jules war, die mich natürlich sofort zu sich einladen würde. Aber es war meine Mutter.

Ein Teil von mir wollte nicht rangehen. Dann müsste ich ihr nämlich erzählen, dass es mit dem Ferienjob nicht geklappt hatte und ich gerade ernsthaft überlegte, ob ich auf einer Parkbank übernachten sollte. Dann wäre klar, dass sie recht gehabt hätte und das mit Nantucket eine schlechte Idee gewesen war. Das wäre der Beweis dafür, dass ich nicht die selbstständige junge Frau war, die ich so gern sein wollte.

Aber der andere Teil, der müde Teil von mir, der mit der Blase am linken Fuß und dem knurrenden Magen und keinem blassen Schimmer, wo er heute Nacht schlafen sollte, wollte mit ihr reden.

»Mom?«

»Süße? Was ist passiert?«

Ich musste nur ein Wort sagen und sie wusste, wenn etwas nicht stimmte. Das war schon immer so. Wenn Mom eine Superkraft besitzt, dann ihren Gehörsinn. Und wenn es um mich geht, sind ihre Ohren so gespitzt wie die eines Wolfs. Es hatte keinen Zweck, sie anzulügen.

»Also, der Babysitterjob hat nicht geklappt«, sagte ich.

»Oh, das tut mir leid«, erwiderte sie. »Das ist bestimmt sehr enttäuschend für dich.«

»Ja«, sagte ich.

»Aber weißt du noch, als Andrew in den Minivan gekackt hat und du alles sauber machen musstest? Oder als er unbedingt Transformers mit dir spielen wollte … und das eine ganze Woche lang?«

»Ja. Das mit dem Minivan war ekelhaft.«

»Du hasst es, auf Kinder aufzupassen, schon vergessen?«

»Ich schätze, das stimmt.«

»Also ist das doch gut. Lässt dich die Familie wenigstens heute dort übernachten?«

»Nicht wirklich«, sagte ich.

Ihre Stimme wurde eine Oktave tiefer. »Was soll das heißen? Wo bist du jetzt?«

»Bevor du gleich völlig ausflippst, es gibt auch gute Neuigkeiten: Ich habe morgen ein Vorstellungsgespräch. Und die Wahrscheinlichkeit liegt bei fünfzig Prozent, dass ich den Job bekomme. Vielleicht sogar bei sechzig.«

»Um als was zu arbeiten?«, fragte sie.

»Als Zimmermädchen.«

»Als Dienstmädchen? Nein, nein, nein. Und wo bist du heute Nacht? Es ist schon spät!«

»Das weiß ich noch nicht«, sagte ich.

»Also, wo bist du denn jetzt gerade?«

»In der Stadt«, sagte ich, während ich das Kopfsteinpflaster, die neblige Abendluft, die Bücher, die gegenüber in dem Drehständer der Buchhandlung steckten, und den Anblick der Händchen haltenden, eleganten, gut gekleideten Paare auf mich wirken ließ, »und es ist perfekt.«

»Wir machen das jetzt folgendermaßen«, sagte sie, als

hätte sie mir gar nicht zugehört. »Du bleibst, wo du bist. Ich telefoniere ein wenig herum, suche dir einen Platz zum Schlafen und bezahle das Zimmer mit meiner Kreditkarte. Vielleicht gibt es das *Jared Coffin House* ja dort noch.«

»Danke, Mom.« Ich war total erleichtert. Mit einer Mütze voll Schlaf und mindestens einem weiteren Tag hier auf der Insel würde ich bestimmt etwas finden.

»Und morgen früh nimmst du als Erstes die Fähre zurück nach Hyannis. Ich hol dich ab und dann verbringen wir den Sommer gemeinsam. Nur wir beide.«

Jetzt spitzte ich die Ohren. Ich konnte sie regelrecht lächeln hören. Ihre Erleichterung wob sich mit einem feinen Faden schmerzhaft durch meine Enttäuschung. Ich wollte gerade protestieren, als ein anderer Anruf reinkam. Eine Nummer aus Nantucket.

»Warte mal einen Augenblick, Mom«, sagte ich und wechselte die Leitung. »Hallo?«

»Cricket? Hier ist Liz. Wo steckst du, du Dummerchen? Du bist einfach abgehauen.«

»In der Innenstadt«, sagte ich. Das waren gute Neuigkeiten, das spürte ich.

»Na, dann komm in die Hufe! Ich habe Gavin überredet, dass er dir morgen eine Chance gibt. Wenn du eine echte Katastrophe bist, darf er Svetlana einstellen, ohne dass ich weiter rummeckere.«

»Das ist toll«, sagte ich und grinste breit. »Das ist echt toll. Danke!«

»Also, sei bitte keine Katastrophe!«

»Nein«, sagte ich. »Versprochen. Bis gleich.«

Ich schaltete zurück zu meiner Mutter. »Mom, ich habe gerade den Zimmermädchenjob bekommen!«

»Was? Jetzt eben?«

»Ja! Ich kann in Nantucket bleiben!«

»Als Dienstmädchen?«

»Ja, das ist doch besser als Babysitten, oder? Und der Gasthof ist echt hübsch. Er heißt *Cranberry Inn.*« Ich schnappte wahrscheinlich zum hundertsten Mal heute meine Tasche und ging zur Fair Street zurück. »Du würdest ihn mögen, garantiert. Er ist gemütlich und altmodisch und sie backen jeden Nachmittag Kekse dort. Schau ihn dir mal im Netz an.« Ich wartete, bis sie die Webseite gefunden hatte. »Dort könntest du mich sogar besuchen kommen.«

»Es sieht wirklich sehr nett aus«, sagte sie. Das musste man ihr wirklich lassen. Sie strengte sich an. »Also gut, aber falls du es dir noch anders überlegst, brauchst du nur anzurufen …«

»Ich melde mich, sobald alles geregelt ist – okay, Mom?«

»In Ordnung«, sagte sie und legte auf.

Ich bog in die Fair Street ein und stellte mir meine Mutter vor, wie sie sich mit einem Glas lauwarmem Leitungswasser und ihrem Krimi bettfertig machte. In der Schublade ihres Nachttisches bewahrte sie noch immer ein Foto meines Vaters auf. Ich wusste, dass sie weder an diesem noch am nächsten oder übernächsten Abend etwas vorhatte. Als Liz die Tür öffnete und mich zu dem winzigen Zimmer mit Rosentapete, einem Fenster mit abblätternder Farbe, einem Doppelbett, einem Waschbecken, einer Kommode und einer Dachschräge führte, versuchte ich mir einzureden, dass ich nicht schuld daran war, dass meine Mutter alleine war.

»Wir fangen morgen früh um Punkt sechs Uhr an«, sagte Liz.

»Okay«, sagte ich und ließ die Reisetasche auf den Boden fallen. Ich würde bis morgen warten und sie dann fragen, was man als Zimmermädchen eigentlich genau zu tun hatte und wie viel man verdiente. Jetzt, wo ich den Job hatte, kam mir die Suche wie ein Klacks vor verglichen mit dem eigentlichen Grund meines Nantucket-Abenteuers: für Jules da zu sein und mich vielleicht, ganz eventuell in Jay Logan zu verlieben. Ich spritzte mir kaltes Wasser ins Gesicht und schlüpfte zur Tür hinaus, die, wie Liz mir versichert hatte, immer offen blieb. Ich lief in Richtung Darling Street. Es war 22 Uhr 43. Hoffentlich war Jules noch wach.

Acht

Während ich zum Haus lief, stellte ich mir vor, wie ich mit dem Jakobsmuschelklopfer an der Tür pochte. Jules' Augen würden vor Überraschung ganz groß werden und sie würde vielleicht diese kleine Hüpf-flatter-tret-Bewegung machen und mich dann unterhaken und zur Hollywoodschaukel auf die Veranda ziehen. Noch ein Platz, der auf den Familienfotos der Claytons gut dokumentiert war.

Ich war im Nullkommanichts da. Das Haus sah genauso aus, wie ich es mir vorgestellt hatte. Mit Rosen bewachsene Spaliere, ein weicher, einladender Rasen mit angrenzendem Garten, Büsche mit großen Blüten, die an der Vorderseite des Hauses entlangführten, eine umlaufende Veranda, an deren Geländer Strandtücher zum Trocknen aufgehängt waren, zwei Fahrräder, die an der Garage lehnten, und ein Jeep mit Holztüren (die Landjacht, wie Zack ihn nannte), der in der Einfahrt stand.

Ich klopfte. Jules öffnete sofort. Sie hatte die Haare hochgesteckt und war geschminkt.

»Ta-da!«, sagte ich und streckte meine Arme aus.

»Was?« Sie blinzelte. Sie hatte neue Ohrringe, so lange.

»Ich bin's, Cricket«, sagte ich. Hatte sie mich in ihrer Trauer etwa vergessen?

»Ich weiß«, sagte sie. »Was machst du hier?«

»Ich wohne hier. Ich habe Arbeit und einen Platz, wo ich schlafen kann, und alles!« Ich hatte meine Arme noch immer ausgebreitet. Hätte ja sein können, dass Jules hineinhüpfen wollte. Aber sie stand einfach nur in der Tür und schaute mich ausdruckslos an. Ich steckte meine Hände in die Hosentaschen. »Ich arbeite als Zimmermädchen.« Gott, hörte sich das seltsam an.

»Oh.« Sie kam nach draußen, schloss die Tür und schaltete das Licht an. »Wo?«

»Im *Cranberry Inn.*« Jules schüttelte den Kopf, das kannte sie nicht. »Es ist total nah, fast um die Ecke.«

»Toll.« Sie lächelte, aber es sah aus, als ob sie Schmerzen hätte.

»Das ist also euer berühmtes Nantucket-Haus«, sagte ich und trat ein paar Schritte zurück. Das feuchte Gras kitzelte an meinen Knöcheln. Die Glühbirne summte. Nachtfalter flatterten drum herum. Der Himmel über uns war voller Sterne. Ich atmete die Nachtluft. »Es ist wunderschön.«

Sie nickte und setzte sich auf eine der Bänke. Ich setzte mich ihr gegenüber und schob die Hände unter meine Schenkel. Sie sagte immer noch nichts, also fing ich mit Reden an. Ich erzählte ihr von der Busfahrt nach Boston und von den Lucas-Kindern. Ich erzählte von Gavin und seinen Hippie-Hosen und von Liz' Akzent. Ich erzählte ihr von meinem Zimmer, der Dachschräge, der winzigen Kommode und dem kleinen Fenster, von der Haustür, die nie verschlossen wurde, und auch, dass ich nicht mal fünf Minuten gebraucht hatte, um von dort hierher zu laufen. Ich erzählte so viel, dass mein Mund schon ganz trocken war, aber sie beteiligte sich null an der Unterhaltung.

»Mir ist vollkommen klar, warum ihr den Sommer über keine Übernachtungsgäste haben wollt«, sagte ich. »Ich meine, das ist ja logisch. Aber ich dachte, so kann ich trotzdem für dich da sein. Wenn du mich brauchst, egal wann, musst du mich nur rufen.«

»Danke«, sagte sie und starrte an mir vorbei. Sie schlug die Beine übereinander und zog eine Zigarette aus der Packung. Ich versuchte, nicht allzu überrascht zu wirken. Bis jetzt hatten wir erst einmal geraucht. Bei ihnen im Keller. Es war fürchterlich gewesen, als würde man die Abgase eines alten Schulbusses einatmen. Mir war übel und schwindelig geworden. Nina hatte den Rauch bis zur Garage gerochen, wo sie an einem ihrer Projekte arbeitete – irgendwas mit einem Sägebock. Sie kam zu uns in den Keller gerannt und rief »Nein, nein, nein!«, und wedelte dabei mit dem Besen herum, was unfreiwillig ziemlich komisch aussah.

Später setzte sie sich zu einem ernsten Gespräch mit uns zusammen und zeigte uns Bilder im Internet. Schwarze, runzelige Lungen und faltige Gesichter, die wie aus Cordstoff wirkten. Ich hatte seitdem nicht mehr geraucht, aber Jules rauchte wie jemand, der das öfter machte. Sie tippte mit dem Finger gegen die Zigarette, und die Asche rieselte wie Schnee in eine Coladose. Auf der Veranda bewegten sich die Strandtücher im Wind.

»Willst du eine?«, fragte sie.

Ich schüttelte den Kopf.

»Wo ist dein Dad?«, fragte ich.

»Im *Club Car.*«

Ich nickte, als wüsste ich, was das heißt. Im Haus lachte jemand – ein Mädchen.

»Habt ihr Besuch?«, fragte ich.

»Ein Mädchen, bei Zack.«

»Welches Mädchen?« Soviel ich wusste, hatte Zack noch keine feste Freundin. Es gab da mal eine Valerie, die Französin, die er während eines Skiurlaubs in Vail kennengelernt hatte. Aber nach ein paar Wochen Skype-Kontakt hatte sie Zack eine dramatische E-Mail geschickt und war weitergezogen. Danach rührte er einen Monat lang keine Croissants mehr an und alle französischen Wörter waren verboten, einschließlich Omelette, Parfüm und Champagner.

»Das Mädchen von da drüben«, sagte Jules. Sie stopfte ihre Zigarette in die Dose. Es zischte.

»Cool. He, hast du Jay gesehen?«, fragte ich. »Er hat erzählt, dass er Rettungsschwimmer am Surfer Strand ist.«

»Am Surfside«, korrigierte mich Jules. »Und ja, ich habe ihn gestern Abend getroffen.«

»Wie sah er aus?« War er mit jemandem zusammen? Hat er nach mir gefragt?

»Scharf«, sagte sie so schnell und bestimmt, dass ich sie am liebsten daran erinnert hätte, wie sehr ich ihn mochte.

»Mann, wenn ich daran denke, dass wir uns bei Nora beinahe geküsst hätten. Das war unglaublich.«

»Lag wahrscheinlich an der Flittchenatmosphäre dort.«

»Ich kann's kaum erwarten, ihn wiederzusehen. Soll ich ihm eine Nachricht schicken oder ist es besser, wenn ich ihm einfach über den Weg laufe?«

»Ich würde warten, bis ich ihm irgendwo begegne«, sagte sie.

»Meinst du?«

Sie nickte. »Also, ich bin jetzt jedenfalls müde. Ich denke, ich hau mich mal hin.«

»In Ordnung«, sagte ich und stand auf. Obwohl ich nicht an der Zigarette gezogen hatte, war mir ein wenig schwindelig. Ich drehte mich zu dem Weg, der zurück zur Straße führte. »Also dann, wir sehen uns morgen?«

»Klar«, sagte Jules.

Ich öffnete das Gartentor.

»Ziehst du dir wieder 'ne Kippe rein, Jules?«

Ich sah nach oben. Zack lehnte aus einem der Fenster im ersten Stock. Er schaute in meine Richtung.

»He, wer ist das denn?«

»Ich bin's, Cricket«, sagte ich und winkte. Sekunden später fiel hinter ihm die Fliegengittertür in Schloss. Er war barfuß und hatte verstrubbelte Haare. Er sah aus, als hätte er einen Strandtag hinter sich und noch nicht geduscht. Er joggte halb zu mir, sodass Jules zur Seite trat. War er in der letzten Woche etwa ein Stück gewachsen?

»Was machst du denn hier?« Er nahm mich kurz, aber fest in den Arm. Er roch nach Sonnenmilch und Salzwasser. »Ich dachte, du kommst nicht. Ich dachte, du hast einen Babysitterjob in Providence. Wann bist du angekommen? Wohnst du bei uns?«

»Nein, weißt du nicht mehr, was Dad gesagt hat?« Jules stand ein paar Meter hinter uns. Zack sah verwirrt aus.

»Ich bin seit heute Abend hier. Ich hab einen Job im *Cranberry Inn* und kann auch dort wohnen.«

»Oh, das kenne ich. Haben die nicht die berühmten Muffins?«

»Keine Ahnung«, sagte ich. Bei dem Gedanken, wie Zack sich über den Nantucket-Muffin-Tratsch auf dem Laufendem hielt, musste ich grinsen.

»Was?«, fragte er.

»Nichts.«

»Kommst du morgen auch zu der Party in Sconset?«

»Welche Party?«

»Das ist keine Party«, sagt Jules. Ihre Silhouette zeichnete sich im Türrahmen ab. Sie sah der von Nina so ähnlich, dass ich einen leichten Druck auf meiner Brust spürte. »Da treffen sich nur ein paar Leute, die jeden Sommer hier sind.« Ich fragte mich, ob das bedeutete, dass Jay auch dort sein würde. Mein Gefühl sagte mir Ja.

»Okay. Dann lass es uns Kennenlernparty nennen«,

sagte Zack zu Jules. »Ich wusste gar nicht, dass du so einen Hang zur Genauigkeit hast.«

»Schon klar, du Schlaumeier«, sagte sie.

»Einen Hang?«, fragte ich mit hochgezogenen Augenbrauen.

»Ich bin eben ein Wortkämpfer«, sagte er. Das war das Wortschatzaufbauprogramm für die Unizulassung, das jeder zu Hause hatte. Zack zog einen Kuli aus der Tasche. Dann nahm er meine Hand, öffnete meine Finger, strich sie glatt und schrieb *Sand Dollar Lane 15* auf die Innenfläche.

»Ich habe keine Ahnung, wo das ist«, sagte ich.

»Einfach die Milestone Road entlang.«

»Geht das zu Fuß?«

»Nein. Ich werde von der Arbeit aus mitgenommen. Aber schick Jules doch einfach eine Nachricht. Sie kann dich einsammeln.« Wir drehten uns zu ihr um, aber sie war nicht mehr da.

Neun

»Frühstück gibt es im Garten, außer es regnet«, sagte Liz, während sie fachmännisch das Besteck aus der Spülmaschine nahm und es mit einem karierten Küchenhandtuch nachpolierte. »Dann decken wir im Speisezimmer ein.«

»Verstanden«, sagte ich und schlürfte meinen Kaffee. Die erste Tasse aus der Kaffeemaschine, deren Bedienung mir gerade erklärt worden war (mit Wasser befüllen, zwanzig Löffel in den Filter, Stecker rein und einschalten). Der war aber auch heiß! Hoffentlich setzte die belebende Wirkung bald ein. Liz räumte einen Stapel kleiner Schüsseln aus der Spülmaschine und reichte ihn mir. »Im Kühlschrank steht Marmelade. Die kannst du auf diese Soufflé-förmchen hier verteilen.«

»Okay, kein Problem«, sagte ich und versuchte mir das Wort *Souffléförmchen* zu merken. Hörte sich irgendwie nach einer neu entdeckten Art B-Hörnchen an. Ich trank noch einen großen Schluck Kaffee.

Gavin holte eine Ladung Blaubeermuffins aus dem Ofen. Mir lief das Wasser im Mund zusammen und mein Magen knurrte so laut, dass er und Liz lachen mussten. Gavin nahm vorsichtig einen Muffin aus der Form, legte ihn auf einen Unterteller und schob ihn mit exakt dem richtigen Schwung über die Theke, dass er direkt vor mir landete. »Vielleicht wartest du besser, bis er abgekühlt ist«, sagte er. Aber ich konnte nicht warten. Ich brach das knusprige Oberteil ab, schmierte Butter darauf und stopfte es mir in den Mund. Und noch bevor ich richtig fertiggekaut hatte, biss ich schon ein zweites Mal rein.

»Mitkommen, du Gierschlund«, sagte Liz, »wir müssen die Stühle im Garten abwischen.«

Ich aß noch einen Bissen, nahm einen sauberen Lappen vom Stapel unter der Spüle und folgte Liz nach draußen. Auf dem taufeuchten Gras waren acht schmiedeeiserne Tische mit passenden Stühlen aufgestellt, die auf verliebte Pärchen warteten. Der Garten wurde von Hecken, Rosensträuchern und von Büschen eingerahmt, die aussahen, als würden blaue Bommel daranhängen. Über den Rasen hoppelte ein grauer Hase. Er verschwand in einem Busch mit rosa Beeren direkt neben dem Fenster, das ich zum Lüften mit dem Emily-Dickinson-Buch offen hielt.

»Du hattest gestern Abend keinen Besuch, oder?«, fragte Liz, während sie über die Tische wischte.

»Nein«, sagte ich. Gavin kam mit einer Gartenschere aus der hinteren Tür. Er ging den Klinkerweg am plätschernden Brunnen vorbei bis zu den Rosen, wo er garantiert ein Blumenarrangement für das Büfett zusammenstellen wollte. »Warum?«

»Mach ihr keine Angst«, sagte Gavin, als er an uns vorbeilief, er roch schwach nach Patschuli.

»Ich will sie doch nur vor Mr Whiskers warnen.«

»Habt ihr hier eine Katze?«, erwiderte ich.

»Viel besser. Einen Geist«, sagte Liz. »Einen alten Kapitän mit langem Rauschebart.« Sie reckte ihr Kinn nach vorn und zeigte mir, wie groß der Bart war.

»Ich arbeite jetzt schon seit acht Jahren hier und habe ihn noch nie zu Gesicht bekommen«, sagte Gavin, während er eine Rose inspizierte, die er abschneiden wollte.

Was, ich dachte, Gavin gehört das Ganze hier?

»Ich glaube nicht an Gespenster«, sagte ich. Hatte ich noch nie. Ich finde, im echten Leben gibt es genug, wovor man Angst haben kann: betrunkene Autofahrer, Vergewaltiger, ungewollte Schwangerschaften, humane Papillomviren, halb gares Hühnchen, ein toxischer Schock und ein schlechter Ruf. Da wollte ich nicht auch noch die unsichtbare Welt und das Paranormale auf meine Liste setzen. Außerdem gab es doch immer jemanden, der beim Gläserrücken schummelte, oder einen Bruder, der draußen vor dem Zelt herumstapfte und sich die Taschenlampe unters picklige Kinn hielt.

»Aber er hat ihn schon gehört«, sagte Liz. »Er hat gehört, wie die Türriegel geöffnet und wieder geschlossen wurden.«

»Das könnte auch der Wind gewesen sein«, sagte Gavin und ging weiter zu den Bommelblumen.

Liz sah von dem Stuhl auf, den sie gerade trocken wischte. »Der den Riegel öffnet?«

»Liz, wenn du Cricket genauso vergraulst wie Rebecca,

stelle ich niemanden mehr ein. Dann darfst du das hier alleine machen.«

»Doppelt so viel Trinkgeld für mich«, brummte sie.

»Hast du den Geist denn schon mal gesehen?«, fragte ich Liz.

»Nein, aber einer unserer Gäste. Er stand in einem altmodischen Friesennerz neben der Treppe.«

»Unsereins würde Regenmantel dazu sagen«, erläuterte Gavin.

»Er hat in ihre Richtung geschaut«, fuhr Liz fort, »aber eigentlich hat er mehr durch sie hindurchgesehen. Und dann hat er sich ganz langsam umgedreht, und als er die Treppe hochlief, ist ihr aufgefallen, dass er schwebt, weil« – und jetzt betonte sie Wort für Wort – »weil er nämlich gar keine Füße hatte.«

»Ihh«, machte ich. Ein bisschen unheimlich war das schon. »Warte mal, hatte sie vielleicht was eingeworfen?«

»Gute Frage«, sagte Gavin. »Möglicherweise schon. Außerdem kennt Liz die Geschichte nicht aus erster Hand. Die Freundin von dieser Frau hat sie uns erzählt, und die war beim Frühstück total zugekifft.«

Liz verscheuchte ihn. »Also, jedenfalls war ich in einer Galerie in der Hauptstraße, wo es eine Ausstellung mit Porträts aus dem alten Nantucket gibt.«

»Nicht dein Ernst«, sagte ich, während ich die herzförmigen Stuhllehnen abwischte. »Und dort gab es ein Bild von dem Kapitän mit dem Rauschebart.«

»Halt dich nicht mit den Lehnen auf«, sagte Liz. »Die Sitzflächen reichen. Und, ja, darunter stand ein schauerlicher Bericht, wie der Kapitän über Bord gegangen ist und sich seine Beine in den Tauen verfangen haben. Er dachte, er hätte eine Meerjungfrau gesehen, und rief nach ihr. Ich erspare dir die Einzelheiten, aber eins noch.« Sie verschränkte ihre Arme und machte eine dramatische Pause. »Er hat seine Füße auf See verloren.«

Ich lachte herzhaft.

»Gut, dann glaubst du mir eben nicht«, sagte sie und atmete heftig durch die Nase ein. »Aber wenn du auf dem Weg zum Klo in einen fußlahmen, durchsichtigen Kapitän läufst, komm nicht heulend zu mir gerannt.«

»Es ist fast sieben und zwei Pärchen wollen die Fähre um sieben Uhr dreißig erwischen«, sagte Gavin zu Liz, einen Blumenstrauß in der Hand. »Und es fehlen noch die Milchkännchen und die Servietten. Könntet ihr also bitte versuchen, euch zu konzentrieren?«

Liz zog eine Rose aus dem Strauß und steckte sie sich hinters Ohr, dann machte sie auf dem Absatz kehrt und stolzierte davon.

»Hör nicht auf sie«, sagte Gavin. »Nantucket ist voller Leute, die jemanden kennen, der schon mal einen Geist gesehen hat, aber ich habe noch niemanden getroffen, der selbst einem begegnet ist.«

»Ich hab keine Angst«, sagte ich und schaute nach, ob die Adresse, die Zack mir auf die Hand geschrieben hatte, nach dem ganzen Hantieren mit feuchten Lappen noch lesbar war. Zumindest nicht vor Gespenstern, dachte ich.

Zehn

Als es drei Uhr wurde, hätte ich am liebsten den Putzlappen hingeworfen. Das Staubsaugen war nicht das Problem – es hatte fast etwas Befriedigendes, das schwere Ding (es war senfgelb und aus dem letzten Jahrhundert) über den Boden zu schieben und diese Streifen auf den Teppichen zu hinterlassen. Und Abstauben war ein Kinderspiel. Die Betten neu zu beziehen, war auch nicht so schlimm; denn die Gäste hatten höchstens zwei Nächte darin geschlafen. Aber die Badezimmer waren echt übel. Da gab es bestimmte Gerüche, bestimmte unverkennbare Tropfen und Flecken, die unausweichlich bestimmte Bilder hervorriefen, wie sie entstanden waren. Je mehr ich versuchte diese Bilder auszublenden, desto stärker und schneller drängten sie sich vor mein inneres Auge. Manchmal dachte ich, ich müsste gleich kotzen.

Und überall diese Haare. Auf dem Toilettensitz, in der Badewanne, auf dem Boden und im Waschbecken. Haare, Haare, Haare! Sie lagen in allen Ecken, und in den meisten Fällen waren es keine Kopfhaare. Ich fragte mich echt, was die Leute machten, dass sie in diesem Bereich so viele Haare verloren. Kämmten sie sie täglich und ließen sie fallen, egal wo sie gerade saßen oder standen? Machten das vielleicht alle außer mir?

Das Beste an diesem Job waren die kleinen Umschläge mit Trinkgeld auf der Kommode. Liz hatte sie mit grinsenden und Wasser blasenden Comic-Walen verziert. Meistens steckten nur ein paar Dollar drin, manchmal aber auch ein Fünfer oder ein Zehner. Wir hatten jede neunzehn Dollar bekommen, zusätzlich zu den zwölf Dollar die Stunde hatte ich an meinem ersten Tag also fast hundert Dollar verdient. Das ergab noch keine achthundert die Woche, aber schlecht war es nicht. Liz wies mich darauf hin, dass das Trinkgeld an diesem Tag besonders üppig ausgefallen war, weil viele Gäste abgereist waren.

»Gewöhn dich nicht daran«, sagte sie. »Normalerweise können wir froh sein, wenn jede mit zehn Dollar am Tag extra nach Hause geht.«

Um drei Uhr zogen wir die letzte Tür hinter uns ins Schloss und warfen eine Münze, die wir auf dem Flur gefunden hatten, wer zuerst duschen durfte. Liz fing die Münze aus der Luft und klatschte sie auf ihren Handrücken. »Kopf, ich habe gewonnen«, sagte sie. Nach dem Duschen würde sie ihren Freund Shane treffen, der in einer Bar am Jetties Strand arbeitete. »Er ist dreiundzwanzig. Ein reifer Mann«, sagte sie, während ich auf der Dienstbotentreppe hinter ihr herging, die zu unseren Zimmern führte. »Ein großer, stürmischer Ire, der mir Whiskey Sour spendiert und mich lecker sexy findet und der in seiner Freizeit Yeats liest.«

Liz mangelte es nicht an Selbstvertrauen. Sie war kein

schlankes Püppchen. Sie hatte große, schwere Brüste und Mutteroberschenkel mit Cellulitis. Trotzdem trug sie kurze Shorts und ein Mini-T-Shirt. Sie schlenderte die Treppe hinunter, als wäre sie die heißeste Braut auf Erden, und das obwohl oberhalb und unterhalb der Shorts Speckröllchen herausquollen. Ich bewunderte sie, was ihr Selbstvertrauen betraf. Es war nicht leicht, sich das einzugestehen: Aber ich konnte mir nicht vorstellen, dass es mir irgendwann egal wäre, was die Leute von meinem Aussehen hielten. Schon wenn ich darüber nachdachte, wurde mir beinahe angst und bange.

»Shane hört sich krass an«, sagte ich und verwendete dabei ein typisches Jules-Wort. Wir gingen durch den Flur, wo sich der vermeintliche Geist gerne aufhielt, und blieben vor unseren Zimmertüren stehen.

»Er ist einfach traumhaft«, sagte Liz und ging in ihr Zimmer.

Ich fragte mich, was Jay in seiner Freizeit wohl las. Ich wusste nicht viel über Yeats, aber auf jeden Fall war es sehr beeindruckend, dass Shane ihn las. Wetten, dass die beiden miteinander schliefen, wo er sie doch so lecker sexy fand. Sonst wäre so ein Spruch ja wohl ziemlich lächerlich. Ich fragte mich, ob Jay und ich bis zum Ende des Sommers eine Menge Sex haben würden. Ich fragte mich, wie er mich nennen würde. War ich auch lecker sexy? Ich fürchtete, eher nicht. Was zum Teil an dem Wort *sexy* lag. Das hörte sich einfach komisch an, unwirklich und es passte irgendwie nicht richtig zu einem Gefühlszustand.

»Hast du Lust, heute Abend später noch zum Strand zu kommen?«, fragte Liz, die ihren Kopf durch die Tür gestreckt hatte, ohne vorher anzuklopfen. »Es ist echt lustig dort.«

»Danke«, sagte ich. »Aber ich gehe auf eine Party.«

»Wie du willst«, sagte sie. »Aber Shane hat Freunde.« Ich bezweifelte, dass ich mich für einen über Achtzehnjährigen interessieren würde.

Als Liz fertig war, duschte ich ausgiebig und nahm so viel Seife, dass nach zwanzig Minuten nicht viel mehr als ein kleines Scheibchen übrig war. Dann legte ich mich zwei Stunden lang hin.

Ich schickte Jules zwei Nachrichten, aber sie antwortete nicht. Wahrscheinlich ist sie beschäftigt, dachte ich die erste Stunde lang und fragte mich, ob sie wohl wieder ihren Job im *Nadel und Faden* hatte, einer teuren Boutique in der Hauptstraße. Gegen sieben, als sie auch nicht auf meine zweite Nachricht reagierte, war ich mir sicher, dass sie sauer auf mich war. Ich ging zu dieser Pizzeria beim Fähranleger, weil ich keine Ahnung hatte, wo ich sonst zum Abendessen hinsollte. Nachdem ich meine Pizza aufgegessen hatte, rief ich sie an. Ich war verzweifelt. Ein Gefühl, das ich hasste. Jules nahm nicht ab. »Kannst du mich auf die Party mitnehmen?«, sprach ich ins Nichts der Voicemail.

Es war fast neun Uhr, als sie mir zurückschrieb.

Habe keinen Platz im Jeep.

Ich spürte einen Anflug von Zorn, es brodelte in mir, so wie ein Wasserkocher, kurz bevor er piept. Was soll der Scheiß, dachte ich. Da hatte sie mich ja mal so richtig auflaufen lassen. Dann kam noch eine Nachricht.

Sorry :-(

Ich zeigte meinem Handy den Stinkefinger und holte tief Luft. Du denkst wie jemand, der total verzweifelt ist, sagte ich mir. Du denkst wie Nora. Vielleicht ist im Jeep ja wirklich kein Platz mehr.

Außerdem habe ich nichts falsch gemacht, sagte ich mir, während ich meine Halskette zumachte und mich in meine guten Jeans zwängte. Ich packte das grüne Trägerhemd aus. Einmal hatte mich auf der Straße deswegen irgendein Kerl angequatscht und gesagt, dass meine Augen wie Smaragde aussehen würden. An die Ohren steckte ich zarte Goldkreolen. Ich föhnte mir die Haare und trug den schimmernden Lipgloss auf. Auf meine Wangen puderte ich Rouge.

Kein Platz im Jeep, kein Problem. Gavin hatte gesagt, dass ich mir eins der hauseigenen Fahrräder ausleihen durfte, solange die Gäste sie nicht brauchten, und bis

'Sconset waren es nur knapp zehn Kilometer die Milestone Road entlang. Wahrscheinlich würde ich für die Strecke nicht viel länger als eine halbe Stunde brauchen. Ich entschied mich für ein blaues Rad mit einem großen Korb. Es sah schon ein bisschen älter aus, aber es war das einzige, bei dem der Sattel tief genug eingestellt war. Als ich aus dem Garten fuhr, winkte Gavin mir vom Küchenfenster aus zu, wo er für seine Freundin, eine Chiropraktikerin, Ratatouille kochte. Er hielt ein Glas Rotwein in der Hand.

Der Mond strahlte so hell, dass ich einen Schatten warf. Die Tatsache, dass ich alleine dort hinkam, ohne auf jemanden warten zu müssen, der mich mitnahm, die Abendluft, die so weich war und nach Heu duftete, und auch das Lauschen nach diesen unsichtbaren Insekten hatte etwas Befreiendes. Jeeps und Mopeds rasten an mir vorbei, aus manchen dröhnte Musik. Aber über weite Strecken war die Straße ruhig. Da waren nur ich, mein Atem, mein Schatten und das Geräusch, das die Räder auf dem Asphalt machten. Das Beste aber war, dass ich keine Angst hatte, nachts allein unterwegs zu sein. Das ist der Grund, warum die Leute nach Nantucket reisen, dachte ich. Damit sie nachts keine Angst haben müssen.

Ich rollte um einen Kreisverkehr. Sconset ist eine eigenständige kleine Stadt mit Cafés, einem Markt und dem winzigsten Postgebäude, das mir je unter die Augen gekommen ist. Ich befand mich vor irgendeinem Country

Club, die Fahnen dort knatterten im Wind. Ich erinnerte mich, dass ich mich rechts halten musste, wenn ich die Sand Dollar Lane erwischen wollte. Und ich fand sie auch recht schnell. Gesprächsfetzen drangen zu mir, es war ziemlich offensichtlich, wo die Party stattfand. Obwohl ich noch ein paar Häuser entfernt war, konnte man die Unterhaltungen gut hören.

Ich sprang vom Rad und lief die Einfahrt entlang. Meine Beine waren wackelig und ich hatte Durst. Mein Herz schlug schnell, so laut wie das Knattern der Fahnen vorm Country Club, und mein hübsches grünes Trägershirt klebte mir am Rücken. Schade, dass ich keinen Pulli mitgenommen hatte. Dann hätte ich den drüberlegen können. Als ich mich nach einem guten Abstellplatz für mein Fahrrad umsah (gegen das Haus? In die halb offene Garage?), stolperte ich, meine Beine waren wie Pudding, und ich ließ das Fahrrad fallen. Es prallte gegen einen Stein. Scheiße. Ich hob es auf und lehnte es vorsichtig gegen die Hauswand. Nimm dich zusammen, dachte ich und trug noch etwas Lipgloss auf. Alles ist gut.

Ich hörte Jules lachen, ihr unverkennbares »Ha!«, und mich fröstelte. Das war der Moment, an dem ich besser wieder zu meinem Rad gegangen und verschwunden wäre, weil mir nämlich auf einmal klar wurde, was als Nächstes geschehen würde. Ja wirklich, das passiert einem manchmal und in solchen Situationen braucht man keinen Kummerdoktor, der einem irgendetwas erklärt, man bekommt einfach weiche Knie. Aber aus irgendeinem Grund und obwohl mir die Wahrheit so laut entgegendröhnte wie eine schlechte Matratzenwerbung, wollte ich sie nicht hören. Also drückte ich den Rücken durch und stürzte mich mitten hinein in die Party. Ich legte es praktisch darauf an.

Elf

Von der Veranda kam ein lauter, herzhafter Rülpser. Er war so ekelhaft, ich konnte ihn fast riechen.

»Du willst mir also weismachen, dass es eine absolute Wahrheit gibt«, sagte der Typ auf der Veranda zu seinem Freund, während er mich taxierte. Er war übergewichtig und hatte ein Pfannkuchengesicht, aber das schien ihm nichts auszumachen. Er thronte da, als wäre er der Sohn eines Millionärs. Das ist echt ungerecht. Jungs können ihr Fettsein einfach hinnehmen, als ob es nur ein hervorstechendes Persönlichkeitsmerkmal wäre, während wir Mädchen uns in unseren Shorts auf die Stuhlkante setzen müssen, damit sich die Cellulitis an unseren Oberschenkeln nicht abzeichnet, die ja eigentlich jeder hat. Na gut, jeder außer Jules.

»Ganz genau, Alter«, sagte Fitzy. Der Typ war lässig und schlank wie ein Rennpferd. Er hatte eine Achtzigerjahre-Retrosonnenbrille auf der Nase, obwohl es schon zehn Uhr abends war. »Wie sonst erklärst du dir die Übereinstimmung bei den Grundvorstellungen von Gut und Böse in den unterschiedlichsten Kulturen?«

Ich stieg die drei Stufen zur Veranda hinauf. Zwischen den beiden standen eine Flasche Jim Beam, zwei leere Schnapsgläser und Teller mit Sandwichresten.

»Ich bin Oliver«, sagte der Dicke mit einem angedeuteten Kopfnicken, er hatte ein Deerfield-Academy-Shirt an.

Aha, dann ist er wahrscheinlich der Gastgeber.

»Äh, hallo«, sagte ich und steckte meine verschwitzten Hände in die Hosentaschen. »Ich bin Cricket.«

Er wirkte überrascht und dachte nach. »Ich habe schon von dir gehört. Du kennst einen Freund von mir, Jay Logan.«

»Ja«, sagte ich, verlagerte mein Gewicht und war froh, dass ich die gute Jeans angezogen hatte. »Ist er da?«

»Ich weiß, dass er dich unbedingt sehen will.« Oliver lachte. »Er müsste jede Minute auftauchen. Geh inzwischen einfach rein.« Er öffnete die Tür und ich betrat das Haus.

Es lief irgendein Rap ... Nee, Moment mal, das war kein Rap. Das war viel sanfter und komplexer. Und das waren auch keine Instrumente, die zu Rap passten. Ich musste unbedingt herausfinden, wer das war, damit ich das Lied downloaden konnte. Es könnte Teil meines Sommer-Soundtracks werden und vielleicht würde ich es auch auf die Jay-Playlist ziehen.

Jules hatte recht. Das hier war keine große Party. Es waren vielleicht zwanzig Leute da. Und so wie sie herumhingen, an Türrahmen lehnten und sich auf den Sofas und Sesseln fläzten, merkte man, dass sie sich alle gut kannten. Ich fühlte mich ein wenig fremd, als käme ich aus Kanada oder Kalifornien.

Jules saß auf dem Sofa und hatte ein Bier in der Hand. Sie trug ein kurzes Kleid und von ihrem Fuß baumelte eine Jack-Rogers-Sandale. Sie war richtig braun geworden, wahrscheinlich war sie den ganzen Tag am Strand gewesen. Außerdem hatte sie abgenommen – nicht magersüchtig oder so was –, einfach nur ein kleines bisschen zu dünn. Nein, eigentlich genau richtig. Durch die Pfunde, die Jules unnötigerweise verloren hatte, wirkten ihre Gesichtszüge klarer und ihre Wangenknochen zeichneten sich elegant ab. Sie sah älter aus, genau, das war es. Warum war mir das gestern Abend nicht aufgefallen?

Ihre Tiffanykette fiel über ihre Schlüsselbeine und funkelte. Sie wollte die Beine übereinanderschlagen, schaffte es aber nicht. Lachend warf sie den Kopf zurück. Sie musste sich anstrengen, um den Kopf wieder nach vorne zu kippen, als säßen die eineinhalb Kilo, die sie abgenommen hatte, hinten in ihrem Pferdeschwanz. Sie war betrunken.

»Hey, Jules«, sagte ich, während ich mich zwischen sie und ein anderes Mädchen setzte. Das musste Parker Carmichael sein. Sie hatte lange Haare, wie aus einer Shampoowerbung, ich hatte sie schon auf Fotos gesehen. Manchmal hatte Jules von ihr erzählt. Sie war eines dieser Pferdemädchen, das Springwettbewerbe gewann und steinharte Oberschenkel hatte. Und sie war eine *Carmichael*, aus dieser einflussreichen Politikerfamilie. Das Sofa war fast ein bisschen eng für drei Leute, aber es war der einzige freie Platz.

»Hey«, sagte Jules und nippte an ihrem Bier. Sie sah zu Parker und wedelte mit ihrer Hand zwischen uns hin und her. »Parker, Cricket – Cricket, Parker.«

»Hallo«, sagten wir gleichzeitig ohne wirkliches Interesse.

»Ist Zack auch da?«, fragte ich, um die merkwürdige Pause zu füllen.

»Arbeitet noch«, antwortete Jules und zog die Augenbrauen zusammen. »Wie bist du hergekommen?«

»Mit dem Fahrrad«, sagte ich achselzuckend. Wahrscheinlich war ich die Einzige, die auf zwei Rädern gekommen war. Ich hatte mir Turnschuhe angezogen, weil ich immer Turnschuhe anzog, wenn ich Fahrrad fuhr. Das war sicherer. Aber all die anderen Mädchen hier trugen zierliche Schuhe und hatten pedikürte Füße. Meine schmutzig weißen Converse passten nicht zu meinem restlichen schicken Aufzug. Und ich war noch immer ein bisschen verschwitzt. Mein Pony klebte mir an der Stirn. Ich war das Gegenteil von betrunken. »Wo bekomme ich denn hier ein Bier?«

»Küche«, sagte Jules und sah mich nicht mal an. Sie stand auf und stemmte eine Hand in die Hüfte. »He, wo steckt Ginny? Auf dem Trampolin?«, fragte sie niemand Speziellen.

»Ich glaube, sie ist bei Fitzy«, antwortete Parker. »Und zeigt ihm ihre bombastischen Tittis.« Parker und Jules prusteten los.

»Jetzt mal im Ernst, die sind echt riesig geworden dieses Jahr«, sagte Jules. »Ich muss mir die noch mal anschauen.« Sie torkelte nach vorn, blieb aber am Teppich hängen. Ich sprang auf, um sie aufzufangen, war aber nicht schnell genug. Sie fiel nach hinten auf den Boden, ihr Kleid rutschte bis zur Taille. Parker machte sich fast in die Hose vor Lachen. Jules lachte so sehr, dass sie sich nicht hinsetzen konnte. Sie hämmerte mit den Fäusten auf den Boden. Ich zerrte ihr das Kleid über die sommersprossigen Schenkel.

»Netter Tanga«, sagte Parker. »Mit Leopardenmuster.« Jetzt streckten ein paar Kerle aus der Küche ihre Köpfe um die Ecke. Seit wann hatte Jules Unterwäsche mit Tiermuster? Oder Tangas? Wir hatten in einem Magazin mal über Tangas und das Problem mit den fäkalen Keimen gelesen, was uns ehrlich gesagt zu Tode erschreckt hatte.

»Meine bombastische Muschi.« Jules lachte dermaßen, dass sie fast sabberte.

»Jules, du brauchst Wasser«, flüsterte ich. »Du bist total betrunken.«

»Gute Ermittlungsarbeit, Kommissar Cricket.« Jules klatschte auf mein Knie und drückte sich dann an mir hoch. Parker bekam einen neuen Lachanfall und wischte sich Tränen aus den Augen.

»Wenn du meinst«, sagte ich verletzt und verschwand in der Küche, um mir das Bier zu holen. Das hier war ein altes Haus. Die Wände waren aus Holz, die Decken niedrig und die Möbel alt und klein. Um den Küchentisch saßen ein paar Kerle. Sie hatten Erwachsenenstimmen und Erwachsenenhände und konzentrierten sich voll und ganz auf ein Kartenspiel. Wahrscheinlich Poker.

»Gibt es hier einen Flaschenöffner?«, fragte ich mit einem kalten Bier in der Hand.

»Die haben Schraubverschluss«, sagte einer von ihnen, ohne aufzusehen.

»Oh. Danke.« Ich drehte den Verschluss auf und fragte mich, was ich als Nächstes tun sollte. Ich wollte gerade zurück zur Veranda, als Jay ankam. Er sah großartig aus, war beim Friseur gewesen und hatte diese leichte sonnenverbrannte Bräune. Er hatte einen echt tollen Körper. Zum Beispiel sein Hintern. Er hatte keinen Mädchenhintern oder so was, aber im Gegensatz zu vielen anderen Jungs hatte er tatsächlich einen und der zeichnete sich knackig in seiner Jeans ab. Außerdem war Jay keine Spur zu groß. Wenn ich mich auf die Zehenspitzen stellte, genau die perfekte Größe zum Küssen.

Und Muskeln hatte er auch. Wenn er seine Rettungsschwimmershorts trug, konnte man bestimmt diese schrägen Linien sehen, die von seiner Hüfte zu, ihr wisst schon wohin, führten. Ich wollte schon fast nach ihm rufen, aber dann dachte ich, dass es vielleicht besser wäre, wenn er mich zuerst entdeckt. Also tat ich so, als würde ich den Kalender studieren, der an der Wand hing. Für sein Bier würde er garantiert hier entlangkommen. Während er auf mich zulief, war ich tierisch aufgeregt, aber als er mich sah, schaute er angewidert weg und ging an mir vorbei.

»Hallo, Jay«, sagte ich und biss mir auf die Lippen, um mir ein Lächeln zu verkneifen. Er schien mich nicht gehört zu haben. »Jay?«

»Lass mich in Ruhe, du Schlampe«, sagte er.

Ich war wie vor den Kopf gestoßen, geschockt. Mich hatte noch niemand »Schlampe« genannt. Wütend ausgespuckt, wirkte das Wort wie eine Faust. Mit Nägeln. Jay schnappte sich zwei Bier und machte einen großen Schritt an mir vorbei, sodass sich nicht mal unsere Shirts berührten.

»Warte«, sagte ich, nachdem ich meine Stimme wiedergefunden hatte, und ging ihm den Flur zur Hintertür nach. »Was geht hier eigentlich ab?«

Er drehte sich so schnell zu mir, dass ich fast einen Satz zurück machte. »Du glaubst also, dass mein Bruder ein Versager ist?« Sein Gesicht war rot. Seine Augen unerbittlich. Er umklammerte seine Bierflaschen so fest, dass ich befürchtete, sie würden zerbrechen.

»Nein«, sagte ich. Mein Herz klopfte. Meine Wangen brannten. Jules hatte ihm verraten, dass ich seinen Bruder für einen Versager hielt, weil er betrunken am Steuer erwischt worden war und weil er in einem Bagel-Laden arbeitete. Er sah mich so durchdringend an, dass ich nicht lügen konnte. »Ich mein, es tut mir leid. Ich hab das nicht so gemeint.«

»Warum sagst du dann so einen Scheiß?« Er funkelte mich an, als wäre ich der letzte Dreck. Ich schaute zu Boden, presste die Hand auf meinen Bauch. Mir war schwindelig und schlecht. Ich wollte etwas antworten, brachte aber keinen Ton heraus. Er ging einen Schritt zurück und schüttelte den Kopf. »Weißt du, was? Vergiss es. Es ist mir egal, was du denkst. Für so jemanden wie dich lohnt es sich nicht einmal, sich aufzuregen. Da ist mir meine Zeit zu schade.« Er drehte sich um und stieß mit dem Fuß die Tür auf. Dann fiel sie hinter ihm ins Schloss.

Zwölf

»Können wir reden?«, fragte ich Jules. »Draußen.«

»Oha. Klar.« Sie stand auf, zog ihr Kleid herunter und kam mit mir raus.

»Da bekommt jemand Ärger«, trällerte Parker und schlug sich aufs Knie.

Jules drehte sich zu ihr. »Falls mich dort draußen jemand umbringt: Sie heißt Cricket Thompson und ist eine ziemlich schnelle Läuferin. Wenn du sie erwischen willst, wirst du also in den Jeep hüpfen müssen. Zu Hause wird sie auch ›Turbo‹ genannt.«

Ich ging mit ihr zur Einfahrt und hoffte, dass wir dort außer Hörweite waren.

»Du hast Jay erzählt, was ich über seinen Bruder gesagt habe?«, fragte ich.

»Das ist mir so rausgerutscht«, sagte sie.

»Aber ich hab das nicht ernst gemeint. Du weißt, dass es nur zum Spaß war. Ich mag ihn, Jules. Sogar sehr. Und du weißt das.«

»Du musst aber zugeben, dass das ziemlich fies von dir war.«

»Aber ich habe es *dir* erzählt. Im Vertrauen. Ich wollte nicht fies sein. Du sagst andauernd irgendwas Fieses. Wie konntest du ihm das nur erzählen?«

»Sorry«, sagte sie, was sie *kein bisschen* so meinte, und hob bedauernd die Hände.

»Und warum verhältst du dich so?«, fragte ich. »Sagst so Sachen wie ›gute Ermittlerarbeit‹. Ich wollte dir helfen. Ich habe nur versucht, dir zur helfen.«

»Ich brauche deine Hilfe nicht«, sagte sie.

»Du hast dich lächerlich gemacht«, flüsterte ich.

»Nein. Das da sind meine Freunde. Ich kenne sie schon ewig. Ich kenne sie länger als dich.« Sie verschränkte die Arme und schaute genervt in den Himmel, ihre Augenlider flatterten.

»Sie hat sich bloß ein bisschen amüsiert.« Das war Parker. Wie lange stand sie schon da? »Willst du nicht, dass sie sich amüsiert? Findest du nicht, dass sie das verdient hat?«

»Natürlich«, sagte ich laut. Ich stemmte meine Hand in die Hüfte. »Ich bin ihre beste Freundin. Natürlich will ich, dass sie Spaß hat.«

»Bist du lesbisch?«, fragte Parker mit leicht zur Seite geneigtem Kopf. Ihre Schönheitsmagazinhaare glänzten im Mondlicht.

»Oh. Mein. Gott«, sagte ich und sah zu Jules. »Jules? Was soll der Scheiß?«

»Ich will, dass du mich in Ruhe lässt, Cricket. Ich will, dass du mich nicht weiter belästigst.«

Ich belästigte sie? Das Schlimmste daran war, dass sie es auch noch mit dieser ruhigen und festen Erwachsenenstimme sagte.

»Fang an, dein eigenes Leben zu leben.«

»Gut«, sagte ich zitternd. »Gut. Ich werde dich nicht weiter *belästigen.*«

»Ich hätte dir das gerne erspart. Aber du hast mich ja regelrecht dazu gezwungen, Cricket.« Jules verknotete ihre Hände. »Ich wollte nicht, dass du herkommst. Ich hab dir gesagt, dass du nicht kommen sollst.«

Ich musste mich sehr zusammennehmen, dass ich ruhig zu meinem Fahrrad ging und nicht losrannte. Mir war heiß, ich glühte vor Scham, wahrscheinlich konnte man das meilenweit sehen. Meine Hände zitterten. Das Fahrrad rutschte mir aus der Hand und schepperte gegen das Regenrohr. Fitzy stand auf.

»Ist mit der Kleinen alles in Ordnung?«, fragte er Oliver. Dann rief er: »Hey, alles in Ordnung?«

Ich winkte unbeholfen, traute mich nicht, was zu sagen, weil ich sonst womöglich in Tränen ausgebrochen wäre. Bevor ich mich abstoßen und losfahren konnte, rutschte ich zweimal von den Pedalen. Ich fuhr allein durch die Nacht.

Seit Jules in der Achten auf die Rosewood gekommen war, wollte ich mit ihr befreundet sein. Da war ich schon seit zehn Jahren mit derselben Mädchengruppe zusammen. Ich kannte ihre Handschriften, wusste, wer von ihnen mit offenem Mund kaute oder wie sie niesten. Als uns dann unser Sozialkundelehrer gleich am ersten Tag aufforderte, eine Partnerin zu suchen, mit der wir die nächsten sechs Wochen zusammenarbeiten würden, drehte ich mich sofort zu Jules, dem neuen Mädchen aus New York.

Von dem Moment an, als wir unseren Zeitplan für den Rap machten, den wir über Roger Williams schreiben wollten, den Gründer von Rhode Island, gefiel es mir, wie ich mich in ihrer Anwesenheit fühlte – so als würde ich mich auf einem Stuhl zurücklehnen, bis ich fast kippte. Mit das Beste an einer reinen Mädchenschule ist, dass man einen Rap über die Geschichte von Rhode Island schreiben kann, ohne sich Gedanken darüber machen zu müssen, was die Jungs dazu sagen würden oder ob sie ihn lahm fänden. Wir beschlossen, dass er witzig war, also war er auch witzig.

Durch Jules wurde ich cool. Vor Jules war ich ein Allerweltsmädchen gewesen. Sie war es, die mir sagte, dass ich hübsch war, die mich überzeugte, mir die Haare wachsen und einen Pony schneiden zu lassen, die mir beibrachte, wie man sich die Augenbrauen zupfte und was für einen großen Unterschied die richtigen Jeans machten. Sie war es, die am lautesten über meine Geschichten lachte, sodass die anderen Mädchen mitlachten. Es war Jules, die mir in der neunten Klasse sagte, ich solle versuchen in die Lacrosse-Schulmannschaft aufgenommen zu werden. »Du bist die Einzige in unserer Klasse, die gut genug ist«, sagte sie. Und sie hatte recht. Nachdem sie mich ein Jahr lang als das hübscheste, lustigste, coolste Mädchen in unserer

Klasse angesehen hatte, glaubte ich das allmählich auch selbst.

Solange sie in meiner Nähe war.

Dreizehn

»Und deshalb haben die meisten Amerikaner keine Lust auf diese Arbeit«, sagte Liz, als ich mich angeekelt von der Toilette in der Flitterwochensuite wegdrehte. »Briten übrigens auch nicht.«

»Und trotzdem sind wir hier«, sagte ich. »Und müssen uns diese Bremsspur hier anschauen.«

»Kaum zu glauben, dass die beiden in den Flitterwochen sind.« Liz schüttelte den Kopf, und wir schworen uns, dass wir so was in unseren Ehen nie zulassen würden. »Wenn sie dir erst einmal beim Pinkeln zuschauen, geht's bergab«, fügte sie hinzu. Recht hatte sie. Ich würde mir von einem Kerl beim Pinkeln bestimmt nicht zuschauen lassen. Widerlich. Freundinnen, ja. Jungs, niemals.

Ich nahm einen sauberen Lappen, wischte das Waschbecken und dachte an das junge Pärchen. Sie hatten das ganze Frühstück über geschmust. Der Mann hatte Muskeln, die sich durch das T-Shirt abzeichneten, und die Frau perfekt weiße Zähne. »Da würde man doch meinen, dass sie wenigstens den Klodeckel zuklappen«, sagte ich.

»Das muss wahre Liebe sein«, sagte Liz und zog sich einen extralangen, gelben Gummihandschuh an. »Los, nimm dir das Schlafzimmer vor. Ich widme mich dem Klo, aber das nächste nimmst du.«

»Abgemacht«, sagte ich und steckte den Staubsauger ein.

Ich hatte die ganze letzte Woche an fast nichts anderes denken können als an die Sache mit Jules. Egal ob ich den Geschirrspüler ausräumte, die Teppiche saugte oder frische Laken unter die Ecken der Matratzen stopfte, in meinem Kopf spielte sich immer und immer wieder die Szene mit ihr ab. Ich hielt mich an jedem Wort auf, ließ den Streit langsamer ablaufen. Vielleicht würde ich ihn so ja verstehen und herausbekommen, ab wann alles so schiefgelaufen war. Ich dachte, sie würde mich anrufen und sich entschuldigen, aber von ihr kam rein gar nichts.

Die wichtigste Frage war … warum? Warum hatte Jules Jay erzählt, was ich über seinen Bruder gesagt hatte? Wenn sie wegen eines Verbrechens, das so groß war, dass man es nicht einmal benennen konnte, nicht mehr mit mir abhängen wollte, wenn ich sie *belästigte,* gut, in Ordnung. Aber einfach hergehen und meine Chancen bei Jay zerstören?

Ich versuchte mir vorzustellen, wie sie vorgegangen war. Hatte sie meine Bemerkung vor versammelter Mannschaft herausposaunt oder nur ihm erzählt? Mit einem schwesterlichen Tätscheln auf den Arm und leiser und vor Besorgnis triefender Stimme, nach dem Motto: *Oh, Jay, es gibt da etwas, das du wissen solltest.* Ich legte die Decke, die das Paar als zerknäulten Haufen auf dem Boden hatte liegen lassen, zurück aufs Bett, beschloss aber, um die Kleider herum zu saugen, die überall verstreut waren.

Musste wahre Liebe wirklich so unordentlich sein? Moment mal, dachte ich, als ich mit spitzen Fingern ein feuchtes Handtuch aufhob und in den Wäschesack fallen ließ. Hatte Jules etwa mit Jay geflirtet? Oh mein Gott, warum war ich da nicht früher draufgekommen?

Als ich allerdings daran dachte, dass ihre Mutter gestorben war, schwappte diese Welle des Zorns genau wie jede andere zurück auf den Ozean. Ihre *Mutter. Gestorben.* Auch wenn Jules mir manchmal tierisch auf die Nerven ging – wenn ich mir vorstellte, dass ich meine Mutter verlieren könnte, war mir, als hätte mir jemand einen Müllbeutel über den Kopf gestülpt. Aber trotzdem. Was hatte ich denn getan, außer nett zu sein, außer meine Hilfe anzubieten, außer für meine beste Freundin im schlimmsten Augenblick ihres Lebens da zu sein?

Ich schaltete den Fernseher ein, damit mein Gehirn Pause machen konnte. Solange Gavin nicht da war und wir nicht zu laut stellten, war das in Ordnung. Bradley Lucas stand vor einem großen Nantucket-Haus und ich dachte, ich wäre bei irgendeinem Regionalsender gelandet. Wie nett, dass Mr Lucas was für einen Lokalsender macht, sagte ich mir, während ich mich zum Staubsaugerschalter bückte. Doch nach ein paar Sekunden wurde mir klar, dass das kein Lokalsender war, sondern CNN. Es waren bundesweite Nachrichten. Als die Kamera zurückfuhr, sah man im Hintergrund andere Übertragungswagen und eine kleine Gruppe von Leuten.

Unten lief ein Ticker durchs Bild. William »Boaty« Carmichael, der Senator von Massachusetts, dessen Familie hier ihren Urlaub verbrachte, war gestorben. Er war für sein jungenhaftes Aussehen und seinen seltsamen Spitznamen bekannt. Er war Parkers Onkel, ungefähr so alt wie meine Eltern, hatte ein Babygesicht und blonde Locken. Ich erinnerte mich daran, wie meine Mutter mich während eines Wahlkampfs von einem Auswärtsspiel in der Nähe von Boston nach Hause gebracht hatte und wir an einem Wahlkampfplakat von ihm vorbeifuhren.

»Den würde ich wählen«, hatte ich gesagt, während ich Schmutz von meinen Stollen pulte. »Er sieht echt gut aus.«

»Was kein Grund dafür ist, jemanden zu wählen«, sagte meine Mutter entsetzt. Dann entdeckte sie einen Dreckklumpen, der von meinen Stollen gefallen war. »Hör auf damit, das ist kein Stall, sondern mein Auto.«

»Ich finde ihn trotzdem süß«, sagte ich und stellte meinen Fuß auf den Boden, den Brocken warf ich aus dem Fenster.

»Also wirklich, Cricket! Da schicke ich dich auf eine reine Mädchenschule, und du findest es in Ordnung, einen Mann wegen seines Aussehens zu wählen? Weißt du überhaupt irgendetwas über ihn? Über seine Einstellungen?« Sie stieg auf die Bremse.

»Mom!«, rief ich und hielt mich am Türgriff fest. Ein silberner Kleinbus musste eine Vollbremsung hinlegen, damit er nicht in uns reinfuhr. »Das war ein Stoppschild.«

Und jetzt sah ich ihn im Fernsehen, wo er den nicht ganz so gut aussehenden Menschen der Welt die Hände schüttelte. So wie er den Blickkontakt suchte, wirkte er wie ein prima Typ, der einen offen anlächelte und zwar so heftig, dass seine Locken wippten. Während er sich zu einer Dame mit Altersflecken lehnte und ihr aufmerksam zuhörte, kniff er freundlich seine blauen Augen zusammen.

»Liz, komm mal«, sagte ich.

»Was hast du angestellt?« Liz schaute um die Ecke und dachte wahrscheinlich, ich hätte irgendwas zerbrochen oder verschüttet.

»Im Fernsehen. Senator Carmichael ist gestorben. Herzinfarkt.«

»Ist nicht dein Ernst«, sagte sie, schnappte sich die Fernbedienung, die auf der Tagesdecke lag, und stellte lauter. »Sie sind draußen beim Familienanwesen. Armer Boaty.«

»Kanntest du ihn?« So wie sie drauf war und mit ihrem coolen Akzent, traute ich es Liz durchaus zu, dass sie sogar Senatoren kannte, ich traute ihr zu, dass sie jeden kannte, den sie kennen wollte.

»Er kam mindestens einmal im Sommer hier vorbei. Großer Muffin-Fan. Rhabarber mochte er am liebsten.« Sie schüttelte den Kopf. »Was für eine Schande. Er hat zwei kleine Kinder.« Wie aufs Stichwort wurde ein alter Film von der jungen Familie eingespielt, wahrscheinlich von einem erfolgreichen Wahlabend. Sie standen herausgeputzt auf der Bühne und winkten. Doch, gewisse Ähnlichkeiten mit Parker gab es. Sie alle hatten ein breites Lächeln, hohe Wangenknochen und diese großen runden Augen, die aussahen, als stammte die gesamte Familie aus einem Disneyfilm. Sie waren mit vielem ausgestattet, was Schönheiten aus ihnen machen müsste, aber irgendwie war das nicht der Fall. Außer bei Boaty.

Jetzt waren Parker und Jules noch stärker zusammengeschweißt. Ich hätte mich am liebsten im Bett zusammengerollt, die Decke über den Kopf gezogen und eine Runde geschlafen. Aber dann fiel mir ein, dass die Frischvermählten hier wahrscheinlich die ganze Nacht Sex hatten, deshalb lehnte ich mich nach vorn und stützte den Kopf in die Hände.

»Nimm's nicht so schwer«, sagte Liz und tätschelte mir den Rücken. »Sein Bruder wird bestimmt seinen Platz einnehmen.«

Vierzehn

Später, als ich mit dem blauen Rad, das irgendwie zu meinem geworden war, in die Stadt fuhr, sahen die Leute regelrecht niedergeschlagen aus, hielten ihre Köpfe gesenkt und hatten die Hände in den farbenfrohen Hosentaschen vergraben. Die Kinder liefen dichter bei ihren Eltern. Die Abneigung meiner Mutter gegenüber Boaty Carmichael wirkte wie ein Puffer zu der feierlichen Lobhudelei, und ich fühlte mich jetzt noch weniger zugehörig als ohnehin schon. »Ein Verlust für das ganze Land.« – »Auf dem Weg ins Weiße Haus.« – »Ein Sohn Nantuckets, ein Sohn *Amerikas.«* Wenn mich jemand zu lange anschaute, bemerkte er garantiert, dass meine Mutter diesen Kerl gehasst hatte.

Im Schaufenster einer Boutique entdeckte ich ein kurzes Kleid. Es war aus Seide mit einem dünnen goldenen Gürtel, eng geschnitten und ließ eine Schulter frei. Es war ein Lichtblick, und ich wollte es anprobieren, um mich aufzumuntern. Ich betrat das Geschäft. Außer der Verkäuferin, die trotz ihrer Bräune blass wirkte, war niemand da. Während sie Fernsehen schaute, presste sie sich ein Taschentuch gegen den Mund. Es waren dieselben Bilder, dieselben Nachrichten, die ich vorher auch gesehen hatte.

»Kann ich das anprobieren?«, fragte ich. Sie nickte unbestimmt in meine Richtung, ihre Augen klebten am Bildschirm, dann tupfte sie sich mit dem zerrupften Taschentuch die Nase. Ich kam mir wie eine Kriminelle vor, weil ich gelächelt hatte.

Nachdem ich die Vorhänge aus Segeltuch hinter mir zugezogen hatte, schlüpfte ich in das Kleid. Die kühle Seide liebkoste meine Haut und streichelte meinen Körper. Es reichte mir bis zu der Mitte der Oberschenkel, kokettierte mit seiner Kürze und blieb doch dort, wo man es haben wollte. Es hatte ohne jeden Zweifel Klasse. Ich zog die verschwitzten Socken aus und schlüpfte in die goldenen Riemchenschuhe mit Absatz, die unter der Bank auf mich gewartet hatten. Die betonte Hüfte ließ meine Beine länger wirken und das Smaragdgrün brachte meine blonden Sommersträhnen besonders gut zur Geltung. Ich machte den Pferdeschwanz auf und schüttelte die Haare, bis sie mir auf die Schultern fielen. Das Geheimnis, die Offenbarung bei dem Kleid war die freie Schulter. Ich sah wie jemand aus dem Fernsehen aus, dachte ich und drehte mich, damit ich mich von hinten betrachten konnte. Ich sah wie jemand Berühmtes aus. Wenn ich das Kleid hier anhätte, wäre es unmöglich, dass mir irgendjemand ein schlechtes Gefühl gab. Die Kräfte würden sich verlagern.

Ich schaute auf das Preisschild, das unter meiner Achsel baumelte. Vierhundertfünfundneunzig Dollar! Das war fast ein Wochenlohn. Und meine erste Woche war sowieso schon richtig anstrengend gewesen. Mir taten von dem ganzen Schrubben die Ellbogen weh und meine Hände waren von den verschiedenen Putzmitteln übelst rau geworden. Mein Sommerverdienst musste ein Jahr lang reichen: fürs Kino, für Kleider jenseits der Schuluniform und für meine Handyrechnungen. Aber ich wollte das Kleid so sehr, dass mein Verlangen ein Eigenleben entwickelte. Ich zog vorsichtig den Reißverschluss auf, beugte mich nach vorn und versuchte das Kleid über den Kopf zu ziehen, ohne es zu stark anzufassen – nicht dass es durch meine Fingerabdrücke seinen Glanz verlor. Ich setzte mich und dachte nach.

Die Glocke über der Eingangstür bimmelte leise.

»Hallo, Schatz«, sagte die Verkäuferin. Sie hatte eine überraschend raue Stimme: eine Raucherin, eine Trinkerin oder jemand, der gerne schrie.

»Hallo, Nan.« Die Stimme kannte ich. Es war Jules. Mit ihrer Ich-spreche-mit-einer-Erwachsenen-die-ich-nicht-mag-zu-der-ich-aber-nett-sein-muss-Stimme. Mir wurde ganz anders und ich steckte meine Hände unter die Achseln. Ich stellte meine Füße auf die kleine Bank, meine Zehen waren so kalt wie Eisklumpen. Sosehr ich ihr auch über den Weg laufen wollte, sosehr ich sie zwingen wollte, mir gegenüberzutreten, sosehr ich sie fragen wollte, warum sie getan, was sie getan hatte, und gesagt, was sie gesagt hatte; sosehr ich schreien und weinen und den Streit mit ihr austragen wollte, war ich nicht in der Lage, einen Fuß vor diese Umkleidekabine zu setzen. Ich kam mir albern vor, weil ich das Kleid ohne besonderen Anlass und ganz allein anprobiert hatte. Was sollte ich sagen, wofür ich das Kleid brauchte? Für den Frühjahrsball im nächsten Jahr? Ich roch mein Deo und das Putzmittel unter meinen Fingernägeln.

»Ich wollte nur mal vorbeischauen und meinen Scheck abholen«, sagte Jules. »Irgendwelche Kunden heute?«

Na klar, sie arbeitete hier! Ich schaute auf das Preisschild, auf dem der Name des Ladens in Pink abgedruckt war: *Nadel und Faden.* Warum war mir das nicht früher aufgefallen? Warum hatte ich nicht eins und eins zusammengezählt?

»Ich glaube, da ist jemand mit dem Chloékleid in der Umkleidekabine.«

»Tolles Kleid«, sagte Jules leise. Sie flüsterten irgendwas, was ich nicht verstand. Dann seufzte Jules, vermutlich hatte sie eine Hand in die Hüfte gestemmt, so steht sie nämlich immer da, wenn sie seufzt. Aus der Stille schloss ich, dass beide auf den Fernseher schauten.

»Ist das nicht unglaublich?«, fragte Nan und putzte sich die Nase.

»Das ist so traurig. Parker Carmichael ist meine beste Freundin, weißt du.«

Mir wurde schlecht. Ich umklammerte meine Knie. Parker war nicht ihre beste Freundin. Parker hatte keine Ahnung, was für einen Aufstand Jules um ihre Haut machte. Es gab Zeiten, da war sie wöchentlich zum Hautarzt gerannt, weil sie keinen Aknerückfall erleiden wollte. Damit hatte sie nämlich in der neunten Klasse ein paar Monate lang gekämpft. Parker wusste nicht, dass Jules ziemliche Schwierigkeiten mit französischen Verben hatte. Und auch wenn sie sonst total schlagfertig war – Konjugationen brachten sie manchmal fast zur Verzweiflung. Sie wusste nicht, dass Jules einen ganzen Stall voller Nachhilfelehrer hatte und es trotzdem selten besser als bis zu einer Zwei schaffte; und dass sie dreimal durch die Fahrprüfung gefallen war. Parker wusste nicht, dass sie den Zehntklässler Jeremy Stein nach dem Winterball abgeschleppt hatte und das so hartnäckig leugnete, dass sie inzwischen sogar selbst glaubte, dass es nie passiert war. Es gab niemanden außer mir, der diese Sachen wusste.

»Oh, das arme Kind«, sagte Nan.

»Wirst du den Laden diese Woche schließen?«, fragte Jules. Ich konnte die Hoffnung in ihrer Stimme hören. Jules mochte es, einen Job zu haben, hasste aber das Arbeiten.

»Im Juli? Machst du Witze?« Die Traurigkeit verschwand aus der Stimme der Frau. »Wir sehen uns morgen.«

Jules bedankte sich für den Scheck, und die Glocken klingelten leise.

Ich wartete ein paar Minuten, zog mich geräuschlos an, ließ das Kleid auf dem Bügel hängen und verließ fluchtartig die Umkleide.

Ich sprang auf mein Rad und fuhr aus der Stadt in die entgegengesetzte Richtung von Jules' Haus. Es war heiß – in der Luft hing ein Gewitter – und auf meiner Oberlippe bildeten sich Schweißperlen. Ich folgte einem der wie handbemalt aussehenden Schilder zum Jetties Strand, vielleicht würde ich da ja auf Liz stoßen. Aber als ich endlich ankam, waren dort nur Jugendliche in meinem Alter, die Mädchen hatten die Arme umeinandergelegt. War Jules dabei? Das Risiko wollte ich nicht eingehen. Ich machte kehrt und fuhr auf Pflastersteinen einen Hügel hoch, an dessen Hängen üppig Sandkraut wuchs.

Es spielte keine Rolle, dass ich gute Noten hatte oder es als Neuntklässlerin in die Schulauswahlmannschaft geschafft hatte; es spielte keine Rolle, wie sorgfältig und haargenau ich auf meine Beliebtheit achtete; es spielte keine Rolle, dass ich mir Flirts genau überlegte und wie Teelöffel voller Zucker dosierte – nie so viel, dass es wie Anmache aussah, immer genug, um süß zu sein. Jules hatte mir meine Fröhlichkeit durch einen einzigen Verrat geraubt. Mein Sozialleben war so schnell von gut auf schlecht gerutscht wie ein Hockeypuck übers Eis. Was unfair war. Ich hätte sie gerne vor ein Freundschaftsgericht geschleppt. Hätte sie gerne verklagt. Aber ich konnte mir schon die Gesichter der Geschworenen vorstellen, wenn sie erfuhren, dass ihre Mutter gerade gestorben war. *Gestorben.*

Ich radelte in eine kleine ruhige Sackgasse, spähte über die Hecken und schaute mir die riesigen Anwesen an.

Überall waren die Flaggen auf Halbmast. Ich wünschte, ich wäre so reich, dass mich die Leute respektierten – mit Geld geht das nämlich. Die Leute halten den Mund. Wenn man Geld hat, wohnt man in einem großen Haus, gibt eine coole Geburtstagsparty, ist Mitglied im Country Club mit seinen Insiderwitzen und Bällen, macht fantastische Urlaube, fährt so oft Ski, dass man wirklich gut darin wird, hat nur die besten Klamotten und holt sich das grüne Kleid.

Ich überlegte mir, dass reich zu sein eine Art Schutz bedeutete, eine Art Rüstung oder Autorität, ein Kissen oder ein Fallschirm, etwas, auf das man sich zurückfallen lassen konnte, wenn der Rest des Lebens gerade ätzend war. Ich strampelte langsam an dem größten Haus der Straße vorbei, schaute hoch zu seinem Türmchen und tat so, als würde ich dort wohnen. Dort hätte ich einen Rundummeeresblick, ein Teleskop und einen Whirlpool auch. Plötzlich schoss ein riesiger schwarzer Geländewagen aus dem Nichts, scherte zur Seite aus und kam mit kreischenden Bremsen kurz vor mir zum Stehen. Ich war wie erstarrt, zuckte nur zusammen und schloss die Augen. Schotter spritzte mir entgegen und ich konnte die Hitze des Motors spüren. Ein großer Mann mit dicken Schwabbelbacken und weißer Baseballkappe drückte auf die Hupe. Das Geräusch ging mir durch Mark und Bein.

»Runter von der Straße«, schimpfte er und schüttelte seine Faust. Sein Gesicht hatte vor Ärger eine ungesunde Farbe angenommen.

Ich stieg vom Rad und schob es auf den Bürgersteig. Dort ließ ich es ins Gras fallen und setzte mich erst einmal hin. Den Kopf in die Hände gestützt, wartete ich darauf, dass der Mann wegfuhr. Ich wollte ihn nicht noch mal anschauen, aber ich merkte, wie er mich fixierte, seine Wut war regelrecht greifbar.

»Blöde Kuh!«, sagte er. Meine Beine zitterten. Mein Mund war ausgetrocknet. Mir war nicht mal mehr nach Heulen zumute. »Willst du dich umbringen? Bleib auf dem Gehweg!«

»Immer langsam, Mister Neureich!«, rief eine alte Frau in Tennissocken, die ihren noch älter aussehenden Pudel Gassi führte. Eine Hand hatte sie wie ein Megafon um den Mund gelegt. Sie hatte knubbelige Knie und so braune Beine, dass man meinen konnte, sie hätte den Tennisplatz 1975 betreten und seitdem nicht mehr verlassen. »New Yorker«, sagte sie mit zusammengekniffenen Augen, während sie versuchte das Nummernschild des Autos zu erkennen, das den Hügel hinunterfuhr. Sie kräuselte ihren Mund, als hätte sie gerade in eine Zitrone gebissen. Sprach sie mit mir oder dem Pudel? »Na, du siehst ja ganz in Ordnung aus«, sagte sie. Ich nickte schnell. »Der war wohl völlig neben der Spur. Auf dem Gehweg darf man kein Fahrrad fahren.«

Als sie auf ihren langen alten Beinen voller Sommersprossen an mir vorbeilief mit dem Pudel, der neben ihr herstolzierte, fragte ich mich, wie es sein konnte, dass ich mich auf dieser winzigen Insel vor Massachusetts mit ihrem Zuckerstangenleuchtturm, den Kirchenglocken, die immer zur vollen Stunde läuteten, mit ihren Blumen und Eiswaffeln nirgendwo sicher fühlte.

Fünfzehn

In dieser Nacht konnte ich nicht schlafen. Meine Nerven lagen blank, immerhin war ich fast von einem Geländewagen überfahren worden. In mir war eine beunruhigende, vibrierende Leichtigkeit, sodass ich mich am liebsten selbst umarmen wollte, damit ich mein Gewicht spürte. Das Kissen war zu weich und die Laken kratzten. Ich zählte die Rosen auf der Tapete, kam aber nicht weiter als bis zehn, ehe meine Gedanken wieder zu Jules oder Jay wanderten.

Ich hatte mir vor ein paar Stunden im *Etwas Natürliches* ein Käsechutney-Sandwich gekauft, Gavin hatte mir den Laden als den besten der Insel empfohlen. Das Teil war so riesig wie zwei Sandwiches, ich hatte nur ein Viertel davon geschafft und mir den Rest für später aufgehoben. So ein Sandwich war das Beste, was einem um zwei Uhr nachts passieren konnte, wenn einen der Magen ans Mittag- und Abendessen erinnerte und man am liebsten beides auf einmal hätte. Also schlich ich in die dunkle Küche und öffnete den Kühlschrank, den Gavin blitzeblank hielt. Wo war mein Sandwich? Mein perfektes köstliches Sandwich? Es steckte voller seltsamer Gewürze, eigentlich erstaunlich, dass es mir schmeckte. Ich habe es genau hier hingelegt, dachte ich und berührte das leere

Fach, als wäre das Sandwich nur mal eben nicht sichtbar. Ich zog das Gemüsefach heraus und die Fleisch- und Käselade. Da stand ich also nun allein in dem kalten Atem des Kühlschranks und meiner Verwirrung.

Hinter mir knarrte der Dielenboden, leiser, als wenn Liz in der Küche rumlief – fast wie unter dem Gewicht einer Katze oder eines Kindes. Es knarrte wieder, diesmal noch schwächer, als würde jemand nicht wirklich auftreten, sondern sich ganz sachte darüber hinwegbewegen. Oh mein Gott. Da atmete jemand. Ich erstarrte, meine Füße waren wie angewurzelt. Ein dünner Schweißfilm legte sich über meine Haut.

Ich glaube nicht an Gespenster, sagte ich mir und starrte nach vorn. Aber meine Halsmuskeln waren hart wie Drahtseile und mein Herz schlug wie wild. Ich ließ die Kühlschranktür los und befahl meinen Füßen, sich zu bewegen. Mein Blick wanderte zur Küchentür, die hinter mir ins Schloss gefallen war, und während ich einen ersten Riesenschritt darauf zu machte, fragte ich mich, ob ich sie mit meinen bleischweren Armen überhaupt aufbekam.

»Hey, ich wollte dich nicht erschrecken«, sagte eine Stimme.

Meine Hand flog zum Lichtschalter, was mir wie eine Heldentat vorkam, die mindestens eine Zeitungsmeldung wert war. Die andere Hand lag auf meinem pochenden Herz. Als ich mich umdrehte, saß am Küchentisch ein Typ mit strubbeligen braunen Haaren, schiefem Lächeln und knitterigem Shirt. Er hatte mir den Rücken zugewandt und drehte sich kauend zu mir um. Am Tisch lehnten Krücken.

»Ich bin George Gust«, sagte er und wischte sich mit einer Serviette den Mund. Für einen Unistudenten war er zu alt, für einen Vater zu jung. »Wohnst du auch hier?«

»Ich arbeite hier.« Ich lehnte mich gegen die Wand und atmete tief ein. »Ich dachte, Sie wären ein Geist.«

»Gibt es Gespenster hier?«, fragte er vollkommen ernst.

»Angeblich. Was ich allerdings bezweifle.«

Er zog eine Augenbraue hoch, so nach dem Motto: *Sicher?* »Tja, also, noch mal Entschuldigung. Ich dachte zuerst, du würdest schlafwandeln, und du weißt ja, dass man einen Schlafwandler nie wecken soll. Mein Fehler.« Er wischte sich die Hand an der Hose ab und streckte sie mir entgegen. »Wie heißt du noch mal?«

»Cricket Thompson«, sagte ich, schüttelte ihm die Hand und bekam dabei seinen Teller zu sehen. »Und Sie essen gerade mein Sandwich.«

Sechzehn

»Mir bleibt ein ganzer Monat, um das wiedergutzumachen«, sagte George Gust, während er den letzten Bissen hinunterschluckte. Er erklärte, dass er den kompletten Juli und vielleicht auch noch den August über im Nebengebäude wohnen würde, einem kleinen Atelierhäuschen hinten im Garten. Wir saßen da und quatschten mindestens eine halbe Stunde lang. Er schien eine Menge zu erzählen zu haben, und ich war nicht gerade wild darauf, in mein Rosenzimmer zurückzugehen. Er schrieb an einer Biografie über Senator William »Boaty« Carmichael. Er hatte seine Idee schon vor über einem Jahr an ein großes Verlagshaus verkauft und sich dann alle Zeit der Welt gelassen. Aber aufgrund der aktuellen Ereignisse drängten ihn seine Lektoren und wollten bis Ende August einen ersten Entwurf sehen. Und jetzt wohnte er in diesem Gasthaus, um zu recherchieren und sich einen Wolf zu schreiben.

»Ich hab keine Ahnung, wie ich das schaffen soll«, sagte er mit gerunzelter Stirn. »Besonders mit meinem gebrochenen Bein.«

»Aber Sie schreiben doch nicht mit Ihrem Bein.« Ich schnappte mir einen von Liz' geliebten Joghurts mit Limettenkuchengeschmack. Sie war ganz wild auf das

Zeug. Ich fand ja, die schmeckten wie aufgeschlagene Seife, aber heute Nacht war er meine einzige Option. Zum Glück hatte Liz morgen frei und war bei Shane, ich hatte also genügend Zeit, einen nachzukaufen, ohne dass sie etwas merkte.

»Aber ich brauche für alles zweimal so lang«, sagte der Typ. »Wenn ich mir einen Kaffee holen will, wird das zu einem halbstündigen Abenteuer. Und dann muss ich ja auch Leute interviewen. Auto fahren kann ich jedenfalls nicht. Das nervt.« Er schüttelte den Kopf. »Bist du auch eine Nachteule?« Er zerknüllte das Butterbrotpapier, das um das Sandwich gewickelt war, zu einer Kugel.

»Normalerweise nicht. Kann nur nicht schlafen.«

George zielte mit dem Papierball auf den Mülleimer. Er landete neben der Spülmaschine. »Das konnte ich noch nie«, sagte er. »Ich war noch nie der Typ, der mit Müll einen Korb wirft, außer ich sitze direkt daneben.«

»Und das stört Sie?« Ich kratzte den Joghurt aus und wusch den Löffel ab.

»Ehrlich gesagt, irgendwie schon. Ich wäre gerne jemand, der so was kann. Dann würde jeder sagen: ›Wenn der was anfasst, dann gelingt es auch‹, und ich käme mir großartig vor, obwohl ich nur was weggeworfen hätte.«

Ich ging fünf Schritte zurück, nahm eine Basketballhaltung an und versenkte den leeren Joghurtbecher im Abfalleimer.

»Du bist einer von diesen Typen«, sagte er.

»Eins von diesen Mädchen.« Ich hob seine Papierkugel auf und gab sie ihm. »Sie müssen locker im Handgelenk bleiben.« Er drehte sein Handgelenk hin und her. »Und dann muss man dorthin schauen, wo der Ball landen soll.« George fixierte den Abfalleimer. »Versetzen Sie sich direkt dorthin.«

»In den Abfall?«

Ich lachte. »Japp.«

»Ich bin dort«, sagte er. »Was nicht besonders schön ist, aber ich bin dort.« Er hob seinen Arm.

»Gut, und jetzt die Augen auf den Eimer gerichtet und Vertrauen haben. Vertrauen Sie Ihrem Arm, er weiß, wann Sie loslassen müssen.« Ich zitierte hier ziemlich genau Miss Kang. Er riss seinen Arm zurück, atmete ein und warf.

»Wenn der was anfasst, dann gelingt es auch«, sagte ich, als das Butterbrotpapier im Abfall landete.

»Sieh dir das an!« Er klatschte einmal in die Hände und lächelte breit. »Danke!«

»Sie brauchten bloß einen Trainer«, sagte ich und zuckte mit den Schultern. Er stand auf, balancierte auf einem Bein und schnappte sich seine Krücken.

»Was ich wirklich brauche«, sagte er, während er zur Tür hüpfte und sie mit dem Knauf der Krücke aufdrückte, »ist eine Praktikantin.«

Siebzehn

»Sie hört diesen Bibelsender immer dermaßen laut, dass man am Ende des Tages fast bekehrt ist«, sagte Liz. Wir standen am Fenster und beobachteten, wie Bernadette ums Gasthaus herum zur Küche lief. Bernadette war das Zimmermädchen, das einsprang, wenn Liz oder ich einen freien Tag hatte. Sie hatte sich ein kleines Radio um die Hüfte geschnallt. Mit diesen altmodischen Kopfhörern, die ihre Ohren vollständig bedeckten. Heute hatte Liz ihren freien Tag und ich würde zum ersten Mal ohne sie arbeiten. Ich vermisste sie jetzt schon.

Keine Ahnung, wo Bernadette wohnte, auf jeden Fall war sie in einem alten Lieferwagen mit getönten Scheiben angekommen. Sobald sie ausgestiegen war, zuckelte er davon. »Sie glaubt, dass wir faul sind, und hat keine Hemmungen, das auch noch zu sagen.«

»Ich bin nicht faul«, sagte ich. Ich hatte nur Einsen, Mathe ausgenommen, aber inklusive Physik.

»Tja, glaubt sie aber. Oh, und eine Sache noch.« Liz goss sich einen Kaffee in einen der Becher, die die Gäste von uns bekamen, wenn sie zur Fähre wollten. »Sie macht keine Mittagspause und schimpft, wenn man selber eine macht. Also iss, solange du noch kannst.«

»Sie darf nicht rummeckern, wenn wir Mittagspause

machen«, sagte ich. »Das ist doch gegen das Gesetz, oder nicht? Weiß Gavin Bescheid?«

»Er vergöttert sie.« Sie lachte. »Eine Bewunderung, die aus Angst entspringt, aber er findet, dass Bernadette die Einzige ist, die diesen Ort hier wirklich sauber bekommt.«

»Warum arbeitet sie dann nicht Vollzeit, wenn er sie doch so gerne mag?«, fragte ich.

»Sie weigert sich, irgendwo mehr als zweimal die Woche zu arbeiten. Sieht sich als Freelancer. So kann sie unabhängig bleiben.« Liz tätschelte meine Hand. »Also nicht vergessen: Arbeite lieber durch, bis ihr fertig seid, oder iss was, wenn sie eine Zigarettenpause macht.«

»Keine Mittagspause für uns – aber sie selbst macht Zigarettenpause?«, fragte ich, die Backen voller Muffin.

»Sieh es positiv. So bist du früh fertig. Tadaa!« Liz stolzierte aus der Tür und ließ ihren Bikini um den Finger kreisen. Als Bernadette reinkam, trank ich noch schnell einen Schluck Kaffee. Sie sah mich, seufzte enttäuscht und lief zur Waschküche. Vor uns lag ein anstrengender Tag; fast alle Zimmer wurden neu belegt. Den Rest des Muffins stopfte ich mir in die Schürzentasche.

Bernadette kam mit frischer Bettwäsche beladen zurück. »Weg mit dem Kaffee, Mädchen. Die Arbeit ruft.«

Ich nahm einen letzten Schluck und schüttete den Rest in die Spüle.

Na gut, dann war ich eben faul, dachte ich drei Stunden

später. Mir war vor Hunger schon ganz schlecht, ich war mit einer feinen Mischung aus Schweiß, Schmutz und Putzmittel überzogen und den Tränen nahe. Bernadette schrubbte wie besessen, fast als schaute ihr der Teufel aus der Toilettenschüssel entgegen und sein Hintern aus dem Duschabfluss. Mit ihren langen Armen spannte sie Laken in einem Ruck übers Bett und mit ihren rissigen Händen faltete sie die Ecken dermaßen schnell, dass ich keine Ahnung hatte, wie sie das anstellte.

Es sah so aus, als würde sie mich ignorieren, gleichzeitig hatte ich das Gefühl, als würde ich vom FBI beobachtet. Wenn ich aus einem Zimmer ging und dachte, ich wäre fertig, ging sie noch mal rein und überprüfte meine Arbeit. Und sie kam so sicher wie das Amen in der Kirche kopfschüttelnd wieder aus dem Zimmer heraus, das ich perfekt sauber fand, und zog scharf die Luft ein. Entweder hatte ich Schmutz in den Fugen rund um die Badewanne übersehen, in der Ecke des Badezimmers oder vielleicht ein bisschen Staub auf der Sockelleiste.

»Ihr Mädchen seid so faul«, sagte sie, während sie einen Blick unters Bett warf, das ich gerade gemacht hatte. »Schau mal hier drunter.« Ich kniete mich hin und spähte unter die Bettrüschen. Eine menschenfressende Wollmaus starrte zurück. Das Schlimmste aber war, dass ich darunter wirklich gewischt hatte. »Los, hol sie.«

»Womit?«, frage ich. Ich versuchte nicht länger, freundlich zu sein. »Mit dem Besen komme ich da nicht hin.«

»Mit den Händen, die dir der Herrgott gegeben hat.«

Als ich wie ein Krokodil in den Sümpfen auf den Ellbogen vorwärts kroch und mein Kopf an den Bettfedern entlang schabte, fragte ich mich, was zum Teufel ich eigentlich hier in Nantucket tat. Der Job nervte. Meine beste Freundin und der Typ, den ich mochte, hassten mich. Ich griff nach der Staubfluse, und als ich mit der Wange über meinen weichen Arm strich, legte ich einen Moment lang den Kopf darauf. Dieser kleine, geschützte Teil von mir roch noch immer süß, fühlte sich noch immer hübsch an. Ich hielt den Atem an, damit ich nicht anfing zu weinen. Ich vermisste Jules, der ich diese Geschichte nicht erzählen konnte. Ohne eine beste Freundin, der man seine Geschichten erzählte, spielte es fast keine Rolle, ob man sie überhaupt erlebte.

»Mach mal vorwärts«, sagte Bernadette, schnappte sich meinen Knöchel und zog. Meine Ellenbogen quietschten über die Holzdielen. Ich presste die Lippen aufeinander und drehte meinen Kopf zur Seite, damit ich nicht auch noch mit den Lippen über den Boden wischte. Das letzte Stück schob ich mich selbst unterm Bett hervor.

»Ich mach Zigarettenpause. Hier.« Ich gab ihr das Staubmonster und stürmte, ohne nach links und rechts zu schauen nach unten, vorbei an dem sonnenverbrannten Paar, das früh vom Strand zurückgekommen war. Sie sahen mich besorgt an.

Ich setzte mich in den Schatten des Fahrradschuppens

auf einen Stein, nicht zum Garten, sondern zu den Hecken hin, und war kurz davor zu kündigen. Ich schloss die Augen. Vielleicht sollte ich das wirklich tun. Aber wenn ich das tat, wäre ich einfach nur wieder zu Hause, zurück bei Mom und ihrem Weißwein, ihrem Telefon, das nicht klingelte, ihren sorgenvollen Augen und den Zubettgehzeiten von halb neun. Ich wäre zurück in Dads neuem Leben, in seinem neuen Haus, wo die Böden so empfindlich wie Eierschalen waren und Alexis Wutanfälle wie Bomben in jeder Ecke tickten. In seiner neuen Familie musste ich ständig höflich sein, als wäre er der Vater von irgendjemand anderem, was er ja auch war.

Es war besser, wenn ich blieb. Es war besser, wenn ich mich darum bemühte, dass die Dinge liefen. Ich musste nur das Ruder rumreißen. Ich dachte an Jenna Garbetti, die schüchterne großbusige Zwölftklässlerin, die ihren schlechten Ruf losgeworden war, indem sie eine Weile für sich blieb, sich ein neues Aussehen verpasste und sich aufs Lernen konzentrierte. Wenn es jemals einen passenden Zeitpunkt für die Jenna-Garbetti-Methode gab, dann jetzt.

Tauche ab, sieh gut aus und lerne, sagte ich mir. Dabei war ich ja schon abgetaucht, dachte ich. Für den Fall, dass Bernadette mich beobachtete, nahm ich einen Zweig und tat so, als würde ich rauchen. Noch unauffälliger ging es wohl kaum. Jetzt musste ich nur noch herausfinden, wie ich die anderen beiden Punkte erreichen konnte. Ich stand auf und lief um die Hütte, bis ich in der Sonne stand.

George kam auf seinen Krücken um die Ecke und hatte eine Tüte von *Etwas Natürliches* dabei. Ich ließ den Zweig fallen.

»Genau der Mensch, den ich gesucht habe«, sagte er. »Dein Sandwich.«

»Mmm, Mittagessen«, sagte ich und nahm die Tüte. »Das kann ich heute gut gebrauchen.«

»Oh, gut. Es ist auch noch ein Keks drin.« Er lächelte so, dass ich mich wieder wie mein altes selbstbewusstes Ich fühlte. »Keine Ahnung, ob du welche mit Schokoladenstückchen magst. Hab das mal auf Verdacht gekauft.«

»Lecker. Ähm, und hören Sie mal, ich hab mir überlegt« – jetzt nahm ich meinen ganzen Mut zusammen – »dass ich vielleicht doch Ihre Praktikantin sein könnte. Ich habe überall Einsen, außer in Mathe, und Englisch ist mein Lieblingsfach.«

Er lächelte. »Hast du nicht schon einen Job?«

»Ich bin immer spätestens um drei Uhr fertig. Und gestern Nacht sagten Sie, dass Sie vor eins nicht mal annähernd funktionstüchtig sind.«

»Das stimmt. Aber ich kann dich nicht wirklich bezahlen«, sagte er stirnrunzelnd.

»Mir reicht es, wenn irgendwo im Buch mein Name auftaucht. Vielleicht bei den Danksagungen?«

»Das wäre überhaupt kein Problem.«

»Wir könnten es ausprobieren und schauen, ob es klappt.« Ich zuckte mit den Schultern.

»Das nenne ich Marketing«, sagte er. »Du hast mich überzeugt.«

Wir gaben uns die Hand.

»Ich muss los, meine Zigarettenpause ist fast vorbei.«

»Du rauchst?«, fragte er.

»Nein, aber verraten Sie mich bloß nicht.« George sah verwirrt aus. »Ist eine lange Geschichte.«

»Aha. Dann bis später also? Die Einzelheiten besprechen?«

Ich nickte. Tauche ab, sieh gut aus und lerne. Zwei Drittel waren schon geschafft.

Bernadette würdigte mich keines Blickes mehr. Nachdem wir den Rest erledigt hatten, lief ich zum *Nadel und Faden*. Ich linste durch das kleine Fenster in den winzigen Laden, weil ich sicher sein wollte, dass Jules nicht da war, und dann kaufte ich das Kleid. Da ging fast ein ganzer Wochenlohn dahin. Aber wenn ich wollte, dass die Jenna-Garbetti-Methode funktionierte, durfte ich nicht auf halbem Weg schlappmachen. Während ich zurück zum Gasthaus lief, spitzte ich immer wieder ins Seidenpapier, nicht dass das Teil noch verschwand. Es dämmerte, die Grillen zirpten und es roch nach Blumen. Danke, Jenna Garbetti, dachte ich. Ich hoffte, dass sie sich ihre Haare wieder wachsen ließ, dass sie in einen Kerl verliebt war, der sie auch liebte, und dass ihr Leben in Yale einfach nur schön war.

Achtzehn

Am nächsten Tag hatte ich frei – jetzt war ich an der Reihe und ging in Bikini und mit einem breiten Samstagslächeln aus der Tür. Obwohl Dienstagmorgen war. George, der wahrscheinlich erst bei Sonnenaufgang eingepennt war, würde mindestens bis zwölf in den Federn bleiben, also gehörte der Morgen mir. Ich finde es besser, wenn man den Morgen für sich hat statt des Abends. Wenn man morgens allein ist, fühlt man sich nicht so einsam.

Ich wollte zum Strand. Ich war schon seit zehn Tagen auf Nantucket und noch kein einziges Mal schwimmen gewesen! Als ich neulich abends laufen war, stand ich plötzlich wieder in der Straße, wo mich der Geländewagen fast erwischt hätte. Ich hatte das nicht geplant, aber irgendwie war ich einfach dort gelandet. Und dort entdeckte ich auch den Weg zum Steps Strand. Mir fielen ein paar Leute auf, die mit Strandstühlen aufgetaucht waren. Sah aus, als kämen sie aus einem Privatgarten. Ich joggte rüber. »Willkommen am Steps Strand«, stand da in einen Stein gemeißelt. Ich folgte dem schattigen Pfad, wo einige Leute ihre Fahrräder unverschlossen an einen Holzzaun gelehnt hatten und ein paar andere mitten auf dem Weg aus ihren Flip-Flops geschlüpft waren. Sie sahen aus wie Fußabdrücke, als hätten die Leute sie beim Laufen verloren. Es gab eine steile Treppe, die hinunter zum Strand führte. Dann musste man eine kleine Düne hinauf und kam zu einem Hügel voll mit grünen Büschen, dicht wachsenden Rosen, sonnenverbranntem heufarbenem Gras und roten Beeren. Der Pfad führte links und rechts darum herum, und am Ende erstreckte sich vor mir eine Fläche aus warmem Sand und ein Stück ruhiges Meer.

Heute waren ungefähr fünfzehn Leute da, sie hatten sich über den Strand verteilt: ein paar hübsche Mütter, die mit ihren nackten Babys spielten, eine Gruppe älterer Damen, die in ihren Badekleidern im Schatten der Sonnenschirme saßen, und ein komplett angezogenes Paar mit hochgekrempelten Hosenbeinen, das auf dem Bauch lag und den Sand durch die Finger rieseln ließ. Weiter weg waren ein paar Spaziergänger unterwegs. Ich ließ mein Strandtuch im Wind flattern und breitete es auf dem perfekten Platz aus: seitlich, aber nicht zu nah bei dem niedrigen Zaun und ungefähr auf halbem Weg zum Wasser. Ich beobachtete ein einsames Segelboot, das am Rand des Horizonts dahinglitt.

Und dann fiel mir die Farbe des Wassers auf. Es gab eine Million verschiedener Schattierungen und die Farben veränderten sich, sobald ein paar Wolken darüber hinwegzogen, wurden dunkler über den Untiefen und spiegelten die Schluchten und Sandbänke unter der Oberfläche wider. Draußen jedoch, in einem weiten, glitzernden gleich bleibenden Band gab es eine Farbe, die aussah wie vom

Himmel eines heißen Sommertages abgelöst und vom Meer gekühlt. Sie war leuchtend und kühl, ganz anders und doch vertraut. Es war genau die Farbe von Jules' Zimmer. Nantucket Blau.

Würde ich jemals wieder in ihrem Zimmer sitzen? Ich wusste es nicht. Aber falls doch, wäre es nie mehr so wie früher, nicht nach unserem Streit, nicht ohne Nina.

Ich saß auf meinem Handtuch, saugte die Sonne in mich auf und pflügte mit den Zehen durch den Sand. Das war mein freier Tag, rief ich mir in Erinnerung, mein Samstag an einem Dienstag. Ich blätterte durch das Klatschblättchen, das ich mir unten am Fähranleger gekauft hatte, beschloss dann aber, dass ich genauso gut in Emily Dickinson reinlesen könnte. Seit der Fünften lasen wir jedes Jahr mindestens ein Gedicht von ihr. Ich hatte nie ganz verstanden, warum sie so berühmt war. Was hatte sie schon groß zu erzählen, wo sie sich doch ständig alleine in ihrer Mansarde versteckte? Ich faltete das Blatt Papier auseinander, auf dem stand, welche Gedichte wir lesen sollten, und schlug das Buch auf.

Es war in der vertrauten Handschrift meiner Mutter vollgeschrieben, wahrscheinlich sollten es Briefe an Emily Dickinson sein. Mrs Hart wollte, dass wir uns genau diese Ausgabe besorgten, weil jeweils nur ein Gedicht pro Seite abgedruckt war und wir so genügend Platz für unsere »Gedanken und gründlichen Interpretationen zu diesem amerikanischen Genie« hatten. Zuerst dachte ich, Mom hätte eine Menge über Emily Dickinson zu sagen und war nicht nur eine heimliche Bewunderin der Dichterin, sondern eine regelrechte Emily-Fanatikerin. Aber als ich genauer hinschaute, fielen mir Jahreszahlen, Gedankenstriche, Schimpfwörter, Ausrufezeichen und Liedtexte von Aerosmith auf – das waren gar keine Gedichtinterpretationen. Das war ihr Tagebuch. Ich rollte mich auf den Bauch und blätterte zum Anfang.

30.6.84

Liebe Emily D.,
da Tante Betty mein Tagebuch gelesen hat, was sie gestern Abend beim dritten Gin Tonic auf der Veranda praktisch zugegeben hat, hab ich beschlossen, hier in dein Buch zu schreiben, wo Tante Betty garantiert nie nachsehen wird. Sie hat mir nämlich erzählt, dass sie deine Sachen nie besonders gemocht hat. Nimm's nicht persönlich – sie ist sexistisch! Jetzt werden meine ganzen Geheimnisse also hier bei dir landen. Das ist, als würde ich meine Perlenkette in den Kühlschrank legen, damit Diebe sie nicht finden. Ach, da geht es mir doch gleich besser! Ich muss meine Gedanken unbedingt aufschreiben, ich platze nämlich fast aus allen Nähten, ich platze, weil ich die unglaublichsten Neuigkeiten habe. Nach Jahren der Einsamkeit und Verzweiflung kann ich berichten, dass ich, Kate Campell, gerade dabei bin, mich zu

VERLIEBEN. Ich werde seinen Namen nicht aufschreiben, falls dieses Dokument doch entdeckt wird, aber ich habe ihn heute kennengelernt und ich nenne ihn hier einfach Romeo. Er ist DER RICHTIGE. Das spüre ich. Also muss ich das unbedingt aufschreiben, weil das nämlich garantiert der beste Sommer meines Lebens wird. Er ist nicht besonders hübsch. Eigentlich hat er fast was Schmieriges an sich, wie ein Mafioso. Aber weißt du, was? Ich mag das! Und wenn du das jetzt liest, Tante Betty, dann leg das Buch lieber zur Seite, sonst regst du dich noch völlig auf! Hi, hi, hi.

Ich klappte das Buch zu. Atmete durch. Schlug es irgendwo in der Mitte auf.

Heute bin ich Romeo beim Supermarkt in die Arme gelaufen. Wir lächelten uns an und unterhielten uns scheinbar ganz zwanglos, dabei zog er mich wieder mit seinen Blicken aus. Und ich knöpfte ihm mit meinen himmelblauen Augen die Jeansshorts auf, was ich bald wirklich machen werde.

OMG. Ich blätterte weiter. Dieses Mal klappte das Buch an der Stelle auf, wo ein Foto steckte. Ein Foto mit einem Kerl, der auf dem Bauch lag und schlief, und zwar nackt. Ich schlug die Hand über den Mund. Meine Mutter war eine Schlampe! Aber irgendwie eine witzige.

»Hey, was liest du da?«

Ich zuckte zusammen und als ich aufsah, stand vor mir ein klatschnasser Zack mit um die Hüfte gewickeltem Strandtuch.

»Gedichte«, sagte ich und schlug das Buch zu. Wenn Zack hier war, dann vielleicht auch Jules. Ich kniff die Augen zusammen und suchte den Strand ab. Kam sie gerade die Düne herunter? Meine Brust zog sich zusammen, wurde eng, als steckte ich in einem unsichtbaren Korsett.

»Alles in Ordnung?«, fragte er.

»Klar«, sagte ich, schob das Buch in meine Tasche und schnappte mir die Wasserflasche. Ich brauchte eine Weile, bis ich den Verschluss aufgedreht hatte. »Mit wem bist du hier?«

»Mit niemandem«, sagte er und lächelte mich zerstreut an.

»Du bist allein?«

»Japp«, sagte er.

Ich atmete aus und trank etwas Wasser.

»Das müssen ja tolle Gedichte gewesen sein.« Er wischte sich übers Gesicht und schüttelte die Tropfen von der Hand. »Du warst ganz versunken. Und jetzt bist du … irgendwie durcheinander.«

»Tja, Emily Dickinson ist ein amerikanisches Genie«, sagte ich.

»Wahrscheinlich«, sagte er und lachte. Ich lachte auch. Teils aus Erleichterung, weil Jules nicht da war, teils, weil ich wusste, dass sich die Ausrede mit Emily Dickinson echt angehört hatte.

»Da muss ich wohl mal nachschauen, ob es in der Bücherei noch eine zweite Ausgabe gibt«, sagte er. Dann nahm er das Handtuch und trocknete den Rest seines Körpers ab, der zugegebenermaßen ziemlich schön anzusehen war. Fußballspielerschön. »Schaust du mir auf die Nippel?«

»Was? Zack! Nein! Was machst du überhaupt hier?«

Er breitete seine Arme aus, so nach dem Motto: *Nach was sieht es aus?*

»Mir war nach einem kleinen Bad. Ich mag diesen Strand. Er ist schön ruhig, und ich weiß, dass ich hier nicht irgendjemandem in die Arme laufe.«

»Außer mir«, sagte ich.

»Das macht mir nichts«, sagte er und lächelte. »Das ist eine schöne Überraschung.« Ich rammte meine Fersen in den Sand und versuchte, nicht allzu breit zu lächeln. »Was machst du am Samstag?«

»Was ist am Samstag?«

»Vierter Juli, Nationalfeiertag?«

»Oh, ich weiß noch nicht«, sagte ich. Scheiße. Ich hatte den Tag total verdrängt. Aber er rückte drohend näher. Ein Feiertag, den ich allein verbringen würde. Liz hatte irgendwas von einer Party erzählt. Vielleicht könnte ich mich an sie dranhängen. »Vielleicht gehe ich auf eine Strandparty. In Nober…Noberirgendwas.«

»Nobadeer?« Er zog die Augenbrauen hoch. Ich nickte.

»Vorsicht. Die Partys dort laufen schnell mal aus dem Ruder. Und die Polizei wird dieses Jahr überall sein.«

»Polizei? Also, ich weiß noch nicht genau.« Ich vergrub meine Füße und klopfte den Sand darüber fest. »Was machst du denn?«

»Hast du Fitzy kennengelernt?«, fragte er. Ich nickte und legte meine Hand über die Augen, als ich zu ihm hochsah. »Er gibt eine kleine Party auf dem Boot seines Vaters. Da wollen Jules und Parker und all die anderen hin.«

»Hört sich gut an«, sagte ich und versuchte, so neutral wie möglich zu klingen. Ich fragte mich, was Jules ihm über unseren Streit erzählt hatte, wollte aber nicht neugierig sein. Wenn sie gar nichts gesagt hätte, wäre das fast noch schlimmer gewesen. Vielleicht hatte Jules mich aus ihrem Leben gelöscht und dachte gar nicht mehr an mich, vielleicht unternahm sie so viel mit Parker, dass ihr meine Abwesenheit gar nicht auffiel. Vielleicht machte ihr das alles überhaupt nichts aus.

»Ich finde, es hört sich langweilig an. Bin mir nicht sicher, ob das mein Ding ist.« Er schaute aufs Meer hinaus. »Willst du noch rein?«

»Ich weiß nicht«, sagte ich und stand auf. Ich wischte mir Sand vom Hintern und streckte die Arme zur Seite. Der Wind umstrich mich. »Mir ist noch nicht heiß genug.«

»Oh, du bist heiß genug.«

Ich brauchte eine Sekunde, bis es Klick machte. Er

lächelte auf seine schräge, liebenswerte Art. Ich öffnete den Mund, doch er kam mir zuvor. »Wer zuerst an dem Felsen da draußen ist.« Ich folgte seinem Blick zu einem Felszacken, der nicht allzu weit vom Ufer entfernt war.

»Okay.«

Zack zog mit seinem Zeh eine Linie in den Sand und wir gingen auf Startposition. »Auf die Plätze, fertig, los!«

Wir rannten los und grinsten beide wie blöd. Als wir das Meer erreichten, war klar, dass Zack gewinnen würde. Bikinis sind nicht gerade ideal für Wettläufe.

Neunzehn

»Shane und ich hatten gestern Abend einen heftigen Streit«, erzählte Liz am nächsten Tag, während wir gerade die Betten machten. »Er will am vierten Juli zu einer kleinen Grillparty, wo nur ein paar von seinen Freunden sind, und ich will zu der Party nach Nobadeer.« Ich hatte sie wegen dem vierten Juli den ganzen Vormittag über gelöchert und gehofft, dass sie mich einlädt, aber irgendwie war sie nicht darauf angesprungen. »Die ganze Streiterei ist aber gar nicht so schlimm, der Versöhnungssex ist nämlich immer fantastisch.«

»Toll«, sagte ich, als wüsste ich, wovon sie redete. In Wahrheit hatte ich nicht besonders viel Erfahrung. Obwohl ich letzten Herbst drei Monate lang mit Greg Goldberg zusammen gewesen war, hatten wir es nicht über die Ziellinie geschafft. Ich sage das nur ungern, aber ich fand das alles nicht besonders aufregend. Ich hatte mir immer vorgestellt, es würde sich unglaublich anfühlen, wenn ein Junge dich berührt, stattdessen war es ein bisschen, als würde er bloß seinen Schwanz auf meine Vagina programmieren. Ich fragte mich, ob mit mir irgendwas nicht stimmte. Denn das würde ich auch noch selber hinbekommen. Aber nicht auf *diese* Weise, nicht auf die *Selbstbefriedigungs*-Tour. Das war auch nicht mein Ding, obwohl Mrs

Levander, unsere sechsundneunzigjährige Schulschwester und selbst ernannte Erdenmutter, uns schon in der siebten Klasse erklärt hatte, dass *daran nichts falsch sei.* Dass wir weder schielen noch blind würden, wenn wir unsere »Intimzone« berührten, egal was andere uns erzählten.

»Mir wollten sie das auch weismachen«, sagte sie und schüttelte den Kopf. »Und meine Sehschärfe ist hundertprozentig. Wenn das stimmen würde, wäre ich blind wie ein Maulwurf!« Sie warf ihren Kopf in den Nacken und lachte lauthals. Wir Schüler bissen uns auf die Wange oder kritzelten in unsere Hefte und dachten uns sonst wohin.

»Ooookay«, sagte sie, nachdem ihr aufgefallen war, dass sie sich gerade auf einem komplett anderen Stern befand als wir. »Lasst mal sehen, welche schwierigen Fragen wir heute haben.« Sie zog eine Frage aus der Schwierige Fragen-Schachtel. Ein Schuhkarton, der mit glänzendem Geschenkpapier beklebt war und in dem wir anonym Fragen rund ums Thema Sex einwerfen konnten.

Mrs Levander zog die Augenbrauen hoch und formte mit ihren Lippen ein O. »Die ist mal interessant. ›Was bedeutet es, wenn jemand spitz ist?‹ Weiß jemand die Antwort?« Wir konnten nicht mehr an uns halten, alle lachten. Ich am lautesten, was nicht weiter verwunderlich war, immerhin kam die Frage von mir.

Ich glaube, Liz und Mrs Levander würden sich richtig gut verstehen, schließlich schmückte Liz immer alles bis ins kleinste Detail aus.

»Das ist der beste Sex, den ich je hatte«, sagte Liz und faltete einen frischen Bettbezug auseinander. Es war am einfachsten, wenn wir die Decken zusammen bezogen. Und weil ich die Kleinere war, galt ich als die unerschrockene Entdeckerin, die mit beiden Zipfeln der Decke in der Hand in den Bettbezug abtauchte. »Er war filmreif. Und in Farbe. Verstehst du?«

Ich dachte immer, die Briten wären hochnäsig und würden nur über Tee und Gebäck und die Königin reden.

»Na ja, nicht genau.« Ich steckte noch immer im Bezug.

»Warte mal«, sagte Liz. »Bist du etwa noch Jungfrau?«

Ich erstarrte und wusste instinktiv, dass das ihrer Ansicht nach nicht sonderlich cool war.

Liz lachte schallend. »Habe ich also recht! Du bist noch Jungfrau.« Als sie die Ecken der Bettdecke schnappte, krabbelte ich mit glühenden Wangen heraus.

»Es gibt garantiert eine einfachere Möglichkeit, wie man das hier hinbekommt«, sagte ich und strich meine statisch aufgeladenen Haare glatt. Liz war aufs Bett geklettert und schüttelte die Decke aus, bis sie auf ihrem Platz lag. Ich strich sie glatt und zog den Reißverschluss zu.

»Cricket ist noch Jungfrau«, sang sie, während sie auf dem Bett herumhüpfte. »Wusste ich's doch. Das erklärt einiges.«

»Oh mein Gott, Gavin spaziert durch die Flure!«

»Bist du nicht allmählich ein bisschen alt dafür. Wie alt bist du noch mal?«

»Im August werde ich achtzehn.«

»Achtzehn!«

»Das ist normal«, sagte ich. »Für ein Mädchen ist das eigentlich perfekt.«

»Amerikaner.« Sie stieg mit zusammengekniffenen Augen vom Bett. »Alle denken immer, wir Briten wären prüde, aber in Wirklichkeit seid ihr Amerikaner das. Und warum sollte es bei Mädchen anders sein?«

Ich hatte keine Ahnung, warum es bei Mädchen anders war. Sollte es nicht sein, war es aber. Und ich hasste es, wenn die Leute so taten, als wäre es das nicht.

»Bis zu deinem Geburtstag müssen wir das in Ordnung bringen«, sagte Liz. »Darum kümmere ich mich höchstpersönlich.«

»Brauchst du nicht«, sagte ich. Aber Liz ignorierte mich und stopfte ein Kissen in den Bezug.

»Am vierten Juli kommst du mit mir.« Immerhin hatte mir der ganze Schlamassel eine Einladung eingebracht. »Ich sage Shane Bescheid und wir lassen seine Freunde aufmarschieren. Dann darfst du dir einen aussuchen.«

»Nein, nein, nein, nein.«

»Colin könnte passen. Sein Schwanz hat genau die richtige Größe. Nicht zu groß und nicht zu klein. Genau richtig für Goldlöckchen!«

»Nein, nein, nein, nein.« Himmel, diese Unterhaltung war echt anstrengend. Was würde ich drum geben, wenn ich sie rückgängig machen könnte. »Es ist nämlich so –

und das ist eine wichtige Voraussetzung für mich – ich will verliebt sein.«

»Sei nicht albern.« Liz lachte. »Du kannst ja wohl kaum erwarten, dass du dich bis August verliebst.«

»Also, dann will ich ihn wenigstens richtig gern haben.«

»Gibt es irgendwelche Kandidaten?«

»Es gab da einen, aber« – ich schüttelte den Kopf – »das ist vorbei.«

»Oh! Und was ist mit dem Schreiberling?« Sie wackelte mit den Augenbrauen. »Ein erfahrener Mann weiß, wie er einer Frau Freude bereitet.«

»Ekelhaft!«, sagte ich und schüttelte das Kissen auf. »Er ist verheiratet und seine Frau ist schwanger.«

»Seid ihr beiden hier bald fertig?« Gavin kam mit einer Ladung frischer Handtücher herein. »Manchmal denke ich, Bernadette hat recht.«

»Rate mal, was ich gerade erfahren habe«, sagte Liz strahlend.

»Liz«, sagte ich drohend. »Untersteh dich!«

»Cricket ist bald achtzehn und noch …« Ich warf ihr das Kissen an den Kopf.

»Möchte ich gar nicht wissen«, sagte Gavin, ließ die Handtücher aufs Bett fallen und ging wieder. »Und bezieh das Kissen neu.«

Zwanzig

»Du bist die Beste«, sagte George, während er sich die Lärmschutzkopfhörer von den Ohren zog. Ich hatte ihm gerade eine Sechserpackung Diätcola, Erdnussbutterbrezeln und Truthahndörrfleisch auf den Schreibtisch gepackt, drei Sachen, die ihm angeblich besondere Schreibkräfte verliehen. Er saß auf einem alten Bürostuhl, den Gavin im Keller gefunden hatte, hinter seinem behelfsmäßigen Schreibtisch, der eigentlich ein Spieltisch war. Neben seinem Aufnahmegerät, dem Laptop, ein paar Aktenordnern und vier Notizbüchern stand dort noch der Laserprinter, den seine Frau ihm per Schiff geschickt und den ich gestern aufgebaut hatte. Die Fenster waren sperrangelweit aufgerissen, die Tür mit einem Keil offen gehalten und sein gesunder Fuß steckte in einer Schüssel mit eiskaltem Wasser. Trotzdem war es hier drin drückend heiß. George nannte sein Reich inzwischen Schwitzkasten.

»Machst du mir bitte eine von diesen süßen, süßen Männerlimos auf?«, sagte er und rieb sich die Hände. Ich lachte, öffnete eine Coke Zero und gab sie ihm. Er legte den Kopf nach hinten, gluckerte die halbe Dose weg und hielt sie dann breit grinsend hoch, als würde er in einem Werbefilm auftreten. »Wie ein kühler Gebirgsbach.«

»Warte mal, ich hab da noch was«, sagte ich und präsentierte den Hauptgewinn: einen Ventilator, den ich im Trödelladen des Krankenhauses entdeckt hatte. Er hatte nur eine Geschwindigkeit und die Propellerflügel waren voller Staub, aber er würde für Kühlung sorgen.

»Was? Was? Träume ich etwa?«, sagte George, als ich den Ventilator auf die Kommode stellte und in die Steckdose steckte. »Mir wurde gesagt, dass es auf der ganzen verdammten Insel keinen einzigen Ventilator und keine Klimaanlage mehr gibt. Als ich bei dem Typ aus dem Elektrogeschäft danach gefragt habe, hat er mich fast ausgelacht.«

»Ich habe ihn in einem Trödelladen gefunden«, sagte ich. »Er war in der hintersten Ecke hinter einem gerahmten Poster von einem Wal versteckt, das sie für vierhundert Dollar verkaufen wollten.«

»Du bist unerschrocken und einfallsreich, das gefällt mir«, sagte George, zog sein Portemonnaie raus und gab mir zwanzig Dollar.

»Der hat nur fünf gekostet«, sagte ich und wischte mir die Hände an meinen Shorts ab.

»Der Rest ist für dich.«

»Sicher?«, fragte ich, den druckfrischen Schein in der Hand. »Er dreht sich nicht mehr.«

»Ich mag es, wenn mir die warme, abgestandene Luft in einem stetigen Luftstrom ins Gesicht weht.«

»Okay.« Ich faltete den Zwanziger und schob ihn mir hinten in die Hosentasche, dann zog ich einen braunen

Briefumschlag aus meiner Tasche. »Und hier sind die Bilder.« Ich war zum Jachtclub gegangen und hatte ein paar alte Fotos von Boaty rausgesucht, als er in seinen Zwanzigern und frisch verheiratet war. Auf einem war er bei einem Muschelessen am Strand zu sehen, schüttelte Hände und lächelte nachdenklich. Auf sein Gesicht schien warm die Nachmittagssonne und die Leute betrachteten ihn bewundernd. Ein Typ hatte seine Hand auf seine Schulter gelegt und sah ihn an, als ob er sein Lieblingssohn wäre. Boaty hatte auf jeden Fall das, was Edwina MacIntosh als »Starqualität« bezeichnete.

»Er war ziemlich beliebt«, sagte ich.

»Bei den meisten schon, ja. Aber er hatte nicht nur Fans. Manche Leute hassten ihn regelrecht.«

»Zum Beispiel?«, fragte ich. »Ich meine, von den Republikanern jetzt mal abgesehen.« Und von meiner Mutter, dachte ich.

Er zeigte auf den Mann, dessen Hand auf Boatys Schulter lag. »Der Typ hier. Tom Frost. Boaty hat ihn hier auf Nantucket kennengelernt. Frost war der Erste, der ihm eine Stelle gab. Er hat ihn im Senat unter seine Fittiche genommen, ihm gezeigt, wo's langgeht, und wie einen eigenen Sohn behandelt. Tom Frost bereitete sich gerade auf die Kongresswahlen vor. Boaty wollte dasselbe. Und nachdem sie fünf Jahre befreundet waren, steckte Boaty der Presse eine Geschichte über ihn.«

»Oh nein«, sagte ich. »Was denn?«

»Eine Affäre mit dem Kindermädchen.«

»Hört sich an wie aus einem schlechten Film.«

»Es hat Tom Frost das Genick gebrochen, und Boaty wurde gewählt.«

»Das ist schrecklich«, sagte ich.

»Tja, genau genommen war es gar nicht Boaty, der die Gerüchte gestreut hat. Das haben ›seine Leute‹ getan, aber einer von diesen ›Leuten‹ hat mir erzählt, dass Boaty die Geschichte abgesegnet hat«, sagte George. »Manchmal geht es in der Politik eben leider so zu, aber normalerweise nicht durch Leute, die man kennt und mag. Boaty hat mehrere Weihnachtsfeste mit diesem Kerl gefeiert.«

»Warum hat er das getan?«, fragte ich.

»Um zu gewinnen.«

Ich dachte immer, das Bedürfnis beliebt zu sein würde nach der Schulzeit nachlassen. Unsere Eltern und Lehrer erzählten uns dauernd, dass es nicht nur aufs »Gewinnen« und aufs »Toll-Sein« ankam. Es kam darauf an, dass man ein guter, glücklicher Mensch wurde, der das Richtige tat. Edwina MacIntosh hielt jedes Jahr dieselbe Rede. Darin wandelte sie ein Gedicht über einen Mann im Spiegel zu einem Text über einem Mädchen in einem Spiegel um. »Der einzige Mensch, der euch toll finden muss«, sagte Edwina MacIntosh dann immer, »ist das Mädchen im Spiegel. Der einzige Mensch, der euch akzeptieren muss, seid ihr selbst.« Logen die Erwachsenen etwa alle und sagten uns nicht die Wahrheit darüber, was es wirklich bedeutete, erwachsen zu sein?

»Andererseits«, sagte George und machte sich noch eine Cola auf, »hat Boaty die Gesundheitsreform mit großen Schritten vorangetrieben, und Tom Frost war ein alter Knacker. Das ist alles furchtbar kompliziert, weswegen es auch ein gutes Buch werden wird und ich dringend weiterschreiben muss.«

»Brauchst du noch etwas?«, fragte ich.

»Ich denke, für heute wäre das alles. Ich kann loslegen«, sagte George. »Ich muss mir nur noch, sagen wir mal, zwanzig Seiten aus den Fingern saugen und dann liege ich genau im Zeitplan.«

»Na dann, viel Glück, und vergiss nicht zwischen den Männerlimos auch mal Wasser zu trinken.«

»Du hast einen guten Einfluss auf mich, Thompson«, sagte er, und schon war ich aus der Tür – wo es gut fünf Grad kühler war. Ich dachte voller Vorfreude an den Strand und hoffte und fürchtete gleichzeitig, dass ich Zack wiedertreffen würde.

Während ich zum Strand ging, dachte ich daran, wie Zack mir dort neulich über den Weg gelaufen war. Wir waren ewig im Wasser geblieben, hatten uns einfach nur unterhalten und waren den warmen Wasserströmen nachgeschwommen, bis unsere Finger und Zehen schrumpelig wurden. Jules würde es garantiert nicht gefallen, dass ich mich mit ihrem Bruder herumtrieb. Dabei hatte ich mich gerade mal eine Woche lang mutterseelenallein gefühlt.

Wenn man sich so fühlt, kann eine Woche allerdings unendlich lang sein.

Eine kniffelige Situation also und ich hatte wirklich zweimal versucht, da rauszukommen. Aber das erste Mal hatte er mich zum Lachen gebracht: Mir war eine winzige Welle gegen den Hintern geschwappt und er hatte sich zu meinem großer Retter aufgespielt. Und das zweite Mal, als mir allmählich zu kalt wurde und ich wieder klarer denken konnte, hatte er mir die Hälfte von seinem Sandwich versprochen, wenn ich noch blieb. Es war von *Etwas Natürliches* und mit Truthahn, Cranberry und Avocado belegt. »Auf Sauerteigbrot«, fügte er hinzu. Mir klapperten die Zähne, zum Teil weil ich ziemlich fror, aber auch vor Angst, was Jules sagen würde, wenn sie herausbekäme, dass wir den ganzen Tag miteinander verbracht hatten.

Er sah nach oben. »Wenn in den nächsten fünf Sekunden die Sonne durchkommt, musst du bleiben.« Und aus irgendeinem Grund tat ich so, als wäre das eine unumstößliche Regel.

»Fünf, vier, drei«, begannen wir zu zählen, und als wir bei »zwei« waren, blinzelte ich in helles Sonnenlicht, während ich wie verzaubert auf dem Rücken im Wasser trieb. Wir blieben, bis er zur Arbeit musste. Er war Hilfskellner im *Gigis.* Wir teilten uns mein Handtuch, weil seines sandig war. Und dann teilten wir uns sein Sandwich.

Als ich beim Steps ankam, suchte ich den Strand nach ihm ab. Er war nicht da. Und das ist gut so, sagte ich mir.

Einundzwanzig

Zack: Schönen vierten Juli!

Ich: Dir auch.

Zack: Wo bist du?

Ich: Ich weiß nicht!!! Nicht Nobadeer.

Ein anderer Strand. Am Nobadeer ist die Polizei.

Zack: Am 40. Pole?

Ich: Ich frag mal.

Ich: Tom Nevers.

Zack: Ah. Soll ich dich abholen?

Ich: OMG. Ja, bitte.

Zack: Bin in 20 Minuten da. An der Haltestelle.

»Ich glaube, ich geh demnächst«, sagte ich zu Liz, die schon ihr viertes Bier kippte, obwohl wir noch nicht mal eine Stunde hier waren. Meine Flasche war noch immer fast voll und inzwischen warm. Wir hatten erst gar nicht versucht, am Nobadeer aufzuschlagen, denn die Polizei hatte Wind davon bekommen. Das hier sollte angeblich die geheime, kleine Alternativfeier sein. Für mich war es die größte Fete, auf der ich je gewesen war. Shane behauptete, dass es verglichen mit 2010 ziemlich lahm sei, damals wären fast dreitausend Leute da gewesen.

Ich hatte keine Ahnung, wie viele es jetzt waren, aber am Strand parkten mindestens hundert Autos, und in den Autos hockten massig Leute in Schwimmklamotten. Sie soffen sich alle zu, hatten die Musik laut gestellt und pinkelten ungeniert in Sichtweite. *Scheiße*, dachte ich, als ich aus Versehen in Richtung eines ekeligen kinnlosen Typen schaute, der gerade sein Teil auspackte, um in die Dünen zu pissen.

»Aber du kannst jetzt noch nicht weg«, sagte Liz. »Ich habe dir doch noch gar nicht Colin vorgestellt! Wo steckt der Wichser überhaupt? Er wollte schon längst hier sein.« Sie suchte auf ihrem Handy nach Nachrichten. »Du kannst noch nicht gehen. Bleib lieber und genieß die Orgie. Das ist genau die richtige Stimmung hier, damit du dich endlich mal locker machst!« Sie lachte.

»Ha, ha«, sagte ich. Ganz in der Nähe kotzte ein Typ in Stars-and-Stripes-Shorts in die Dünen, er sah eigentlich schon fast erwachsen aus mit beginnender Glatze und allem Drum und Dran. Mit dem Handrücken wischte er sich Kotzereste vom Mund. »Ich muss echt los, Liz.«

»Mach, was du willst«, brummte sie. »Aber du musst mal entspannter werden, wenn du jemals …« Sie deutete mit der Hand einen Kreis an und steckte den Zeigefinger durch.

»Das ist widerlich«, sagte ich.

»Feigling!«, sagte sie, als ich ging.

»Schlampe!«, rief ich lachend zurück.

»Danke fürs Kompliment!«

Ich hatte Zack seit unserer Begegnung am Steps nicht mehr gesehen. Während ich an der Bushaltestelle auf ihn wartete, schloss ich die Augen und dachte daran, wie gut es sich angefühlt hatte, neben ihm im flachen Wasser zu dümpeln, wie lustig es gewesen war, als er so tat, als wäre er der Rettungsschwimmer, und wie stark er war. Er hatte mich einfach hochgehoben und ins tiefere Wasser geworfen, und dass es sich endlich, endlich langsam nach Sommer anfühlte.

Als Zack mit der Landjacht auf mich zufuhr, war ich unheimlich erleichtert. Ich wusste, da war jemand, der mich kannte, respektierte und verstand. Jemand Vertrautes. Es war dasselbe Gefühl, das ich empfand, wenn ich Jules den ganzen Morgen über nicht gesehen hatte und sie dann in der Cafeteria entdeckte. Er hielt neben mir, tat so, als würde er mich nicht kennen, und fragte, ob ich eine Mitfahrgelegenheit bräuchte. Er saß mit freiem Oberkörper im Auto. Mein Gefühl veränderte sich. Es wurde zu einem warmen Glühen, das sich bis zu meinen Wangen und die Wirbelsäule hinunter ausbreitete. Ich lehnte mich auf meinen Absätzen nach hinten. Vielleicht war das Viertel Bier, das ich in der Sonne getrunken hatte, doch zu viel gewesen. Mein Herz schlug schneller, aber mein Puls ging runter. Als ich neben ihn auf den Beifahrersitz kletterte und sich unsere Oberschenkel berührten, änderte sich mein Gefühl noch einmal. Es wurde leuchtender, irgendwie lebendig und voller Energie, als hätte ich eine Wunderkerze in der Brust.

Was war nur los mit mir?, fragte ich mich, während der Motor unter dem heißen Vinylsitz brummte. Ich klappte die Sonnenblende nach unten, weil ich wissen wollte, ob meine Wangen so rot waren, wie sie sich anfühlten. Waren sie. Und meine Augen und Lippen glänzten. Brütete ich irgendwas aus? Fühlte sich eigentlich nicht so an. Das war anders. Aber was war es dann? Dieser Drang nach Bewegung. Das Bedürfnis nach etwas mehr Luft, danach, meine Beine zu überkreuzen und irgendetwas zu drücken? Hatte mir jemand was ins Bier getan?

»Alles in Ordnung?«, fragte Zack und berührte mein Knie. Ich zuckte ein wenig zurück.

»Ja«, sagte ich und rutschte auf meinem Sitz herum. Wir fuhren los. »Ich bin nur ein bisschen …« Ich suchte nach dem richtigen Wort und hatte auf einmal ein Bild vor Augen. Mrs Levander, die den zusammengefalteten Zettel hochhielt, den ich in die Schwierige-Fragen-Schachtel gesteckt hatte. Ach so war das! Hier in der Landjacht der Claytons erhielt ich Jahre später endlich die Antwort auf meine Frage. Ich griff nach der Wasserflasche, die im Becherhalter stand, öffnete sie und schüttete die drei Schlucke hinunter, die noch drin waren. »Durstig«, sagte ich. »Ich hab echt Durst.«

»Sieht ganz danach aus. Was ist los?«, fragte er.

»Nichts«, sagte ich und rutschte von ihm weg. Ich sollte mich in Zacks Gegenwart nicht so fühlen. »Ähm, können wir irgendwo anhalten und Wasser besorgen?«

»Klar«, sagte er und stellte das Radio an.

Ein paar Kilometer weiter entdeckten wir neben dem Fahrradweg einen Trinkwasserbrunnen und Zack bremste. Ich sprang raus, füllte die Flasche auf und versuchte mich daran zu erinnern, ob Mrs Levander irgendwas darüber gesagt hatte, wie lange so ein Gefühl anhielt und wie man es wieder loswurde. Von dem Offensichtlichen mal abgesehen.

»He, spürst du irgendwas?«, fragte Zack.

»Was meinst du?«

»Es gibt ein paar Leute, die behaupten, dass es hier einen Geist gibt.« Ich bemerkte das weiße Kreuz, so eins, das am Straßenrand aufgestellt wird, wenn jemand verunglückt ist. »Und die behaupten auch, dass einem plötzlich kalt wird, wenn man nachts hier vorbeifährt. Ich glaube, in den Siebzigern oder so ist an dieser Stelle ein Mädchen überfahren worden.«

»Was haben die auf Nantucket eigentlich immer mit ihren Geistern?«, fragte ich.

»Es gibt hier einfach eine Menge davon«, antwortete er. Ich sah ihn zweifelnd an. »Glaubst du nicht an Gespenster?«

»Du etwa?«

»Schätze mal, ich glaube, dass es da draußen irgendwas gibt.«

»Glaubst du, deine Mom ist ein Geist?«

Zack atmete tief ein, und kurz fragte ich mich, ob ich

die dümmste Frage gestellt hatte, die man überhaupt stellen konnte.

»Meinst du, ob ich glaube, dass sie irgendwo abhängt und Stühle in Hotelzimmern schweben lässt? Oder in unserem Esszimmer mit den Kerzen jongliert?« Ich lachte. Ich konnte nicht anders. Er lächelte, und ich wusste, dass er an etwas Bestimmtes dachte. »So nach dem Motto: *Wenn im* Bloomingdale's *die Lichter ausgehen, stöbert sie durch die Regale und macht sich in der Haushaltswarenabteilung einen Cappuccino?«*

»Oder sie klaut frische Mandelcroissants direkt aus dem Ofen der Bäckerei?«, sagte ich.

»Oder nimmt einen Mini Cooper für eine Spritztour.«

»So, dass es aussieht, als würde er von alleine fahren?«

»Total schnell, mitten auf der Straße?«

Wir mussten beide lachen. Nina war eine schreckliche Fahrerin gewesen. Sie hielt Stoppschilder für Vorschläge, bremste aber an Kreuzungen und ließ anderen die Vorfahrt, was alle total verwirrte. Zack verschränkte die Arme und schüttelte den Kopf. »Nein, Mom ist kein Geist.« Sein Lächeln verschwand und er wurde ruhig. Er starrte auf ein Stück Gras, seine Augen waren kurz vorm Überlaufen wie ein Wasserglas, das ganz bis zum Rand gefüllt war.

»Aber sie ist hier«, sagte ich und konzentrierte mich auf mein eigenes Stückchen Gras. »Das spüre ich.«

»Ich auch«, sagte er und atmete ein paarmal durch. Die Sonne stand tief. Weiter weg gingen ein paar Feuerwerksraketen hoch. Die Insekten summten. Zack nahm meine Hand und verschränkte seine Finger mit meinen. »Komm mit, ich will dir was zeigen.«

Zweiundzwanzig

Zack zog das kleine Ruderboot nahe zum Kai und ich kletterte hinein. Er reichte mir eine Stofftasche mit Champagner und Plastikbechern, die er vom Ferienhaus mitgenommen hatte. »Dad hasst Champagner und Jules hat ihn vergessen. Das heißt, die Kiste Dom Perignon in der Vorratskammer gehört mir.«

»Was ist Dom Perignon?«, fragte ich und legte die Tasche ins Heck.

»Das gute Zeugs«, sagte er und machte die Leinen los.

»Fällt es deinem Dad nicht auf, wenn was fehlt?«

»Ich glaube, zurzeit würde er nicht mal merken, wenn der Kühlschrank weg wäre und dort stattdessen ein weißer Tiger säße«, sagte er und stieg ein. Ich hatte das seltsame Bild lebhaft vor Augen. Er steckte die Rudergabeln an ihren Platz, legte die Ruder hinein und ruderte uns dann mit langen, gleichmäßigen Zügen in den Hafen.

»He, du hast *Champagner* gesagt! Heißt das, du bist über die Französin weg?«

»Vielleicht«, sagte er und grinste.

Ich lehnte mich zurück, die Ellenbogen auf dem Bootsrand, und schaute nach oben. Die Sonne war untergegangen, aber es war noch nicht dunkel. Der Himmel war violett. Über uns lag ein schräger Halbmond. Wir ruderten an den Häusern vorbei, die den Hafen säumten, vorbei an den Fenstern mit den lampenhellen Innenräumen; vorbei an Leuten, die auf ihren Terrassen saßen, tranken und lachten. Stimmen trieben auf den Wellen zu uns, wurden zu einem Flüstern und wehten wieder davon. Die Ruder klatschten auf das dunkle Wasser, tauchten ein und wieder auf und streiften leicht geneigt und tropfend die Oberfläche. Ich streckte einen Arm aus und zog meine Finger durchs Wasser. Ich glaube, ich hätte den ganzen Sommer über hier in diesem Boot sitzen können und wäre glücklich gewesen.

»Siehst du das Haus von den MacMansions, da, wo alle Lichter brennen?« Zack hatte beide Ruder in eine Hand genommen, drehte sich um und zeigte auf ein Haus auf einer entfernt liegenden Klippe.

»Ja.« Es war ein riesiges Gebäude mit Hunderten von Fenstern.

»Gut, und siehst du das daneben, wo nur ein Licht brennt? Dorthin fahren wir. Es ist der beste Platz, um das Feuerwerk zu sehen.« Er drehte sich wieder zu mir um und ruderte mühelos und sicher weiter. Vielleicht hatte er ja daher seinen Fußballspielerkörper. Bei dem Gedanken überlief mich ein kleiner wohliger Schauer.

»Hier«, sagte er. Er hatte sein Sweatshirt ausgezogen und warf es mir zu.

»Du hattest doch mal einen Pilz, oder?«, zog ich ihn auf.

»Ich hab dir gesagt, dass der weg ist«, erwiderte er und spritzte mich ein bisschen nass. Ich wischte mit seinem Sweatshirt die Tropfen von meinem Bein und zog es über. Es roch nach Strand.

Weiter draußen lagen ein paar Jachten. Auf einer davon feierten mindestens dreißig Leute, die sich so aufgebrezelt hatten, als würden sie zu einer Oscarverleihung gehen. Eine große, schlanke Frau mit langen roten Haaren und einem kurzen glitzernden Goldkleid unterhielt sich mit zwei Männern im Smoking. Ich fragte mich, ob das Jays Mutter war. Schwer zu sagen auf die Entfernung, aber sie hatte dieselbe modelmäßige Figur. Zack winkte. Einer der Smokingmänner winkte zurück.

»Suchst du die Bella Figura?«, fragte der Mann.

»Wie bitte?«, rief Zack zurück.

»*Bella Figura!«,* sagte der Mann.

»*Bella* was?«, fragte Zack und ruderte näher zur Jacht. Jetzt schaute die Frau in Gold zu uns. Das war ganz sicher Jays Mutter. Oh Gott. Hatte Jay ihr erzählt, was ich über seinen Bruder gesagt hatte?

»Bist du nicht der, den wir losgeschickt haben, um mehr Wein zu holen?«

»Nein«, sagte Zack. Er gab mir die Ruder, stand auf und stemmte seine Hände in die Hüften.

»Ach herrje«, murmelte ich und verkroch mich in sein Sweatshirt.

»Auf meiner Jacht« – er breitete die Arme aus und runzelte er die Stirn, während er sich für das kleine Boot einen Namen überlegte – »auf der *La Principessa,* trinken wir nur Dom Perignon!«, sagte er. »Habe ich recht, Principessa?«

»Ähm ... ja?«, sagte ich leise. Wie die schicken Partyleute wohl reagieren würden? Und vor allem, wie würde Mrs Logan reagieren?

Zack setzte sich, nahm die Ruder und ruderte weiter. »He, warum hast du dich versteckt?«

»War das nicht Mrs Logan?«

»Meinst du?« Er zuckte die Schultern. »Na und?«

»Na und? Wir kennen sie. Und wer weiß, wer diese Leute sind. Vielleicht sind sie wichtig.«

»Du kümmerst dich zu sehr darum, was andere Leute denken.«

»Tja, das spielt ja wohl auch eine Rolle.«

»Nein, tut es nicht«, sagte er und sah mir dabei in die Augen. »Und überhaupt, sie hat gelacht.«

»He, darf ich auch mal rudern?«, fragte ich. Ich wollte gern das Thema wechseln und die Stimmung von vor fünf Minuten wiederhaben.

»Klar.« Das Boot schaukelte, als wir die Plätze tauschten. »Behalt die Boje dort im Auge.« Ich ruderte abgehackt und ungleichmäßig. »Du brauchst nicht so tief eintauchen. Geh nur knapp unter die Oberfläche. Und halte die Ruder am besten möglichst flach.« Ich tat, was er sagte. »Gut, schon besser. Die Flut kommt gerade. Der Rückweg wird einfacher.« Er legte sich hin und streckte die Beine aus.

»Irgendwie mag ich diese Mädchen-haben-die-Verantwortung-Nummer.«

»Wir werden uns hier auf dem Meer aber nicht verirren, oder?«, fragte ich.

»Nur wenn du möchtest.« Zack grinste. Da war wieder dieses Gefühl. Diese Wärme. Dieses Flattern. Das trommelnde Herz. Ich konzentrierte mich aufs Rudern. Ein Stück weit entfernt gingen an einem Strand ein paar Raketen hoch. Diese kleinen goldenen.

»Und? Wo ist deine Familie?«, fragte er.

»In Providence. Was denkst du denn?«

»Die meisten Leute verbringen den Feiertag mit ihren Familien.«

»Der vierte Juli ist ja nicht gerade Weihnachten.«

»Du ziehst ein bisschen zu stark am linken Ruder, wir drehen ab.«

Ich schaute über die Schulter und ruderte nur rechts, damit wir zurück auf Kurs kamen.

»An Weihnachten warst du aber auch bei uns.«

»Aber nur abends und nicht als es die Geschenke gab.«

»Du warst schon um zwei Uhr da.«

»Wenn du meinst.« Eine Weile schwiegen wir. Ich ruckelte wieder mit den Rudern, atmete tief durch und versuchte, sie im perfekten Winkel zu halten. »Deine Familie ist eben echt witzig. Und meine Mutter benimmt sich oft, als *wollte* sie die ganze Zeit traurig sein. Am liebsten würde ich zu ihr sagen: ›Geh aus, Mom, such dir

Freunde. Du bist noch keine achtzig‹, versteht du? Es ist, als hätte sie vergessen, wie man glücklich ist.«

»Hat sie das jemals gewusst?«, fragte er.

»Ja«, sagte ich und dachte an die Zeiten, als wir noch zusammen nach Newport gefahren waren oder als ich als kleines Kind bei ihr auf dem Bett gesessen und zugeschaut hatte, wie sie sich schminkt. Ich ließ uns ein Stück treiben. Meine Hände taten allmählich weh. Wo waren diese Worte hergekommen? Ich hatte sie noch nie ausgesprochen. Es war, als würde ich sie aus dem Meer hochwirbeln.

»Willst du tauschen?«, fragte Zack.

»Noch nicht.«

»Wo ist dein Dad? Ist er weggezogen?«

»Er wohnt immer noch in Providence«, sagte ich. »Aber er hat total viel um die Ohren. Mit seiner neuen Familie.« Zack sah mich fragend an. Ich hatte einen Kloß im Hals. Ich schluckte ihn runter und ruderte, den Blick fest auf die Boje geheftet, immer weiter. »Also, seine Frau hat einen Sohn. Sie hat ihn als Dreijährigen aus einem ukrainischen Waisenhaus adoptiert. Sie hat ihn praktisch gerettet und das ist wirklich unglaublich. Als sie damals rüber ist, um ihn zu holen, war sie nicht mal verheiratet oder so. Er ist eigentlich ein total süßer kleiner Junge.

Aber wahrscheinlich hat man sich als Baby nicht richtig um ihn gekümmert und er ist nicht richtig ernährt worden, und jetzt hat er alle möglichen Probleme. Er wacht zum Beispiel jede Nacht auf und schreit. Er hat diese Albträume und pinkelt ins Bett und dann ist er den Rest der Nacht wach und schaukelt ständig vor und zurück, und Dad und Polly bleiben mit ihm wach und am nächsten Tag sind alle total erschöpft. Natürlich kann er nichts dafür, und natürlich sind Polly und mein Dad im Grunde die Helden, aber manchmal, ach ich weiß auch nicht.« Ich schüttelte den Kopf. »Vergiss es. Ist sowieso egal, ich bin ja bald achtzehn.«

»Und dann?«, fragte Zack. Der Kloß rutschte wieder nach oben. Ich schluckte ihn runter.

»Dann bin ich bald an der Uni. Weg.« Der Himmel war jetzt dunkler, der Mond heller. Silberne Raketen stiegen in die Nacht. »Schau mal, jetzt fängt es an.«

»Hübsch«, sagte Zack. Er schaute kurz nach oben und widmete sich dann wieder ganz mir. »Aber er ist trotzdem auch dein Vater, und das hört sich so an, als würden die es dir unmöglich machen, Zeit mit ihm zu verbringen. Das ist bestimmt nicht einfach.«

»Ich bin froh, dass er sein eigenes Leben hat. Ich wünschte, Mom hätte auch eins. Einmal, das ist jetzt schon drei Jahre her, ist mir aufgefallen, dass sie überhaupt nicht ausgeht. Da habe ich sie bei einer Online-Partnervermittlung für Geschiedene angemeldet. Die hieß ›Auf den zweiten Blick‹.« Das hatte ich noch niemandem erzählt, nicht einmal Jules.

Zack lachte. »Und, was ist passiert?«

»Es fing ganz gut an«, sagte ich. »Ich habe ihr ein großartiges Profil erstellt und ein altes Video hochgeladen, in dem sie mir zum Geburtstag ›*My Girl*‹ singt. Dieses Lied von den Temptations, weißt du? In dem Video sieht sie echt gut aus und sie hat eine richtig tolle Stimme. Ich wusste, wenn die Kerle sie so sehen, wollen sie sich auch mit ihr treffen.«

»Hat's geklappt?«

»Oh Mann, und wie. Es haben total viele Typen einen Blick auf sie geworfen – so nennen die das, wenn sich jemand dein Profil anschaut. Und ich habe einen Blick auf die Typen geworfen, damit sie so lange dranblieben, bis ich Mom überzeugt hätte. Aber jedes Mal wenn ich das Thema auf Online-Partnervermittlungen brachte, war sie total dagegen. Und dann waren wir mal im Biosupermarkt und sind einem von diesen Typen begegnet. Er hat sie angesprochen, und sie so nach dem Motto: ›*Ich kenne Sie nicht.*‹ Und er: ›*Doch tust du. Wir werfen jetzt schon seit zwei Wochen einen Blick aufeinander.*‹ Er hat direkt neben den Bananen ihr Profil geöffnet und das Video laufen lassen.«

»Oh Scheiße!«, sagte Zack lachend. »Sie war bestimmt stocksauer.«

»Da kannst du Gift drauf nehmen. Ich habe richtig Ärger bekommen. Und das alles hat auch noch ordentlich Geld gekostet. Wie sich herausstellte, hatte ich sie für eine zweijährige Mitgliedschaft angemeldet, die man nicht vorzeitig kündigen konnte. Wofür dann ein Teil meines Babysittergelds draufging.« Zack lachte noch mehr. Ich aber auch. »Zwanzig Dollar pro Monat.«

»Und wann warst du durch damit?«, fragte er.

»Tja, also ehrlich gesagt habe ich die Mitgliedschaft letztes Jahr verlängert«, gab ich zu. »Aber sie weiß nichts davon.«

»Was? Warum?«

»Na ja, es gibt da diesen Musiklehrer in Newton. Okay, er ist nicht gerade der bestaussehende Typ auf Erden – er hat eine große Nase und schon eine Art Glatze –, aber er spielt Gitarre und Klavier und ist, glaube ich, einfach nett. Ich denke ständig, wenn sie ihm nur eine Chance geben würde …«

»Oder einen Blick auf ihn werfen würde«, sagte Zack.

»Eben«, sagte ich lachend. »Genau. Wenn sie einfach mal einen Blick auf ihn werfen würde, dann wäre sie vielleicht glücklich.« Aber als ich daran dachte, wie sie mir immer und immer wieder sagte, dass sie sich mit niemandem verabreden wollte, wurde mein Lächeln vom Meer verschluckt.

»Lass uns tauschen«, sagte Zack. »Du ruderst jetzt schon eine ganze Weile.« Das Boot schaukelte wieder, als wir die Plätze tauschten. Das Feuerwerk wurde stärker. Über uns öffnete sich ein Schirm aus roten Lichtern. Es roch leicht verbrannt. Mit einem Knall entfaltete sich ein blauer Schirm, der zu einem Silberregen wurde.

»Oh, das ist wunderschön!«

»Und wir sind fast da«, sagte Zack.

Ich schaute zu dem Haus. Es war jetzt ganz nah. Ich hatte gar nicht gemerkt, wie weit ich gerudert war. Es sah unheimlich aus und war leicht nach links geneigt, wahrscheinlich genügte ein starker Windstoß, um es umzupusten. Das Haus stand an einem steilen Hang, und von der Hintertür führte eine wackelige Treppe zu einem perfekten kleinen hufeisenförmigen Strand. Das Boot schabte über den kiesigen Untergrund.

»Komm mit.« Zack nahm die Tasche mit dem Champagner, sprang aus dem Boot und zog es fast bis zum Strand.

»Ist das hier öffentlich?«, fragte ich, schlüpfte aus meinen Ballerinas und hüpfte raus. Das Wasser war knöcheltief und überraschend warm.

»Nein«, sagte er und zog das Boot ganz ans Ufer. »Aber ich dachte schon immer, dass dieser kleine Strand der beste Platz sein müsste, um das Feuerwerk anzuschauen.«

»Also ist das hier ein Privatstrand?«

»Ja, aber sie wird uns nicht stören. Hier wohnt eine superalte Dame, die kaum noch aus dem Haus geht. Sie ist auf der ganzen Insel als Geizkragen bekannt und hat die beste Aussicht, die man auf diesem Fleckchen Erde finden kann. Die sollte sie wirklich teilen.«

»Also ist das echter Hausfriedensbruch?«

»Ja, aber wem gehört das denn eigentlich?«

»Äh, ihr vielleicht?«

Zack breitete eine Decke aus und legte vier Steine darauf. »Falsch. Es gehört den Kindern von morgen. Und denen macht es nichts aus, wenn wir da sind. So, und jetzt lass uns den Schampus aufmachen!«

»Ist da unten wer?«, rief eine alte Stimme.

»Oh, Mist«, sagte Zack. Wir schauten uns an.

»Ist da wer auf meinem Grundstück?«, fragte die Stimme.

»Ähm, nur ein freundliches heranwachsendes Pärchen«, sagte Zack und stopfte die Decke in die Tasche zurück. Ich zog meine Schuhe wieder aus und steckte sie dazu.

»Es tut uns wirklich sehr leid«, sagte ich. Wir rannten zum Wasser und schoben das Boot wieder rein. Über uns blitzte der Himmel in Gold und Silber. Die alte Dame suchte mit einer extrastarken Taschenlampe nach uns.

»Ihr seid hier unbefugt eingedrungen und das ist verboten!« Sie kam die Treppe halb runter und leuchtete uns direkt an. Für eine superalte Dame war sie ziemlich schnell. Das Boot kratzte über den Sand, bis es endlich tief genug im Wasser war und schwamm. Der Rand meiner Shorts war jetzt nass. Zack packte mich an der Hüfte, hob mich hoch und ich kletterte rein. Als er hinterherkam, wackelte das Boot. Ich krabbelte ins Heck und zupfte den nassen Stoff der Shorts von meinem Körper weg. Zack fummelte an den Rudergabeln herum und biss sich auf die Lippe. Er hob ein Ruder hoch und ich führte es an seinen Platz. Zack ruderte uns schnell hinaus aufs Meer und dann prusteten wir los.

»Heranwachsend?«, fragte ich.

»Aber das sind wir doch«, sagte er und brüllte dann: »Ihnen einen schönen vierten Juli!« Die alte Dame antwortete etwas, was wir nicht verstanden. Über uns tobte das Feuerwerk. Kleine Leuchtraketen schossen nach oben und entfalteten sich glitzernd.

»Schau doch«, sagte ich, als die Raketenschläge immer dichter aufeinanderfolgten, lauter wurden und dramatischer. »Das große Finale.«

»Der vierte Juli an Bord der *La Principessa!*«, fügte Zack mit italienischem Akzent hinzu.

»Oh! Champagner!«, rief ich und klatschte in die Hände.

»Ja, her damit.«

Ich wickelte die goldene Folie ab und versuchte das Drahtgestell über dem Korken wegzuziehen, wusste aber nicht, wie.

»Hier.« Zack gab mir die Ruder. Seine Knie umschlossen meine. Unsere Beine berührten sich, er drückte seine Knie gegen meine. Er drehte den Draht auf und ließ den Korken knallen. Der Korken flog ins Wasser und der Champagner sprudelte über seine Finger und voll in meinen Schoß.

»Entschuldigung«, sagte er und wischte mit dem Zipfel seines T-Shirts das Gröbste weg. Wir lachten. Die Bläschen auf meinen Schenkeln waren kühl und kitzelten.

»Ich bin klatschnass!« Ich sah auf, er war so nah. Unsere Wangen berührten sich.

»Du bist so …«, flüsterte er mir ins Ohr. Ich schloss die Augen. Seine Wimpern strichen wie Schmetterlinge über meine Haut. Er küsste mich lang und unendlich sanft.

»So … was?«, fragte ich, als ich Luft holte. Wahnsinn. Mein Herz hämmerte wie verrückt, und meine Handgelenke taten weh, weil ich die ganze Zeit die Ruder gehalten hatte.

Er schien den Satz nicht mit Worten beenden zu können. Er zog die nassen Ruder ins Boot, schlang seine Arme um mich und küsste mich wieder. Er fasste mich an der Taille. Seine Finger rutschten hinten in meine Shorts.

»Sie wird mich umbringen«, sagte ich, während ich zurückwich. »Wortwörtlich.«

»Und mich gleich doppelt«, erwiderte er und zog mich wieder zu sich.

»Wir dürfen das nicht«, sagte ich.

»Außer ich werde zum Zombie.«

»Zack.« Ich nahm seine Hände und legte sie auf seine eigenen Knie. Ich versteckte meine Hände hinter meinem Rücken und atmete dreimal tief durch. »Das darf nicht noch mal passieren.«

»Okay«, sagte er. Ein warmer Wind strich durch meine Haare. Das Boot trieb ab und seine Hände blieben nicht auf ihrem Platz. Sie wanderten zurück zu meinen Beinen, die Arme hoch und zu meinem Nacken. Wir küssten uns. Wir ließen uns treiben und küssten uns und ließen uns treiben und küssten uns. Und über uns blitzte und krachte und blühte und zerbarst der Himmel.

Dreiundzwanzig

»Ach du lieber Himmel, da hat jemand geknutscht«, sagte Liz am nächsten Morgen, als ich in die Küche kam, wo es vom Muffinbacken ganz warm war und lecker roch. Lebkuchengewürz würde ich sagen. Liz lehnte an der Anrichte, eine Hand mit blau lackierten Fingernägeln ruhte auf ihrer weiblich ausladenden Hüfte, die andere war um einen Kaffeebecher geschlungen. Ihre Locken waren verwuschelt und wurden von hinten von der aufgehenden Sonne bestrahlt, die durch die Glasschiebetür schien.

»Ich weiß gar nicht, was du meinst«, sagte ich unschuldig und band mir eine der neuen *Cranberry-Inn*-Schürzen um. Gavins Chiropraktikerfreundin hatte sie für uns gemacht und sie waren jetzt Teil unserer Frühstücksarbeitskleidung. Es hatte keinen Zweck. Mein Gesicht war dauergerötet.

»Na, dafür muss man nicht unbedingt Detektiv sein, oder? Deine Lippen sind ziemlich lädiert …« Ich legte eine Hand auf meinen Mund. »Gestehe, Goldlöckchen!« Sie zielte mit dem Croissant auf mich wie mit einer Pistole.

»Nein«, sagte ich und schenkte mir einen Kaffee ein. Ich wollte mir ein Grinsen verkneifen, aber meine Mundwinkel ließen sich nicht beirren, und das, obwohl ich nur vier Stunden Schlaf abbekommen hatte. Ich grinste wie blöd. »Ich habe nichts zu sagen.« Ich nahm noch Milch und Zucker und rührte um.

»Leugnen ist zwecklos. Du siehst aus, als hättest du gerade die Kronjuwelen geklaut. Außerdem habe ich dich gestern Nacht auf der Veranda gesehen.« Ich bekam große Augen. Sie grinste mich frech an und rieb sich die Hände. »Aber ich konnte leider nur dich erkennen und nicht auch noch den Typen. Ist es jetzt doch der Schreiberling? Hat er dich mit Süßigkeiten in den Anbau gelockt?«

»Nein!«

»Nur nicht so schüchtern. Wer ist es? Und noch wichtiger, ist er ein Kandidat für den großen Moment?«

»Nein«, sagte ich. »Ganz bestimmt nicht.« Zack und ich hatten uns geschworen, dass sich diese Kussanfälle nicht wiederholen durften und dass es wahrscheinlich am besten war, wenn wir uns mindestens eine Woche lang nicht sahen, weil unsere neu entdeckte, hitzige Anziehungskraft dann hoffentlich abgekühlt wäre. Und außerdem war es eine Sache, mit Zack rumzumachen – aber mit ihm zu schlafen? Vergiss es. Jules würde kein Wort mehr mit mir reden. Ganz abgesehen davon, dass wir vereinbart hatten, dass sie ihre Jungfräulichkeit zuerst verlieren sollte, immerhin stand sie letztes Jahr schon ziemlich kurz davor. Es war eine unausgesprochene Vereinbarung.

»Warum nicht? Was machst du denn so ein Geheimnis daraus?« Liz wurde leiser und zog die Augenbrauen hoch. »War es … Gavin?«

»Oh mein Gott, Liz. Sei nicht albern!«

»Na, du tust aber auch so, als hättest du was Ungeheuerliches getan. Was soll ich denn da denken?«

»Also gut«, sagte ich, sie hatte mich mit ihrem charmanten Akzent um den Finger gewickelt. »Es ist ein Kerl, den ich von zu Hause her kenne. Aber es ist irgendwie … falsch.«

»Umso besser, meine Liebe«, sagte Liz und nahm die Butter aus dem Kühlschrank und dieses spezielle Buttermesser aus der Schublade, mit dem man die Butter in kleine wellige Stücke schneiden konnte.

»Er ist der jüngere Bruder meiner Freundin.« Wenn ich daran dachte, wie sie reagiert hatte, als ich ihr meine Jungfräulichkeit gestand, konnte ich kaum glauben, dass ich ihr das überhaupt erzählte. Aber ich wollte es unbedingt jemandem erzählen, und Liz war so ziemlich die einzige Möglichkeit.

»Wie alt?«

»Sechzehn.«

»Ach so, und was stimmt damit nicht?«

Ich schaute auf die Uhr an der Mikrowelle. Gavin würde in drei Minuten hier sein, um die Muffins aus dem Ofen zu holen. Was die Muffins betraf, hatte er einen leichten Kontrollwahn.

»Machst du Witze? Der jüngere Bruder? Das ist mit das Schlimmste, was man als Freundin anstellen kann.«

»Mach dich nicht lächerlich. Es kommen ständig Leute

mit Brüdern von Freundinnen zusammen. Ist doch logisch. Außer deine Freundin ist irgendwie selbst krankhaft von ihm angezogen. Dann würde ich dir allerdings raten, dass du einen ganz großen Bogen um sie machst, sonst versuchen die beiden noch, dich in ihr perverses Netz zu locken.«

»Überhaupt nichts in der Richtung«, sagte ich. »Ich weiß einfach, dass sie mich dafür hassen wird. Wir haben uns gestritten.« Ich nahm die kalten Schälchen aus dem Kühlschrank und Liz tat in jedes ein dickes, welliges Stück Butter.

»Es gibt nichts Schlimmeres, als sich mit einer Freundin zu streiten«, sagte sie mitfühlend. »Egal wie schrecklich man zu seiner Mutter oder Schwester ist, die gehören einfach zu dir. Aber eine Freundin … eine Freundin, die kann verschwinden. Habt ihr seit eurem Streit miteinander geredet?«

»Sie will nicht mit mir reden«, sagte ich. »Und dabei bin ich nach Nantucket gekommen, damit wir zusammen den Sommer verbringen. Sie hat gesagt, dass ich sie störe.«

»Also, das hört sich nicht nach einer besonders guten Freundin an«, sagte Liz. Sie legte das Messer hin und sah mich an. »Was sie da gesagt hat, ist obermies.« Ihr beschützender Tonfall und der anteilnehmende Blick waren wie Balsam für die Stelle, wo Jules' Worte mich getroffen und verletzt hatten.

»Also, es ist so, ihre Mutter ist …«

»Das möchte ich gar nicht wissen«, unterbrach mich

Liz. »Ich mag nicht, wie sie sich anhört, und ich würde mal sagen – was sie nicht weiß, macht sie nicht heiß. Ich möchte dich strahlen sehen. Steht dir übrigens gut.«

Die Uhr am Ofen klingelte, Gavin zischte in seinem 2004-Yoga-Klausur-T-Shirt in die Küche, holte die Muffins heraus, stellte die Liedermacher-Frühstücksplaylist ein und schaltete den Wasserkocher für seine zweite Tasse grünen Tee an. Und obwohl sich letzte Nacht Kontinentalplatten verschoben hatten, begann mein Morgen wie jeder andere auch.

Vierundzwanzig

Der Tag war schon um zehn Uhr anstrengend und er würde noch anstrengender werden. Von dem älteren australischen Paar abgesehen reisten alle Feiertagsgäste vom Wochenende heute ab; sämtliche Zimmer wurden neu belegt, und das hieß, auf uns warteten die Bäder, die geschrubbt werden wollten, der Staubsauger, neue Handtücher und Bettlaken und natürlich die verhassten Bettbezüge.

Und alle wollten sie gleichzeitig frühstücken. Der Garten, die Veranda und sogar der große Holztisch in der Küche waren voll besetzt. Liz und ich kamen ins Schwitzen. Wir mussten das Geschirr abräumen, Kaffee nachschenken, die Butter- und Marmeladenschälchen auffüllen. Gavin wusch die Gläser von Hand, die Spülmaschine dauerte ihm zu lange.

»Entschuldigung«, sagte eine sonnengebräunte Frau, die ein zappelndes Kleinkind festhielt. »Wie kann ich denn hier ein Taxi zum Flughafen bekommen?«

»An der Rezeption liegen Visitenkarten«, sagte Gavin. »Pats Taxis. Die von Pat sind am besten. Normalerweise würde ich Ihnen eins rufen, aber ich … stecke bis zu den Ellenbogen in Arbeit.« Er lachte, ihm klebte Spülschaum an den Armen. Die Frau ging leicht angesäuert in den Eingangsbereich.

Ich wollte ihr noch schnell zeigen, wo die Karten lagen, bevor ich den Kaffee nach draußen brachte, da tippte mir jemand auf die Schulter. Ich drehte mich um und dachte es wäre Liz, doch stattdessen stand da ein großer mittelalter Typ in diesen typischen roten Nantucket-Hosen und grinste mich an, als wäre ich sein Lieblingsfilmstar.

»Wenn du nicht Kate Campells Tochter bist, fresse ich einen Besen«, sagte er und lehnte sich erwartungsvoll nach vorn.

»Ich bin ihre Tochter.«

»Paul Morgan«, sagte er und streckte mir seine Hand entgegen. Ich hob entschuldigend meine Schultern und nickte in Richtung meiner vollen Hände. Er drückte mir stattdessen die Schulter. »Ich wusste es, ich wusste es.« Er wippte auf seinen Bootsschuhen vor und zurück und schüttelte den Kopf. »Wir haben vor Jahren zusammen im Nantucket Strandclub gearbeitet. Und als ich dich da drüben stehen sah, fühlte ich mich auf einmal fünfundzwanzig Jahre jünger. Du siehst haargenau aus wie sie.«

»Wohnen Sie hier?«, fragte ich.

»Nein, ich bin nur kurz wegen Gavins Muffins vorbeigekommen.«

»Tut mir leid, wenn ich störe, aber die brauche ich«, sagte Liz, nahm mir die Kaffeetassen ab und schaute mich wütend an. »Nur falls du es nicht bemerkt haben solltest, wir haben zu tun.«

Paul Morgan ignorierte Liz. Er redete einfach weiter. »Ist sie noch immer so ein Knaller? Bestimmt, oder?«

»Sie ist Lehrerin.« Ich wollte ihn nicht anlügen, aber ich wollte ihm auch nicht sagen, dass sie inzwischen eher einem nassen Waschlappen glich.

»Sie ist garantiert großartig«, sagte er. »In dem Sommer damals war sie das hübscheste, temperamentvollste Mädchen auf der ganzen Insel. Schau nicht so schockiert; wir alten Leute waren auch mal jung.«

Ich betrachtete sein Gesicht und hatte das dringende Bedürfnis, mir das Tagebuch zu schnappen und noch mal das Bild anzuschauen.

»Cricket«, rief Liz. Als ich mich umdrehte, zeigte sie auf einen Tisch voller schmutziger Teller, daneben wartete schon eine Familie.

»Nett, Sie getroffen zu haben«, sagte ich. »Ich muss weitermachen.«

»Richte deiner Mutter bitte Grüße aus, ja?« Er griff in seine Tasche, zog sein Portemonnaie heraus, schrieb was auf seine Visitenkarte und reichte sie mir: *Paul T. Morgan, Rechtsanwalt.* »Hier ist meine Handynummer. Wenn du etwas brauchst, solange du in Nantucket bist, gib einfach Bescheid.«

»Danke.« Ich schob die Karte in die hintere Tasche meiner Shorts und ging nach draußen, wo ich geistesabwesend eine völlig nutzlose Runde durch den Garten drehte, während ich mir vorstellte, dass das wahre Knallertemperament meiner Mutter hier auf Nantucket irgendwo gefangen gehalten wurde und nur darauf wartete, endlich abzugehen.

Sobald wir mit Saubermachen fertig waren, warf ich mich aufs Bett und schlug das Emily-Dickinson-Tagebuch auf. Ich schaute mir das Foto genau an, aber es war zwecklos. Ich konnte den Typen nicht wiedererkennen.

Ich las den nächsten Eintrag, der rund um ein Gedicht über die »Anmut des Todes« geschrieben war. Offenbar ließ sich Mom nicht allzu sehr von Emily Dickinson beeinflussen.

Liebe Emily,
Alarm! Alarm! Ruf die 1-1-0. Das ist ein LIEBESNOTFALL! Wenn ich's mir richtig überlege, ruf lieber die Feuerwehr, ich bin nämlich heiß, heißer, am heißesten! Romeo und ich haben heute fast eine halbe Stunde lang miteinander geredet. Er hat seine ganze Pause geopfert und ist zur Rezeption gekommen, um mit mir zu plaudern.

Heiß, heißer, am heißesten? Liebesnotfall? Wer war dieser Mensch?

Ich kann dir sagen, Emily, er ist durch und durch ein Fuchs, von seinen eisblauen Augen bis zu seinem süßen

Hintern. Wenn du heute leben würdest und er um dein Fenster herumstreichen, dann würdest vielleicht sogar du aus dem Haus kommen. Er hat eine unglaubliche Anziehungskraft. Kurz bevor ein Gast kam und ihn bat, mit dem Gepäck zu helfen, lehnte er sich über den Tresen und sagte, dass er sich meinetwegen nur schwer konzentrieren könne. Ich musste fast mein Höschen auswringen.

Oh, Mom. Ekelhaft!

Er hat so ein Lächeln, das es mir total leicht macht, mich mit ihm zu unterhalten, als wäre das die einfachste Übung. Oh, und ich hab herausgefunden, dass er zweiundzwanzig ist und gerade mit der Uni fertig. Er war ein wenig schockiert, als er erfuhr, dass ich erst siebzehn bin, aber ich glaube, dass das unserer Liebe ODER unserer Lust nicht im Weg stehen wird.
Liebe Grüße, K., die nicht mehr zum Club der einsamen Herzen gehört.

Ich versuchte mir Paul T. Morgan, Rechtsanwalt, in Erinnerung zu rufen. Ich sah sein breites Lächeln mit den tiefen Falten auf beiden Seiten seines Mundes vor mir, die perfekte obere Zahnreihe und die schiefen Zähne unten, die vornehme Nase und die dichten Haare, die schon grau wurden. Keine Ahnung, ob meine Fantasie von meiner

Hoffnung beflügelt wurde, aber als ich meine Augen schloss und sein Gesicht meinen Kopf ganz ausfüllte, waren seine Augen eisblau. Vielleicht wurde es allmählich doch Zeit, Moms Zweite-Blicke-Konto zu schließen.

Fünfundzwanzig

»Nichts anfassen«, sagte George, als ich am Ende der Woche mit einem Cheddar-Chutney-Sandwich für ihn in einer Hand und einer kalten Limo für mich in der anderen in den Anbau kam. Das Sandwich war die Belohnung dafür, dass er in einer Woche drei Kapitel geschafft hatte. Wenn man sich anschaute, wie zerzaust er war, konnte man wirklich nur hoffen, dass etwas Gutes dabei herausgekommen war. Er hatte heftige Augenringe, sein T-Shirt sah aus, als hätte er darin geschlafen, und seine Zähne, als hätten sie länger keine Zahnbürste mehr gesehen. Er brauchte dringend eine heiße Dusche inklusive einer guten Seife und Wurzelbürste. Ich bin keine Ordnungsfanatikerin oder so, aber in der Luft lag ein leichter Verwesungsgeruch. George machte sich solche Sorgen, jemand könnte etwas durcheinanderbringen, dass Liz und ich die strikte Anweisung hatten, hier drin nicht sauber zu machen. Inzwischen roch es allerdings ein bisschen zu sehr nach allen möglichen Ausdünstungen. Ich machte einen Schritt Richtung Fenster. George hob die Hand. »Ich meine das ernst: Fass nichts an! Ich habe ein System. Jeder Stapel ist ein bestimmter Bereich. Und die Bereiche dürfen nicht durcheinandergebracht werden.«

»Dieser Bereich hier ist toxisch, George«, sagte ich und machte das Fenster auf.

Aber es stimmte: Obwohl es im ganzen Anbau kein freies Fleckchen mehr gab, schien eine seltsame Ordnung zu herrschen. Die Karteikarten, die ich ihm gestern gebracht hatte, lagen wie ein Regenbogen auf dem Boden. Das Bett war mit Dokumenten bedeckt, auf denen Georges inzwischen vertraute Krakel prangten. Auf der Kommode waren Papiere übereinandergeschichtet und neben der Badezimmertür stapelten sich Zeitschriften mit tausend Klebezetteln. Ganz oben lag aufgeschlagen die *Vanity Fair* mit einem Bild von Boaty und seiner Frau Lilly. Sie saßen in einem, wie ich inzwischen wusste, für Nantucket typischen Garten mit einer vom Wetter gezeichneten Holzbank und einer Rose, die an einem Spalier hochkletterte.

»Wo darf ich das denn ablegen?« Ich wedelte mit dem Sandwich.

»Tja. Hmm« – er legte einen Finger an die Lippen und suchte den Raum ab – »hier.« Er zeigte auf einen mit Kleidern vollgemüllten Stuhl.

»Echt? Auf die Kleider?« George nickte, als wäre das das Normalste der Welt. »Oookay.« Ich machte auf dem Stuhl ein Eckchen für das Sandwich frei. Er drehte sich um und konzentrierte sich auf den Computer, als würde der ihm gleich die Geheimnisse des Lebens verraten.

»Komm schon, Bernie, du hast vier Uhr gesagt; jetzt ist es achtzehn nach. Ich hab dich echt gern, Kumpel, aber versprich nichts, was du nicht halten kannst.« George zog sich mit einer Hand an den Haaren und lud mit der anderen seine E-Mails hoch. Er starrte gebannt auf den Bildschirm, lud sie erneut und johlte. »Ja«, sagte er und zeigte auf den Computer. »Du bist der BESTE!«

»Wer ist Bernie?«, fragte ich.

»Der Typ, der meine Aufnahmen transkribiert.« Er drückte einen Knopf und der Drucker sprang an und spuckte Seiten aus. »Und ich brauche diese Interviews jetzt, weil ich nämlich gerade richtig in Fahrt bin, Cricket, und die will ich verflucht noch mal nicht verlieren. Ich liege sogar im Zeitplan.«

»Wen hast du denn interviewt?«, fragte ich, während er die Blätter aus dem Drucker fischte und schnell überflog.

»Lilly Carmichael«, sagte er und legte den Ausdruck auf seinen Schreibtisch. »Wir haben uns darüber unterhalten, wie Boaty um sie geworben und um ihre Hand angehalten hat. Ich brauche Romantik. Die Leserinnen werden das lieben, und sind wir mal ehrlich, sie sind es auch, die mein Buch kaufen werden.«

»Sie sieht irgendwie ...«

»Verklemmt aus?«

»Ja«, sagte ich und nahm die Zeitschrift mit dem Foto von Boaty und Lilly in die Hand. Sie war hübsch, aber auf eine extrem zerbrechliche Weise. Boaty lehnte sich angeregt nach vorn, als würde er gerade etwas erzählen, und sie lehnte sich zurück und schaute zur Seite. Ich war mir ziemlich sicher, dass der Fotograf mit diesem Bild eine bestimmte Aussage machen wollte.

»Na ja. Sie ist nicht gerade eine Stimmungskanone«, sagte George, er legte den Kopf schräg und zog die Augenbrauen hoch.

»Seltsam. Wo er doch wahrscheinlich jedes Mädchen hätte haben können.«

»Was soll ich sagen? Die Liebe geht seltsame Wege.«

»Wo hat er ihr den Heiratsantrag gemacht?«

»Auf Nantucket natürlich. Ihre Familie kam hier schon immer her. Ein Sommerjob hat ihn an Land gespült und sie haben sich verliebt. Sie haben sich ziemlich schnell verlobt. Die Leute dachten schon, sie wäre schwanger, war sie aber nicht. Erst zehn Jahre später.« Er pappte einen Klebezettel auf den Ausdruck, schrieb etwas darauf und schaute mit großen glücklichen Augen zu mir. »Oh, und weißt du, was? Ich habe nächste Woche ein Interview mit Robert.«

»Wahnsinn.« Wir klatschten uns ab. Ich wusste, dass er Robert Carmichael, Boatys Bruder und Parkers Vater, schon ewig interviewen wollte und dass Robert schwer zu erwischen gewesen war. Er bewarb sich um Boatys Sitz im Senat, nächsten Monat gab es eine extra anberaumte Wahl und er war ungeheuer beschäftigt.

»Du müsstest mich zu ihnen nach Hause fahren und auch wieder abholen. Dann wird dieses blöde Auto endlich mal benutzt.« George hatte ein Auto gemietet, bevor er sich den Knöchel gebrochen hatte, und konnte jetzt natürlich nicht damit fahren, bekam aber auch nicht sein

Geld zurück. Also stand es nutzlos in der Einfahrt des Gasthauses herum und fraß Geld. George schwor, dass er jeden Abend die Kasse klingeln hörte. »Wahrscheinlich musst du dann dort etwas rumhängen und auf mich warten. Aber so bekommen wir einen guten Eindruck vom Schauplatz.«

»Okay«, sagte ich. Wo genau würde ich »rumhängen«? Ich stellte mir eine Art Bedienstetentrakt vor. Vielleicht ein Hauswirtschaftsraum mit Gourmetkonservendosen. Wäre Parker da? Oder Jules? Ich würde schön im Auto bleiben, sagte ich mir. Ich würde im Schatten parken und ein Buch mitnehmen.

»Und bitte, bitte, bitte, erinnere mich daran, dass ich sowohl mein Handy als auch mein Aufnahmegerät benutze«, sagte er und presste die Hände zusammen wie für ein Gebet. »Wenn ich die Aufnahme verliere, bin ich geliefert. Die nächsten Wochen brauche ich dich wahrscheinlich ein bisschen häufiger als sonst. Wir sind dicht dran, Cricket. Wir sind ganz dicht dran.«

Sechsundzwanzig

Am Freitag hatte Hurrikan Kayla eine Verabredung mit Nantucket. Jeder erwartete seine Ankunft wie die einer herrlich launenhaften Diva. Egal ob ich im Gasthaus Kaffee ausschenkte, in der Drogerie Sonnencreme kaufte oder im *Auf Vordermann* ein Schinken-Käse-Croissant für George besorgte, unter dem grauen, unruhigen Himmel wurde überall von Kayla gesprochen.

Die Geschäfte am Hafen verbarrikadierten vorsorglich ihre Fenster. Surfer, die ich an ihrer Neoprenanzugsbräune und ihrem Ich-bin-weder-Privatschulschnösel-noch-Tourist-Geknurre erkannte, waren zielstrebiger als sonst und hatten erwartungsvoll leuchtende Augen. Viele Gäste sagten ihre Ausflüge ab oder reisten früher nach Hause. Sie versuchten noch ein Ticket für die letzten Fähren und Flugzeuge zu ergattern, und das Gästehaus war jetzt in der Hauptsaison gerade mal halb voll. Die, die blieben, spielten die Gesellschaftsspiele, die schon seit Ewigkeiten hier herumlagen, oder lasen vor dem Kamin in der Bibliothek. Sie aßen von Gavins Blaubeer- und Pfirsichkuchen, hatten es sich bequem gemacht und schlürften Tee oder Rotwein. Sie schauten aus den Fenstern, analysierten die Wolken und schwelgten in der Gemütlichkeit und ihren Erwartungen. Sie wollten eine Wirbelsturmgeschichte haben. Und ich auch.

Aber Kayla ließ uns sitzen, drehte sich in ihrem luftigen Rock, zog aufs Meer hinaus, kühlte ihren Zorn über dem tiefen unbefangenen Ozean ab, und uns blieben lediglich drei Regentage. Es regnete ununterbrochen und die dicken Tropfen füllten die Ritzen in den Gehwegen, brachten Pfützen zum Überlaufen und rannen als kleine Bäche die Hauptstraße hinunter. Der Rasen im Garten war mehr als nass und so grün und saftig, dass es überall summte und surrte.

Die sintflutartigen Regenfälle weckten in George die Lebensgeister. Er war wie eines dieser Wasserräder in der Zeit der industriellen Revolution, die wir uns in der siebten Klasse in Gemeinschaftskunde mal angeschaut hatten. Er produzierte die Kapitel wie am Fließband und das weit vor dem Abgabetermin, ließ sich für Kuchen und Freudentänzchen in der Küche blicken und verschwand dann wieder im Anbau für eine neue Runde mit Coke Zero befeuerter Produktivität.

Mit so wenigen Gästen und so überschaubaren Reinigungsaufgaben waren Liz und ich früh fertig und gingen in das einzige Kino auf Nantucket, das man jedoch nicht gleich auf den ersten Blick erkannte. Es war ein normal großes Gebäude mit grauen Schindeln, wie es Dutzende auf Nantucket gab, in dem auch ein Restaurant und eine Bar untergebracht waren. Keine Ahnung, ob es daran lag, dass alle noch unter dem Bann des Wirbelsturms standen und sämtliche Regeln außer Kraft gesetzt waren, auf jeden

Fall ließ uns der Kartenabreißer so durch und wir durften sogar unsere eigenen Getränke mitnehmen.

Wir tranken Irish Coffee mit Schlagsahne und schauten uns eine romantische Komödie an. Es ging um eine junge Frau, die in New York in einem Blumenladen arbeitet und sich in einen Unternehmensanwalt verliebt, der nebenan ein Rieseneinkaufszentrum hochziehen will. Der Film war ziemlich vorhersehbar, aber ich mochte ihn trotzdem. Hier im Dunkeln konnte ich im Schein einer fremden Geschichte ungestört an Zack denken: wie er nach Minze und Salz schmeckte und wie seine Hände kleine Energiepunkte auf meiner Haut hinterließen, wo er mich berührt hatte.

Das war jetzt schon mehr als eine Woche her, und Zack und ich hatten uns weder irgendwelche Nachrichten geschickt noch miteinander gesprochen oder uns gesehen. Meine Schuldgefühle ließen allmählich nach und verzogen sich zusammen mit Kayla raus aufs Meer. Der Anwalt küsste gerade die Floristin und die Stadt hinter ihnen funkelte. Während ein leiser schöner Folksong den Kinosaal erfüllte und die junge Frau auf der Leinwand den Lippen des Anwalts erlag, seine Krawatte lockerte und aus ihren abgefahrenen Cowboystiefeln hüpfte, fing mein Handy an zu vibrieren. Es war eine Nachricht von Zack:

Ich breche unsere Regel. Du auch?

Siebenundzwanzig

An diesem Abend nahm ich mir wieder das Tagebuch meiner Mutter vor und überschlug die Knutschereien mit ihrem »Romeo«, die sie für meinen Geschmack viel zu detailliert beschrieb. Es gibt ein paar Wörter, die will man einfach nicht mit seiner eigenen Mutter und dem, was sie tut, in Verbindung bringen. Wörter wie »Ständer« zum Beispiel. Was besonders komisch war, wo ich jetzt das Bild von Paul Morgan, Rechtsanwalt, in meinem Kopf hatte. Stattdessen suchte ich nach romantischen Hinweisen, Orten und Dingen, die ich nebenbei fallen lassen konnte und die vielleicht ein glänzendes magnetisches Stück Ich in ihr freilegen und sie zurück auf die Insel ziehen würden. Wenn sie erst einmal hier wäre, würde ich ein Treffen mit Paul an einem ihrer Lieblingsplätze arrangieren, und die alte Liebe würde Mom endlich ganz zurück ins Leben holen. Ich musste unauffällig vorgehen. Ich musste es so aussehen lassen, als wäre alles ihre Idee. Ich fand eine Stelle, die relativ harmlos aussah, und suchte mit gespitztem Bleistift in der Hand nach irgendwelchen Schlüsselwörtern.

Liebe Emily D.,
Romeo und ich haben es gewagt und uns heute in aller Öffentlichkeit getroffen. Es war gar nicht so leicht,

wegzukommen. Tante Betty hat mich für eine Runde Tennis zum Jachtclub mitgenommen (Tante Betty ist für eine dreiundsiebzigjährige alte Schachtel noch ganz schön sportlich), und sie bestand darauf, dass wir danach mit ihren Freundinnen zu Mittag essen. Irgendwann (nach Tante Bettys zweitem Martini) konnte ich mich endlich davonschleichen. Ich hab Romeo am Cisco getroffen und wir verbrachten den ganzen Nachmittag küssend in der Meeresbrandung, wie auf dem Plattencover von Against All Odds. Dann sind wir zu ihm gegangen, haben Hummer gegessen und Bier getrunken und noch ein bisschen weitergeknutscht. Wenn Tante Betty davon wüsste, würde sie mich umbringen, aber ich bin schließlich siebzehn! Was soll das Leben, wenn man es nicht lebt?

Cisco Strand, schrieb ich mein Notizheft. *Hummer und Bier.*

Ich weiß, ich schreibe ziemlich oft darüber, wie heiß er mich macht, aber ich könnte wirklich die ganze Zeit mit ihm zusammen sein, Tag für Tag. Er ist ein eingebildeter Schnösel, doch er bringt mich zum Lachen. Seltsam, aber ein Teil von mir ist immer auf der Hut, so nach dem Motto: Sei vorsichtig. Jedes Mal wenn ich die Augen schließe und wir uns küssen, sehe ich die rote Warnflagge flattern. Aber das ist mir ehrlich gesagt scheißegal. Er ist wie eine Droge. Und ich bin von ihm abhängig.

Manchmal glaube ich, wir sind wie in diesem Air-Supply-Lied und unsere Liebe entsteht einfach so aus dem Nichts heraus.

Ich musste lachen. Ach herrje! Das Lied war echt kitschig!

An meinem Fenster klopfte es und ich setzte mich ruckartig auf, ich war in Alarmbereitschaft, alles war angespannt. Aber es war nur Zack und mir kroch ein Lächeln ins Gesicht. Er lachte, weil ich mich so erschrocken hatte, und jetzt raste mein Herz aus einem anderen Grund. Ich öffnete das Fenster. Es hatte endlich zu regnen aufgehört und in der Luft hing ein geheimnisvoller Nebel.

»Ich hab's nicht mehr ausgehalten«, sagte er.

»Schhh«, machte ich, legte das Buch und das Notizheft auf die Kommode und winkte ihn herein. Zack kletterte durchs Fenster. Er sah sich um.

»Hübsches Zimmer.« Er streckte sich und berührte die Dachschräge. »Ich mag so alte Häuser.«

»In dem hier spukt's«, sagte ich und zog die Decke um mich. Ich hatte nur ein T-Shirt und Unterwäsche an. »Ein Kapitän.«

»Wundert mich nicht. Ach, übrigens. Fitzy hat den Geist wieder gesehen. Das Mädchen aus den Siebzigern.«

»Woher weiß er, dass es aus den Siebzigern ist?«, fragte ich.

»Ihre Kleider.«

»Hatte sie Schlaghosen an?«

»Keine Ahnung. Aber Geister haben Kleider an. Also, ich meine, wenn Leute Geister sehen, sind die immer angezogen, was eigentlich ziemlich komisch ist, wenn man genauer darüber nachdenkt. Die Klamotten, in denen du stirbst, werden, ob es dir passt oder nicht, dein Outfit für die Ewigkeit.«

»Ich schätze, es wäre ziemlich gruselig, wenn sie alle nackt wären«, sagte ich.

»Stimmt. Du magst Gedichte, oder?«, fragte Zack.

»Nicht wirklich«, sagte ich.

»Ich hab dich gesehen. Deine Augen haben förmlich an den Seiten geklebt.« Er saß auf der Bettkante.

»Hast du mich beobachtet?«

»Nur kurz.« Er streckte seine Hand nach dem Buch aus.

»Finger weg!«

»Ist ja gut«, sagte er und sah mich fragend an. »Was hat es mit diesem Buch eigentlich auf sich?«

»Nichts«, sagte ich.

»Lass mich mal sehen«, sagte er und nahm es in die Hand.

»Das ist privat.« Als ich aufsprang und mir das Buch schnappen wollte, rutschte die Decke herunter. Er lächelte und starrte mich an, während ich das Buch unters Bett schob.

»Unterwäsche ist auch nicht anders als Badesachen«, sagte ich, krabbelte wieder unter die Decke und wurde knallrot.

»Von wegen«, sagte er. »Die ist anders. Das haben wir schon mal diskutiert. Weißt du noch?«

»Oh ja.« Ich erinnerte mich noch ganz genau an die Unterhaltung, die wir bei den Claytons in Providence geführt hatten, als er Jules im BH gesehen hatte.

»Stimmt was nicht?«

»Alles gut«, sagte ich. Ich dachte über die Nacht damals nach. Es war die Nacht, in der Nina gestorben war, aber Zack brachte das nicht in Zusammenhang und ich wollte ihn nicht daran erinnern.

»Jules vermisst dich, weißt du? Ich hab gesehen, wie sie sich eins von den Büchern angeschaut hat, die ihr beiden immer macht. Die mit den Briefen und Zeitschriftenschnipseln. Was macht ihr überhaupt damit? Sind die so was wie Sammelalben?«

»Nein. Das sind Collagenbücher. Hat Jules eins unserer Bücher hierher mitgebracht?« Zack nickte. Jules und ich hatten uns dafür festgebundene Skizzenbücher bei einem Künstlerfachgeschäft gekauft. Wir hoben immer alle Zettel auf, die wir uns in der Schule schrieben, und klebten sie mit Fixogum in die Bücher. Die Collagen und Zettel konnten zu jedem Thema sein: über Jay Logan, irgendein Buch, eine besondere Jeans oder wie ein Film auf uns gewirkt hatte. Dass sie eins dieser Bücher mit nach Nantucket gebracht hatte, war ein gutes Zeichen. Normalerweise tauschten wir es jede Woche hin und her und trugen immer etwas Neues ein. Das war *unser* Buch, *unser*

Ding. Sie konnte nicht einfach etwas hinzufügen, ohne an mich zu denken. »Vielleicht sollte ich sie anrufen.«

»Ich weiß nicht«, sagte Zack und lehnte sich an die Wand. Wir sahen uns lange an. Er war wohl auch durch mein Fenster geklettert, weil Jules und ich nicht mehr miteinander sprachen. »Momentan hat sie eine Art Mauer um sich gebaut. Und keiner darf rein. Keiner.«

»Parker schon«, sagte ich.

»Parker bemerkt die Mauer nicht mal. Nur deswegen.«

»Ooooh«, sagte ich. So hatte ich das noch gar nicht gesehen. Ich kam mir blöd vor, fühlte mich gleichzeitig aber auch besser. Zack legte seine Hand auf meinen zugedeckten Fuß und massierte ihn.

Ich atmete scharf ein. »Zack, wir haben uns was versprochen. Kein Körperkontakt.«

»Das ist nur ein Fuß«, sagte er. »Ein Fuß unter einer Decke.«

»Hast du das schon mal gemacht?« Seine Hände waren kräftig und schienen zu wissen, was sie taten.

»Mädchenfüße gerieben? Nein«, sagte er. Er sah älter als sechzehn aus. Es hatte was damit zu tun, wie er seine Kiefermuskeln anspannte. »Reiner Instinkt.«

»Da könntest du was draus machen.« Ich schlängelte meinen anderen Fuß unter der Decke hervor. Er legte seine Hände darüber, machte sich an die Arbeit und berührte meine Zehen dabei nur ganz sanft.

»Aufhören«, sagte ich lachend. Jetzt fuhr er noch sanfter über meine Zehen und ich versuchte meinen Fuß freizustrampeln. »Aufhören!« Ich wand mich heraus, setzte mich aufrecht hin und packte seine Hände. »Aufhören!« Unsere Blicke trafen sich und wir saßen da und schauten uns einfach nur an. Er schob die Decke bis zu meinen Knien hoch, zeichnete kleine Kreise auf meine Kniescheiben und ließ mich nicht aus den Augen. Ich sah, dass er mein Lächeln bemerkte, das ich unbedingt unterdrücken wollte. Er lehnte sich nach vorn und küsste mich.

»Zack«, sagte ich, während ich versuchte ruhig zu bleiben. »Wir dürfen das nicht. Das haben wir uns versprochen.«

»Nur noch einmal«, sagte er lächelnd. »Wir verraten's auch niemandem.«

»Aber das war's dann«, sagte ich.

»Das war's dann«, sagte er und fuhr mit seiner Hand an meinem Oberschenkel hoch.

»Und es darf auch nie jemand erfahren. Niemals.«

»Wäre es dir peinlich, wenn ich dein Freund wäre?«, fragte er.

»Nein«, sagte ich. »Natürlich nicht.« Was aber nur zum Teil stimmte. Ich war bald in der Zwölften und Zack zwei Jahre unter mir. »Es ist nur wegen Jules. Sie wäre sauer.«

»In Ordnung, niemand wird davon erfahren«, sagte er und legte sich aufs Bett.

»Wir sind einfach ein heimliches Liebespaar«, sagte ich. Verdammt, ich hatte nicht nachgedacht.

Er grinste. »Ich wusste gar nicht, dass wir so weit gehen würden.«

Ich schüttelte den Kopf. Liebespaar bedeutete Sex. »Tun wir auch nicht. Das habe ich nicht gemeint.«

»Sicher?«, fragte er und zog mich an sich.

»Ganz sicher«, sagte ich. Er legte seine Brille beiseite und dann fanden seine Lippen meine. Ich schloss die Augen und sah nur noch rote Flecken.

Waren das die kleinen Warnflaggen, über die Mom geschrieben hatte?

Achtundzwanzig

»Hup-hup!«, rief ich aus dem Fenster von Georges Mietwagen. Ich glaube, weder Gavin noch die alte Dame in dem weiten Kleid, die in der Hängematte ein Nickerchen hielt, wäre sonderlich begeistert gewesen, wenn ich mich wirklich auf die Hupe gelegt hätte. Heute war das große Interview mit Robert Carmichael. Ich trommelte mit den Fingern auf das Lenkrad, das von der Sonne heiß war. »Hup-hup!«, rief ich noch einmal. George hatte gesagt, dass es um drei Uhr losgehen sollte, und jetzt war es schon zehn nach. Was machte er? Lockenwickler eindrehen? Er winkte mir vom Fenster aus zu und signalisierte, dass er noch eine Minute brauchte.

Ich drehte den Rückspiegel in meine Richtung. Obwohl George mir versichert hatte, dass ich dort nicht auf ihn warten brauchte, sondern ihn einfach nur hinbringen und wieder abholen sollte, war ich trotzdem nervös. Was, wenn ich zufällig Parker begegnete? Ich wollte gut aussehen. Gelassen. Liz hatte mir gestern Abend die Stirnfransen geschnitten und ich hatte nur ein winziges bisschen Lipgloss und Rouge aufgetragen. In meiner weißen Bluse mit den kleinen blauen Blumen war mir jetzt schon warm. Deshalb drehte ich an der Klimaanlage herum und strich meinen Leinenrock über die Knie.

Vielleicht kam mein Wunsch, so aufgeräumt und gut auszusehen, ja auch daher, dass ich verheimlichen wollte, was ich nachts trieb? Zack schlich sich inzwischen regelmäßig für unsere Knutschsessions in mein Zimmer, die immer heftiger wurden. Dabei gab es für mich zwei Regeln: Erstens, die Unterwäsche blieb an. Was Sex oder andere unwiderrufliche Akte verhinderte. Zweitens, kein Übernachten. Wenn er die Nächte nicht zu Hause verbrachte, würde es Jules oder Mr Clayton früher oder später auffallen. Wir sagten jeden Abend: »Das ist das letzte Mal«, aber dieser Satz war inzwischen zu einer Art Witz geworden. Nacht für Nacht tauchte Zack mit einem breiten Grinsen an meinem Fenster auf, obwohl ich ihm gesagt hatte, dass die Haustür einwandfrei funktionierte.

»Ich mag das Fenster«, sagte er. »Ich meine, schließlich sind wir ein heimliches Liebespaar«, fügte er mit belegter Stimme hinzu.

»Ach, sei still!«, sagte ich und half ihm beim Reinklettern.

Letzte Nacht wurde es brenzlig. Wir waren für ein paar Stunden ineinander verschlungen eingeschlafen. Zum Glück bin ich vor Sonnenaufgang noch aufgewacht. Er kletterte auf mich drauf, raubte mir mit seiner Hüfte an meiner einen letzten Kuss und schlüpfte dann aus dem Fenster in den dunklen Morgen, kurz bevor es hell wurde. Als ich jetzt daran dachte, wurde mir heiß wie an einem Augustnachmittag und ich tupfte mir kühlendes Gel unter die Augen. Zumindest er würde nicht da sein. Dienstags arbeitete er nämlich.

»George?«, rief ich aus dem Fenster.

»Noch fünf Minuten«, rief er zurück.

Ich schlug das Tagebuch auf. Vielleicht gab es einen Hinweis, warum Mom und Paul sich getrennt hatten.

Liebe Emily,
heute war das Mädchen von der Miss-Wriscolls-Schule am Strand, diesem Internat, das ich ein fürchterliches Halbjahr lang besucht habe.

Ach ja, stimmt. Mom hatte mal ein halbes Jahr in einem Internat verbracht. Sie hatte mir erzählt, dass sie es dort furchtbar fand. Sie wohnte in einem Schülerwohnheim, das Tittsworth Hall hieß, wo mindestens die Hälfte der Mädchen magersüchtig war. Nachts rollten sie Toastbrotscheiben zu Kugeln, aßen »Brot-Eier« und knallrote Süßigkeiten und spielten »Wahrheit oder Wahrheit«, weil niemand Pflicht nehmen wollte – was gruselig klang.

Sie war immer viel cooler und was Besseres als ich. Ihr Dad ist irgendein Multimillionär. Wir unterhielten uns und sie war VÖLLIG HIN UND WEG von Romeo, klimperte wie blöd mit ihren Wimpern und presste ihre Brüste zusammen. Sie lud mich auf irgendeine Feier ein, aber das machte sie nur, um an Romeo heranzukommen.

Vor meinen Augen! Es war zum Kotzen! Besorg dir einen eigenen Freund. Nachdem sie weg war, hat Romeo sie Schweinenase genannt. Ha, ha, ha.

Jedenfalls kommen seine Eltern dieses Wochenende zu Besuch. Ich würde sie gerne kennenlernen. Ich bin mir sicher, dass sie mich mögen würden. Aber er will lieber noch warten. Er meint, sie würden es nicht verstehen, dass er mit einem Mädchen ausgeht, das noch zur Schule geht.

Möglicher Grund für die Trennung = Altersunterschied, schrieb ich in mein Notizheft. Da ging es mir doch gleich besser. Inzwischen waren sie schon so alt, da kümmerte es niemanden mehr, ob ein Neunundvierzigjähriger mit einer Vierundvierzigjährigen zusammen war.

Jedenfalls haben wir es gestern Nacht unterm Vollmond in den Dünen gemacht.

Dünen, schrieb ich auf und unterstrich das Wort – und gab mir alle Mühe, den Gemacht-Teil auszublenden.

Und danach hat er gesagt, dass er mich liebt! Ich hab das wohl die ganze Zeit gewusst, aber es aus seinem Mund zu hören – Emily, ich schwöre dir, es gibt nichts Schöneres auf der Welt. Wenn du eine Ahnung davon gehabt hättest, wärst du bestimmt nicht die ganze Zeit in deinem Haus in Amherst geblieben. Obwohl, ich muss schon sagen ... ein paar von deinen Gedichten hören sich durchaus so an, als hättest du einen Liebhaber gehabt. In »Wilde Nächte« geht es bestimmt nicht nur ums Wetter!

Ich blätterte zum Inhaltsverzeichnis, fand das Gedicht und las es. Mom hatte recht. In diesem Gedicht ging es eindeutig um Sex. Ich machte ein Eselsohr in die Seite, das war garantiert eins der Gedichte, auf die Mrs Hart besonderen Wert legen würde. Aus zahlreichen Diskussionen in der Neunten wusste ich, dass Mrs Hart es, obwohl sie schon so alt war, auch gern mal schlüpfrig mochte. Kein Wunder, dass sie und Mrs Levander so gut befreundet waren. Wer weiß, vielleicht trafen sie sich am Wochenende ja auf ein Glas Wein, hörten Countrymusik und unterhielten sich über Sex.

»Na, dann auf in die Höhle des Löwen!«, sagte George. Mann, hatte der mich erschreckt! Er legte seine Krücken auf den Rücksitz und hüpfte in den Jeep. Ich klappte das Tagebuch und mein Notizheft zu und vergrub beides tief in meiner Tasche. George hatte sich für das Interview herausgeputzt. Er war rasiert, hatte geduscht und seine Kleider waren entweder nagelneu oder tatsächlich mal gebügelt. Wie ich ihn kannte, aber wohl eher neu gekauft. In einer Hand hielt er eine Ledertasche, in der anderen eine Coke Zero.

»Wie ich sehe, hast du deine Männerlimo dabei«, sagte ich.

»Stimmt genau«, sagte er, während ich den Motor anließ und rückwärts aus der Einfahrt fuhr. Manchmal fragte ich mich, ob bei George inzwischen Coke Zero statt Blut durch die Adern floss. »Und du hast legere Geschäftskleidung an, sehr schön.« Ich konnte meine Verwirrung wohl nicht verbergen. »Du bist wie für einen Bürotag angezogen«, fügte er hinzu. »Was ich gut finde. Sehr passend, sehr professionell.«

»Na ja, ich gehe ja schließlich zu einem künftigen Senator«, antwortete ich. »Wie lange dauern Interviews denn normalerweise?«

»Tja«, sagte er, »das ist ein bisschen so, als würdest du mich fragen, wie lange eine Unterhaltung dauert. Es kommt ganz darauf an.«

»Und wie lange soll ich warten?«

»Ich denke mal, ich brauche nicht länger als eine Stunde. Wenn ich abgeholt werden will, schicke ich dir eine Nachricht. Geh einfach nicht allzu weit weg. Ich möchte nicht unbedingt in ihrem Vorgarten rumlungern, bis ich abgeholt werde. Das könnte eigenartig wirken.«

»Verstanden.«

Er schaute auf das Emily-Dickinson-Buch in meiner Tasche. »Hast du dir eine kleine Unterhaltungslektüre mitgebracht?«

»Für die Schule«, sagte ich und bremste ein wenig, während ich an einer behelmten Familie auf ihren Fahrrädern vorbeifuhr. »Wie bringst du die Leute eigentlich dazu, dass sie dir was Spannendes erzählen?«

»Die Sache ist die – jeder hat eine Geschichte zu erzählen.« Aus dem Augenwinkel sah ich, wie George seine Finger spreizte, was er immer tat, wenn er etwas erklärte, was ihm wichtig war. »In jedem Leben gibt es Liebe und Tod und Drama und Hoffnung und Angst. Und wenn deine Interviewpartner sich wohlfühlen, wenn sie glauben, sie können dir vertrauen, werden sie dir auch davon erzählen. Die meisten *wollen* es geradezu jemandem erzählen.« Ich weiß immer, wann George fertig ist, dann faltet er nämlich seine Hände und legt sie auf seinen dicken Bauch.

»Was erhoffst du dir von Boatys Bruder?«

»Familiengeschichten. Menschliche Details. Anekdoten, die seine Persönlichkeit offenbaren. Boaty ist nicht in dieser Welt groß geworden. Er musste darum kämpfen, um dorthin zu gelangen, wo er am Ende war. Ich will Geschichten, die seine unglaubliche Entschlossenheit zeigen, den Tatendrang und seine Intelligenz. Ich frag mich aber auch, wann er zum ersten Mal andere Menschen benutzt hat. Wer war die erste Sprosse auf der Leiter seines Erfolgs? Alle denken, dass seine Karriere im Parlament begann, ich aber glaube, dass sie begonnen hat, als er rausbekam, wie er die Leute umgarnen musste, bis sie ihm vertrauten und er auf ihre Kosten weiterkam.«

»Glaubst du, dass sein Bruder dir *das* erzählen wird?«

»Vielleicht erzählt er es mir, ohne es konkret zu sagen, falls du verstehst, was ich meine.«

George rutschte auf seinem Sitz herum. Ich fuhr langsamer, weil ich nach dem Kreuz Ausschau hielt, das Zack mir gezeigt hatte, dort wo sich der Geist gerne herumtreibt. Als ich aus dem Fenster sah, fuhr George zusammen. Ich schrie auf, was ihn auch zum Schreien brachte, und er fasste sich an die Brust.

»Du hast 'ne Gänsehaut bekommen! Du hast 'ne Gänsehaut bekommen!«, rief ich, schlug auf das Lenkrad und drückte aus Versehen auf die Hupe.

»Du hast mich zu Tode erschreckt!«

»Heilige Scheiße, du hast gerade eine Gänsehaut bekommen.«

»Augen auf die Straße, Thompson.« George legte seine Hand aufs Lenkrad und steuerte uns weiter nach rechts. »Augen. Auf. Die. Straße. Meine Güte, wie lange hast du deinen Führerschein?«

»Fast zwei Jahre, aber heilige Scheiße!« Ich schüttelte den Kopf und zeigte auf ihn. »Ich glaub's echt nicht, aber dir ist gerade ein Schauer über den Rücken gelaufen.«

»Ja, ich brüte schon seit Mai irgendwas aus.«

»Einen Geist«, sagte ich. »Dahinten bei dem Kreuz ist der Geist einer jungen Frau. Und es heißt, dass den Leuten ein Schauer über den Rücken läuft, wenn sie daran vorbeikommen. Und deshalb hab ich dich auch beobachtet und, oh mein Gott. Ooooh, sollen wir noch mal vorbeifahren und schauen, ob es wieder passiert?« Wenn ich das Zack erzählen würde! Warum passierte mir das eigentlich nicht? War ich nicht spirituell genug für einen Geisterkontakt?

»Nein, nein, nein. Lass uns lieber darauf konzentrieren, dass wir lebend ankommen.«

»Alle Jugendlichen reden darüber.« Ich war mir sicher, dass George wissen wollte, worüber »alle Jugendlichen redeten«. Als Journalist fühlte er sich gewissermaßen dazu verpflichtet, aber heute war er zu sehr mit seinem Termin beschäftigt und biss nicht an.

»Oh, warte mal, fahr langsam. Dort ist es.«

Ich bremste, während ich nach der richtigen Adresse Ausschau hielt.

»Und hier nach links«, sagte George. Wir fuhren in eine breite Einfahrt. »Sicherheitsdienst«, erklärte er mir. Er kurbelte das Fenster nach unten und unterhielt sich mit zwei Typen in dunklen Anzügen und diesen Knöpfen im Ohr. Die Armen! Ihnen war bestimmt mächtig warm. Einer von ihnen sagte etwas in sein Walkie-Talkie-Teil und winkte uns durch, ich konnte George direkt vor der Haustür absetzen.

»Alles in Ordnung?«, fragte George, während er nach seinen Krücken auf dem Rücksitz angelte. »Du siehst aus, als hättest du gerade ein Gespenst gesehen.«

»Ja, alles gut.« Das Haus war riesig; unser Haus würde da mindestens viermal reinpassen. Aber wegen so etwas schwitze ich meine weiße Bluse nicht durch. Neben einem Mercedes, einem silberfarbenen Porsche Cayenne und einem roten Volvo mit *Hotchkiss*-Aufkleber (das Internat von Parker) stand die Landjacht der Claytons. Jules war da. Mein Herz klopfte.

»Hey, das ist auch nur mit Geld gebaut«, sagte George. »Lass dich davon nicht einschüchtern, okay?« Dann öffnete er die Tür und stieg aus. Auf einem Bein balancierend, fischte er nach seiner Tasche und dem Notizbuch. Stimmen aus dem Garten drangen zu uns, wo es offenbar ein Schwimmbecken gab. Ich hörte Arschbombenplatscher und Mädchenlachen. Es klang nach einer Menge Spaß, so wie ich mir ursprünglich meinen Sommer auf Nantucket vorgestellt hatte. Scheiße, Scheiße, Scheiße.

George schloss die Autotür mit dem Knauf seiner Krücke und lief zur Eingangstreppe. Er hatte gerade die Haustür erreicht und wollte klopfen, als ich auf dem Sitz sein Handy entdeckte.

»Warte, George!«, rief ich, sprang aus dem Auto und trabte zu ihm.

»Du bist die Beste«, sagte er, als ich ihm das Gerät in die Hand drückte.

»Ich warte auf deine Nachricht«, sagte ich und ging schnell zum Auto zurück, dessen Motor immer noch lief.

Ich hörte Jules' unverkennbares Lachen: das selbstsichere und ansteckende, das mir immer das Gefühl gab, dass wir der Mittelpunkt der Welt waren. In mir tat sich eine bodenlose Traurigkeit auf – wie wenn ein Flugzeug in Turbulenzen nach unten sackt oder ein Aufzug in den Keller stürzt. Ich hetzte zum Auto zurück und fuhr los. Meine Hände waren klebrig und mein Atem kurz und flach.

Neunundzwanzig

Ich fuhr eine Stunde lang mit dröhnendem Radio durch Nantucket, um mich wieder zu sammeln. Als ich schließlich in die Einfahrt zu den Carmichaels einbog, lief Jules gerade hinter Parker ins Haus. Sie war barfuß, hatte einen gelben Bikini an und sich ein kurzes weißes Handtuch um die Hüfte geschlungen. Um das Wasser aus den Ohren zu bekommen, hüpfte sie auf einem Fuß herum und schlug sich seitlich an den Kopf. Ich zuckte zusammen. Jules schaute hoch und blinzelte gegen die Sonne. Unsere Blicke trafen sich. Wir erstarrten beide. Jetzt musste ich aussteigen. Ich konnte nicht einfach hier sitzen bleiben und warten. Ich parkte zitternd den Wagen, holte tief Luft und stieg aus.

»Was machst du denn hier?«, fragte sie, während ich auf sie zuging. Ihre Blicke huschten über meinen Körper, sie nahm meine legere Businesskleidung wahr.

»Ich mache ein Praktikum«, sagte ich. »Bei einem Journalisten. Und der ist gerade hier.«

»Der Typ, der meinen Vater interviewt?«, fragte Parker. Sie war tropfnass. Sie tupfte sich das Gesicht ab, bohrte den handtuchumwickelten Finger in ihr Ohr und zog dabei eine Grimasse. Parker wusste genau, wo ihr Platz in dieser Welt war. Sie war dermaßen selbstsicher, dass sie in der Öffentlichkeit sogar in ihrem Ohr rumpulte. Ich schaute auf ihre steinharten Schenkel. Parker sah aus, als könnte sie ihren Volvo problemlos rüber auf die Nachbarinsel kicken.

»Wie bist du denn an ein Praktikum rangekommen?«, fragte Jules.

»Das ist eine lange Geschichte«, erwiderte ich.

»Das Buch geht über den ganzen amerikanischen Adel, richtig?«, fragte Parker. Ich nickte lächelnd. »Und was machst du für ihn?«

»Vor allem helfe ich, dass er den Überblick behält; ich besorge ihm alles, was er braucht. Manchmal gebe ich ihm auch Feedback«, sagte ich. »Ihr wisst schon, zu seinen Texten.« Was nicht gelogen war. Neulich erst wollte er wissen, was ich von einem Interview hielt.

Jules starrte auf einen Stein. Sie zeichnete mit ausgestrecktem Fuß einen Bogen ins weiche grüne Gras. Es war ein saftiger, gleichmäßiger Rasen, einer, den man sich kauft und wie einen Stoffballen ausrollen kann. »In ein paar Wochen hast du Geburtstag«, sagte sie, schirmte die Augen gegen die Sonne ab und blinzelte mich an.

Ich nickte. »Mein achtzehnter.«

»Wow, bist du alt!«, sagte Parker. »Kein Wunder, dass du ein Praktikum hast. Da geht es mir ja gleich besser.« Sie schnaubte. »Ich dachte schon kurz – Mensch, sollte ich vielleicht auch ein Praktikum machen?« Sie pflückte einen Käfer von einem Zweig und traktierte ihn mit ihren kurzen Fingernägeln. »Aber ich bin ja erst sechzehn.«

»Du wirst im September doch auch schon siebzehn«, sagte Jules und sah sie dabei nicht an. Setzte sie sich etwa für mich ein?

»Miststück«, sagte Parker, als wäre das ihr Kosename für Jules. »Komm schon, machen wir uns fertig. Ich will nicht zu spät dran sein, wenn wir Jay treffen.«

Jules und ich stellten den Weltrekord in stummer Blickunterhaltung auf.

»Da seid ihr ja«, sagte Zack, der in Schwimmshorts aus dem Garten auftauchte. Er musste mich gesehen haben, bevor ich ihn sah, denn er wirkte nicht besonders überrascht. Er trabte zu uns herüber und lächelte. Jetzt war ich an der Reihe mit dem Steineanstarren. Seit Zack und ich was am Laufen hatten, führte mein Körper ein Eigenleben. Mein Atem war unberechenbar, meine Haut konnte von einem Moment auf den anderen so feuerrot werden, dass sie fast meinen Haaransatz versengte, und ab und zu überkam mich eine Leichtigkeit, dass ich dachte, ich würde aus Luftballons bestehen. Er schüttelte den Kopf und spritzte uns mit kleinen Wassertropfen nass. Jules schubste ihn halbherzig weg und er schubste zurück. Warum musste er ausgerechnet ihr Bruder sein?

»Hallo, Cricket. Wie geht's?«, fragte er. Es klang steif und formell.

»Gut«, sagte ich. Ich dachte, dienstags arbeitest du. Ich merkte, dass ich ein schräges Gesicht machte. Er sah gut aus in seiner Badehose. Himmel, sah er gut aus! Er war blass, aber gut gebaut. Die Sonne glitzerte auf seiner nassen Haut. Inzwischen kannte ich diesen Körper. Mein Herz war wie ein Hund, der an der Leine herumhüpfte und zog, weil er sich auf die Hinterbeine stellen und sein Gesicht abschlecken wollte.

»Ist das dein Journalist?«, fragte Jules. Ich drehte mich um und war erleichtert, als ich George aus der Haustür kommen sah. Seine Tasche baumelte ihm seltsam an der Seite.

»Ich muss los«, sagte ich, machte auf dem Absatz kehrt und lief zu George.

»Kennst du die?«, fragte George, während wir in den Jeep stiegen und ich den Motor anließ.

»Ja«, sagte ich. »Mehr oder weniger.« Ich schaute in den Rückspiegel, denn ich rechnete damit, dass Zack uns hinterhersah. Aber er und Parker waren verschwunden. Es war Jules, die beobachtete, wie ich davonfuhr. Wie sie da am Rand des perfekten Rasens vor diesem perfekten Haus stand, wirkte sie wie eingefroren. Ihre Augen waren weit aufgerissen, der Mund halb offen, fast als müsste sie sich zusammenreißen, nicht hinter mir herzurennen.

Dreißig

»Das war so schräg heute«, sagte Zack am Abend, als er durch mein Fenster kletterte. »Du warst so nervös. Du hast regelrecht geschwitzt.«

»Denkst du, sie hat was bemerkt?«, fragte ich. Ich saß in einem Trägershirt und den Boxershorts, die ich gerne als Schlafanzughose benutzte, auf meinem Bett.

»Auf keinen Fall«, sagte er. »Sie hat keinen Schimmer.« Ich seufzte und schloss die Augen. Innerlich schaltete ich auf Erleichterung um, dann schnell auf Schuldgefühle, zurück zur Erleichterung und noch einmal das volle Programm Schuldgefühle. Ich hatte die ganze Zeit an Jules denken müssen. Am schlimmsten war, dass ich ihr so gern gesagt hätte, was gerade mit mir los war. Ich wollte ihr gerne erzählen, dass ich im Augenblick nicht das tat, was ich sonst ständig bei Jungs machte: nämlich Listen in meinem Kopf aufstellen, wer wen zuletzt angerufen oder getextet hat. Dabei behielt ich den Punktestand immer im Auge und wollte natürlich die meisten haben. Diesmal überlegte ich nicht vorher, was ich Zack sagen wollte, oder übte irgendwelche Sätze, von denen ich hoffte, sie würden ihm gefallen und er mich dann mehr mögen. Ich war einfach ich selbst. Ich wollte ihr gerne erzählen, wie sehr ich es genoss, wenn wir uns küssten, und das nicht nur, weil es mir zeigte, dass mich ein Typ mochte und wollte, sondern weil es sich einfach gut anfühlte. Und ich wollte wissen, wie es ihr ging. Ich wollte hören, was sie zu erzählen hatte. Gerade lief das Schuldprogramm auf voller Lautstärke und rauschte auf schlechtem Empfang. Wie konnte ich das nur abstellen? Ich versprach ihr im Stillen, dass ich das mit Zack beenden würde.

»Ich bin zu alt für dich«, sagte ich und rutschte von ihm weg.

»Ich weiß. Ganze achtzehn Monate oder so. Du verdirbst mich.« Er rutschte näher. »Hast du schon mal Sex gehabt?«

»Nein.« Ich zog mich zurück und studierte sein Gesicht. »Du?« Er nickte und lachte, als er sah, wie geschockt ich war. »Valerie?«

»Sie ist *Französin*«, sagte er.

»Da warst du in der Achten, oder?« Er nickte. *»In der Achten?«*

Er legte seine Hand um meine Taille, aber ich schob sie weg.

»Weiß Jules das?«

»Nein.«

»Wusste deine Mom Bescheid?«

»Nein.« Er legte eine Hand auf mein Knie.

»Wir sollten das nicht machen. Echt nicht.« Ich stand auf und ging auf die andere Seite des kleinen Zimmers.

»Sag so was nicht«, erwiderte er und folgte mir. Er küsste mich. Ich wich zurück.

»Aber wir können nicht so weitermachen. Ich habe darüber nachgedacht, was du über die Mauer um Jules erzählt hast. Und ich glaube, heute habe ich kurz über die Mauer geschaut und gesehen, wie traurig sie in Wirklichkeit ist. Und wenn wir mit dem hier einfach weitermachen, lade ich ihr nur noch mehr Traurigkeit auf.«

»Okay, also …« Er ließ meine Hand los. »Dann lass uns vom Bett wegbleiben. Lass uns irgendwo hingehen«, sagte er. »Lass uns hier raus.«

»Wohin?«

»Keine Ahnung«, sagte er. »Aber du solltest so viele Klamotten anziehen wie nur möglich.«

»Oh, ich weiß was«, sagte ich, während ich an George und seine Gänsehaut dachte. Ich schnappte mir ein Sweatshirt. »Lass uns den Geist besuchen.«

Während wir mit der Landjacht raus zum weißen Kreuz fuhren, erzählte ich ihm, wie George eine Gänsehaut bekommen hatte. Wir fuhren ein paarmal daran vorbei und überprüften, ob uns das auch passierte, aber nichts dergleichen geschah. Also parkten wir direkt davor. Wir saßen da und warteten. Vielleicht würde es ja kälter werden oder eine geisterhafte Schlaghose durch das Scheinwerferlicht spazieren.

»Was glaubt Jules eigentlich, wohin du nachts verschwindest?«, fragte ich. Die Luft war weich und ruhig und voller Sommer. Die Grillen zirpten laut.

»Sie weiß nicht, dass ich weg bin. Das weiß niemand.« Er schlug nach einer Mücke.

»Was ist mit deinem Dad?«

»Jules lebt gerade total in ihrer eigenen Welt, und mein Dad, tja, es ist, als wäre da ein Schauspieler, der ihn spielt. Ein schlechter Schauspieler. Sie sagen nicht mal ihren Namen. Es ist, als würde man mit Menschen zusammenleben, die gar nicht ganz da sind.«

»Ich weiß, wie das ist.« Ich dachte an Mom und daran, wie ich ihr manchmal in die Augen schaute und genau sehen konnte, dass sie irgendwo ganz woanders war, irgendwo weit, weit weg, und ich hatte keine Ahnung, wo. In solchen Momenten würde ich sie am liebsten anschreien. Das Leben fand hier vor ihrer Nase statt und nicht in einer weit entfernten Welt. »Ich weiß genau, wie das ist.«

Ich schob den Sitz zurück und ließ meine Füße aus dem Fenster hängen. Wir saßen eine Weile schweigend da, jeder hing seinen eigenen Gedanken nach. Plötzlich sah ich Jays Gesicht vor mir. Hörte, wie er mir die Meinung sagte. Und ich hörte mich, wie ich Jules erklärte, dass sein Bruder ein Versager war. Bei dieser Erinnerung zog sich alles in mir zusammen. Ich wünschte, ich hätte nie irgendetwas zu Jules gesagt. Was war mit meinen anderen Geheimnissen, den anderen Dingen, die ich ihr vielleicht besser nicht gesagt hätte, es aber trotzdem getan hatte, weil ich ihr vertraute? Vergesst Mädchen, die vor Jahrzehnten gestorben sind – Worte sind die wahren Geister. Sie waren es, die mich verfolgten.

»Ich glaube nicht, dass dieses Geistermädchen noch auftaucht«, sagte ich.

»Ja«, sagte er. »Die mag uns nicht. Lass uns ein besseres Plätzchen suchen.«

Wir fuhren zum Steps. Der Mond war drei viertel voll – hell leuchtend schien er aufs Meer. Die Wellen waren klein und ruhig. Wir krempelten unsere Jeans hoch und wateten bis zu den Knöcheln hinein. Das Wasser war warm und barg die Erinnerung an Sonne in sich.

»Also, ich gehe da jetzt rein. Ich muss einfach«, sagte Zack. Ich sah zu, wie er sein Sweatshirt und sein T-Shirt mit einer Bewegung über den Kopf zog. Er war so schlank und muskulös.

»In deiner Unterhose?«, fragte ich.

»Verdammt, nein«, sagte Zack und knöpfte seine Jeans auf. Ich schlug die Hände vor den Mund. Er begegnete meinem Blick und zog die Jeans mitsamt seinen Boxershorts über die Hüfte nach unten. Da war er! Ich hatte ihn gespürt, aber noch nicht gesehen. »Oh mein Gott«, sagte ich, ohne zu bemerken, dass ich laut dachte.

»Genieß den Anblick.« Er lachte. Dann schlug er sich auf die Brust und stieß einen Kriegsschrei aus.

»Zack!« Ich lachte, völlig berauscht.

Er drehte sich um und sah zum Meer. Jungshintern sind so anders, so fest. »Juch-huu!« Er jauchzte, stürmte in die Brandung und tauchte unter. »Das ist perfekt«, sagte er, als sein Kopf wieder auftauchte. »Du musst reinkommen. Es ist herrlich.«

»Ich kann nicht.« Ich dachte an das Versprechen, das ich mir wegen Jules gegeben hatte.

»Da verpasst du was«, sagte Zack. »Es ist fantastisch hier drin.« Es sah wirklich fantastisch aus. Er sah fantastisch aus, wie er sich in dem schwarzsilbernen Wasser auf und nieder bewegte. Mir fielen Moms Worte an Emily Dickinson ein: *Was soll das Leben, wenn man es nicht lebt?* Ich holte tief Luft, schälte mich aus meinen Kleidern, bedeckte mich mit den Händen und rannte ins Wasser. Ich glitt unter einer zahmen Welle durch, und als ich nach oben kam, stand Zack vor mir. Er lächelte, aber ernst, und ich spürte, dass meine Wangen warm wurden. Er nahm meine Hände und zog mich zu sich.

»Komm zu mir, Seejungfrau«, sagte er.

»La le luuuu, la le lu.« Ich ließ meine Beine nach oben treiben, legte meinen Kopf zurück und sang nicht sehr melodiös ein Seejungfrauenlied. Ich war wie der Mond, ganz hell. Dann fielen mir die kleinen Lichter rundherum im Wasser auf.

»Oh, was ist das?« Das Wasser leuchtete, sprühte Funken, als wären Glühwürmchen unter der Oberfläche.

»Meeresleuchten«, sagte er und spritzte, damit es weiter leuchtete.

»Wahnsinn.« Ich fuhr mit der Hand durchs Wasser, um die Lichter einzufangen, paddelte mit den Beinen und schwamm auf dem Rücken. Ich war nicht länger aus Fleisch und Blut. Ich war aus Seestern und Mondlicht und Meeresleuchten gemacht. Ich fing ohne Grund an zu lachen.

»Was denn?« Zack trat Wasser und zeichnete mit seinen Händen Spuren aus Licht.

Ich stellte meine Füße zurück auf den Boden und lachte wieder. Ich hatte mich noch nie so vollständig, so strahlend, so restlos lebendig gefühlt. »Ich glaube«, fing ich an, doch dann tauchte ich wieder unter und beendete den Gedanken unter Wasser, damit ich ihn sagen konnte, ohne dass er ihn hörte. *Ich glaube, ich bin verliebt.*

Einunddreißig

»Es gibt keinen triftigen Grund, warum ich nach Nantucket kommen sollte, Schatz. Dir geht es doch gut und es sind nur noch ein paar Wochen, dann sind die Sommerferien vorbei.« Selbst durchs Telefon hörte ich, dass Mom abgelenkt war. Wahrscheinlich spielte sie was am Computer. Ich saß auf der Hintertreppe der Veranda und schlürfte Limo. Gavin hatte gerade eine frische Portion gemacht. Ich nutzte, dass Mom abgelenkt war, und suchte in meinem Notizheft nach Schlüsselwörtern und Sätzen, die ich aus dem Tagebuch herausgeschrieben hatte.

»Aber Mom?«, sagte ich ins Telefon.

»Ja?«

»Was soll das Leben, wenn man es nicht lebt?« Vielleicht würde sie ihren eigenen Spruch ja wiedererkennen.

»Ist das aus der Weight-Watchers-Werbung?«

»Nein. Von was anderem.«

»Tja, also ich weiß nicht, was das damit zu tun hat, ob ich nach Nantucket komme oder nicht – besonders weil ich auf Schiffen immer seekrank werde.«

Ja, klar, dachte ich. In ihrem Tagebuch stand, dass sie und Romeo unzählige Bootsfahrten gemacht hatten. Da war von einer Fährfahrt nach Cape Cod die Rede, wo sie sich für eine Nacht in ein Motel davongestohlen und als

»Herr und Frau Donald Duck« angemeldet hatten. Es gab eine stürmische Fahrt in einem Walfangschiff hinaus zur Tuckernuck-Insel, ganz zu schweigen von dem heimlichen Segeltörn in den Sonnenaufgang hinein. Der Computer meiner Mutter piepte, sie hatte gewonnen.

»Bist du sicher, dass du seekrank wirst, Mom?«

»Entschuldige mal, aber ich glaube, ich weiß, ob mir auf Schiffen schlecht wird oder nicht.«

»Dann nimm eine Tablette dagegen!«, sagte ich.

»Pass auf, wie du mit mir sprichst«, erwiderte sie.

Gavin klopfte an die Glasschiebetür und gab mir zu verstehen, dass ich leiser sein sollte. Ich machte das Okay-Zeichen. Ich hatte gar nicht gemerkt, dass ich geschrien hatte.

»Entschuldige, Mom. Ich möchte nur, dass du dir Folgendes vorstellst.« Ich schaute kurz in mein Notizheft und überblätterte alle Stichpunkte, die mit Booten zu tun hatten. »Dünen. Sonnenuntergänge. Hummer. Cisco Strand. Bier.«

»Bier? Ich trinke kein Bier«, sagte sie. »Um was geht es hier eigentlich? Oh nein. Hast du mich etwa wieder auf einer dieser Singlebörsen angemeldet? Ich hab dir doch …«

»Nein, Mom. Ich wollte nur, dass du zu meinem Geburtstag kommst«, sagte ich. »Und der ist schon in einer Woche.«

»Das letzte Mal, als du mich an deinem Geburtstag dabeihaben wolltest, warst du neun.«

»Ja, stimmt, aber nächstes Jahr gehe ich auf die Uni, vielleicht bin ich deswegen ein bisschen sentimental.«

»Also, das ist total lieb. Aber ich weiß nicht … am Ende komme ich den ganzen Weg bis zu dir und du willst vielleicht doch lieber mit deinen Freunden zusammen sein und nicht mit deiner langweiligen alten Mutter.« Langweilige alte Mutter? Ich starrte in ihrem Tagebuch auf das Wort *Nacktbadestrand.* »Wie wär's, wenn du kommst, könnten wir zusammen Muscheln essen gehen? Gibt es hier wirklich niemanden, den du mal wieder treffen willst?«

»Die einzige Person, die ich auf Nantucket sehen will, bist du, und dich sehe ich in ein paar Wochen ja sowieso.« *Biep!* Und wieder gewonnen.

»Kannst du noch mal drüber nachdenken? Versprich mir, dass du wenigstens noch einmal darüber nachdenkst.«

Ich legte auf und blätterte in dem Buch. Ich wünschte, ich könnte die richtigen Worte finden, die sie hierher auf die Insel locken würden, auf diesen überraschenden Liebesfels. Das Problem mit dem Tagebuch war, dass sie sehr detailliert beschrieb, was sie und Romeo mit ihren Körpern angestellt hatten, aber nicht, wo genau sie gewesen waren. Und die Passagen würde ich ihr garantiert nicht wiedergeben. Ich konnte sie ja kaum lesen, ohne dass mir schlecht wurde. Eine Seite weckte meine Neugier – sie war rund um ein Gedicht herum geschrieben.

Liebe Emily,
ich sitze gerade vor der Bücherei. Ich bin vor Tante Betty geflohen, die mir einen Vortrag darüber gehalten

hat, wie wichtig es ist, dass man weiß, wie man einen Tisch ordentlich deckt. Sie glaubt, meine Eltern hätten mir keine weiblichen Tugenden beigebracht. Aber alles, was mich gerade interessiert, ist in Ruhe über gestern Abend und Romeo nachzudenken. Einerseits bin ich ganz durcheinander, weil er unsere letzte Verabredung abgesagt hat. Er hat behauptet, dass er sich um seine Anmeldung für die juristische Fakultät kümmern muss, was ich irgendwie komisch finde. Der Sommer hat gerade mal angefangen und bis jetzt hat er die Uni kaum erwähnt! Andererseits frage ich mich, ob ich paranoid bin. Seine Zukunft ist ihm total wichtig. Er hat so viel vor! Und ich will, dass er seine Träume auch verwirklicht. Er hat mir ja erst letzte Woche gesagt, dass er mich liebt, und ich bin mir sicher, dass er es auch so gemeint hat – so was spürt man einfach. Er liebt mich!
Während ich das hier schreibe, zirpen die Grillen. Und eben ist mir aufgefallen, dass ich das alles neben dein Gedicht über die Grille schreibe. Ich finde es so schön, dass die Grillen in dieser magischen Zeit hier sind, dann wenn es weder Tag noch Nacht, sondern irgendwas dazwischen ist. Und ich habe gerade beschlossen, dass ich mich immer an diesen Tag erinnern will, wenn ich an einen magischen Tag denken möchte. Dann sage ich mir einfach: Grille. Das wird mein Geheimwort für Magie oder Liebe oder beides zusammen.
Alles Liebe, K.

Mein Name. Grille, Cricket. Mom hat immer behauptet, ich heiße so, weil ich als kleines Baby in meiner Wiege gezirpt hätte. Aber das war nicht die ganze Wahrheit. Ich las das Gedicht.

Die Grille sang
Die Sonne sank
Wer tätig war, schloss Saum um Saum
Was er am Tag getan –

Das kurze Gras war schwer vom Tau
Und Zwielicht stand, Hut in der Hand
Wie Fremde stehn, war höflich, jung
Noch unschlüssig zu gehen –

Und Weite, wie ein Nachbar, kam
Gesichtslos Weisheit, unbenannt,
Ein Frieden, als Daheim der Welt
So kam die Nacht zustand

Ich war nicht nur einfach die Tochter meiner Mutter. Ich war ihr Wort für Magie.

»Was ist denn mit dir los?«

Ich sah auf. Das war George, der gerade eine Frischluftpause einlegte, wozu ich ihn ermutigt hatte. Ich hatte ihm erklärt, dass es egal sei, ob er auf Krücken ging, er sollte ungefähr alle sechs Stunden eine Runde um die

Häuser laufen. Seine Haut hatte allmählich einen gelben Farbton angenommen.

»Ich glaube, so langsam verstehe ich Emily Dickinson«, sagte ich.

»Immerhin einer von uns beiden«, erwiderte er. »He, hast du Lust dir mal was anzuhören? Ich brauche junge Ohren, die mir Teile des Interviews mit Lilly Carmichael entschlüsseln helfen. Ich war wohl auf ein paar White-Stripes-Konzerten zu viel.«

»Klar.« Ich klappte das Tagebuch zu und folgte George in den Anbau, der ganz offiziell am Rande einer Selbstentzündung stand.

Er spielte die Tonaufnahme am Computer ab. Mrs Carmichael hatte eine geschmeidige Stimme, wie auf einem von Moms Hörbüchern: *»Boatys Antrag war so romantisch. Und er kam völlig überraschend für mich. Ich war den ganzen Sommer schon heftig in ihn verliebt gewesen. Aber damit war ich nicht alleine; das waren alle anderen Mädchen auch.«*

»Bla, bla, bla«, sagte George und spulte vor. »Das geht noch eine Weile so weiter. Alles nichts Neues.« Er klickte auf PLAY. »So, und jetzt hör zu.«

»Boaty und ich gingen auf einen Segeltörn zum Sonnenuntergang. Und ich wollte erst gar nicht mit! Kaum zu glauben, oder? Ich hatte ihm gesagt, dass dieses große Muschelessen anstand, auf das ich mich schon die ganze Zeit gefreut hatte, und wir könnten immer noch am nächs-

ten Abend segeln gehen, aber er bestand darauf, dass der Sonnenuntergang an diesem Abend der schönste des ganzen Sommers sein würde. Und er hatte recht. Der Sonnenuntergang war herrlich. Und während ich ihn bestaunte, zog er einen Ring aus Seegras aus seiner Tasche. Damals hatte er noch kein Geld.« Lillys Stimme wurde weicher. Ich konnte sie lächeln hören. *»Das war so eine Überraschung! Ich hatte den ganzen Tag nur daran gedacht, dass ich zu Paul Morgans Muschelessen wollte, es war immer die wichtigste Party des Sommers.«* George fragte sie, wer Paul Morgan war. *»Paul war der Junge, den ich einmal heiraten sollte, zumindest wenn es nach meinen Eltern gegangen wäre. Er kam aus einer alteingesessenen Familie, hatte alles Geld der Welt und die entsprechenden Voraussetzungen. Meine Mutter dachte immer, er wäre der Richtige für mich, weil …«* Hier konnte man ihre Stimme nicht mehr verstehen.

»Oh, Paul Morgan!«, sagte ich, als ich endlich kapierte, von wem die Rede war.

»Kennst du ihn?«, fragte George, während er die Aufnahme anhielt.

»Ja.« Was nicht stimmte; es kam mir nur so vor. »Also, nicht wirklich. Aber er ist mir schon mal über den Weg gelaufen und ich habe eine Menge über ihn gehört.«

»Von wem?«

»Von meiner Mutter. Sie war mal mit ihm zusammen.«

»Oh.« George legte den Kopf schräg. »Interessant. Pass

auf, jetzt musst du genau hinhören. Das ist die Stelle, die ich nicht verstehe. Es hört sich so an, als würde sie sagen, ihre Mutter dachte immer, Boaty wäre an Lillys ›totaler Proportion‹ interessiert. Aber das ist doch Unsinn. Was verdammt noch mal ist eine ›totale Proportion‹? Und warum wäre es schlecht, wenn er sich dafür interessieren würde?«

»Dann lass es mal laufen«, sagte ich. Was er auch tat. »Noch mal, bitte.« Er beobachtete mich, als wäre ich eine Art Medium. »Soziale Position. Soziale Position sagt sie.« Ich bekam große Augen. »Ihre Mom dachte, Boaty wäre ein sozialer Emporkömmling!«

»Ja, das könnte hinhauen.« George spielte es noch mal ab, sein Gesicht war vor lauter Konzentration ganz starr. Er seufzte erleichtert. »Das ist es.« Dann kratzte er sich im Nacken. »Kein Wunder, dass sie gemurmelt hat.«

Er wartete auf eine Erwiderung, aber ich dachte nicht an die Aufnahme. Sondern an Paul Morgan.

Mir war nicht klar gewesen, dass Paul Morgan so ein bekannter, reicher Mann war. Ich fragte mich, ob Mom diese Tatsache vergraulen würde. Sie sagte immer, dass sie reichen Leuten nicht über den Weg traute. Ich musste dafür sorgen, dass sie sich an irgendeinem unauffälligen Ort trafen. Wie könnte ich es bloß schaffen, dass es so aussah, als wäre alles ihre Idee gewesen?

Zweiunddreißig

»Was ist das?«, fragte ich Liz am nächsten Nachmittag. Wir waren beide in der Küche. Ich starrte auf ein hübsches kleines Päckchen, das in rosa Seidenpapier gewickelt war. Darum herum war ein Stück Spitze gebunden. Liz und ich entspannten uns gerade nach einem langen Vormittag. Die Betten waren alle gemacht, die Toiletten sauber und die Weidenpapierkörbe alle geleert.

»Vorzeitiges Geburtstagsgeschenk«, sagte Liz. »Aber jetzt mach schon. Pack aus.«

»Liz, das wäre doch nicht nötig gewesen«, sagte ich. »Ich hab doch erst am Dienstag Geburtstag.«

»Jetzt mach das blöde Geschenk auf«, sagte sie. Sie schien sich diebisch zu freuen. Gavin kam mit einem Stapel Post in die Küche.

»Post für dich, Cricket«, sagte er und reichte mir einen fetten braunen Umschlag, auf dem in der vertrauten Krakelschrift meines Vaters mein Name und die Adresse des Gasthauses standen.

»Danke«, sagte ich.

»Wusstest du, dass Cricket nächste Woche Geburtstag hat?«, fragte Liz. »Sie wird achtzehn.«

»Ach ja?«, sagte Gavin. »Ich werde einen Kuchen backen. Ist Schokolade mit Himbeerfüllung in Ordnung?«

»Lecker. Danke, Gavin«, sagte ich, während ich mich mit dem Geschenkband abmühte. Gavin stellte den Teekessel an und sah die Rechnungen durch, er hatte ja keine Ahnung, wie erleichtert ich war, dass ich einen Geburtstagskuchen bekommen würde – einen Schokoladenkuchen mit Himbeerfüllung! Das könnte gut den Brauch ersetzen, den Jules und ich vor fünf Jahren eingeführt hatten.

Seit Jules auf die Rosewood ging, feierten wir an unseren Geburtstagen immer Pyjama-Partys. Morgens brachten Jules und ich uns gegenseitig Waffeln mit Schlagsahne und Erdbeeren ans Bett. Und auf dem Frühstückstablett saß immer Lulu, ein Stoffschweinchen, das wir gekauft hatten, als Nina uns mal zu einem riesigen Spielzeugladen in New York mitgenommen hatte.

Wir waren schon viel zu alt für Stofftiere gewesen und keine von uns war ein typisches Stofftiermädchen, aber wir mochten beide Schweine. In dem Geschäft gab es nur noch eins und wir stritten uns, wer es kaufen durfte oder »adoptieren«, wie Jules es nannte. Nina schlug vor, dass wir die Kosten teilen sollten und dann gemeinsames Sorgerecht hätten. Und an den Geburtstagen wurde jeweils gewechselt. Wer Lulu gerade bei sich hatte, musste sich um sie kümmern und der »anderen Mutter« monatlich Bericht über ihr Wohlbefinden erstatten. *Lulu ist dieses Frühjahr gewachsen*, hatte Jules in einer dieser Mitteilungen geschrieben. *Sie ist weiterhin flauschig und freundlich und hat eine Vorliebe für Bruce Springsteen.*

Lulu hat sich zum ersten Mal verliebt, schrieb ich im nächsten Jahr an Jules. *In eine Stoffgiraffe von unserem Dachboden. Ich finde, sie ist ein bisschen zu alt für sie, aber so ein Verlangen ist völlig normal bei jungen Schweinen.*

Der Teekessel pfiff. Gavin goss Wasser in einen Becher und versenkte einen Teebeutel darin.

»Herrgott noch mal«, sagte Liz und nahm die Küchenschere, um das Geschenkband durchzuschneiden.

»Ich schaue gerne dabei zu, wenn Leute Geschenke bekommen«, sagte Gavin und pustete auf seinen Tee. Es war irgendein seltsamer Arzneitee und sein bitteres Aroma zog durch die Küche. »Los, mach auf!«

Ich wickelte das Seidenpapier, das schwach nach Parfüm roch, ganz langsam ab und hob einen hauchzarten, winzigen schwarzen Spitzentanga hoch.

Erschrocken zerknüllte ich ihn in meiner Hand, um ihn vor Gavin zu verstecken. Liz quietschte vor Vergnügen.

»Du hast mich reingelegt, Liz«, sagte Gavin, während er sich die Augen zuhielt und zurück ins Wohnzimmer lief. »Das war nicht nett.«

»Ich wollte einem alten Mann nicht den Spaß verderben«, sagte sie und wischte sich Lachtränen aus den Augen.

»Liz!« Mein Gesicht glühte. »Was soll ich denn damit?«

»Muss ich dir das wirklich erklären?«, fragte sie kichernd. »Tu doch nicht so unschuldig. Unsere Zimmer liegen nebeneinander. Uns trennt nur eine ganz dünne Wand. Ich weiß, was du nachts so treibst, und ich mag gar nicht daran denken, dass du diese Nummer in deinen Baumwollunterhosen schiebst.«

»Woher willst du wissen, dass ich Baumwollunterwäsche habe?«

»Oh, tut mir leid, was denn sonst?«, fragte Liz.

Ich starrte auf den Tisch. Ich besaß tatsächlich nur Baumwollunterwäsche. Mrs Levander hatte uns erklärt, dass andere Stoffe schnell zu Pilzinfektionen führten.

»Also genau, wie ich vermutet habe. Tja, das ist jetzt vorbei. Baumwollunterhosen sind für kleine Mädchen, und du, meine Liebe, wirst gerade zu einer Frau.«

Dreiunddreißig

Als ich endlich den braunen Umschlag von Dad öffnete, waren Zack und ich gerade am Strand. Ich wollte nicht bis nächste Woche warten, aber wenn man Geburtstagsgeschenke alleine aufmacht, hat das irgendwie was Trauriges an sich. Richtig Spaß macht es erst, wenn jemand zuschaut.

»Mal sehen, was du bekommen hast«, sagte Zack. Da war eine Geburtstagskarte mit einer Glitzerfee, die besser zu einer Achtjährigen gepasst hätte. Aber das war in Ordnung. Dad glaubte, dass ich noch immer diesen Kleinmädchenkram mochte, und ich musste lächeln, wenn ich mir vorstellte, wie er die Schreibwarenabteilung nach einer Karte absuchte, die auch ordentlich glitzerte. Dad und Polly hatten jeder eigenhändig unterschrieben. Und es gab noch ein paar Zeilen, in denen stand, dass Alexi seinen sechsten Geburtstag feiern würde und dass sie mir die Fahrt bezahlen würden, wenn ich zur Party kommen wolle.

»›Alexi will mehr Zeit mit seiner neuen großen Schwester verbringen‹«, las ich Zack vor. »Schon klar. Das Kind mag mich doch gar nicht.« Was wirklich stimmte. Immer wenn ich mich zum Abendessen an den Küchentisch setzte, drehte er seinen Stuhl um und schaute in die andere Richtung.

»Und was hast du bekommen?«, fragte Zack.

Ich packte das Geschenk aus: neue Jeans. Aber nicht irgendwelche. Es waren Clovers, die angesagten, die ich in der *InStyle* gesehen hatte und die jetzt alle Promis trugen. Ich quietschte vor Freude. »Guck mal«, sagte ich und hielt sie hoch. »Oh mein Gott, die ist super. Und sie gefällt mir total.«

»Du klingst überrascht«, sagte Zack, während ich die Hose über meinen Badeanzug zog und mich drehte. Sie passte perfekt.

»Das ist eine Premiere«, sagte ich. »Mein Dad hat die große Geburtstagsherausforderung gemeistert.«

»Und die wäre?«, fragte Zack.

»Seit ich zwölf bin, hat Dad mir jedes Jahr was zum Anziehen gekauft, das er selbst ausgesucht hat«, erklärte ich, zog die Jeans wieder aus und schob sie zusammengelegt zurück in den Umschlag. Für Jeans war es viel zu heiß. »Er meinte, es wäre eine große Herausforderung im Leben eines Vaters, seiner Tochter im Teenageralter Kleider zu kaufen, die sie dann auch wirklich mag und anzieht. Und ob das geklappt hätte oder nicht, würde sich zeigen, wenn ich die Kleider tatsächlich nicht umtauschen würde.«

»Was war das schrecklichste Geschenk?«

»Zu meinem Vierzehnten«, sagte ich und legte mich in den Sand. »Eine glitzerrosa Jeansjacke.« Ich schaute zu den Wolken hinauf und mir fielen noch ein paar andere Modesünden ein. »Ein anderes Mal hat er mir eins von diesen Strickkleidern gekauft, das aussah, als wäre es von einer betrunkenen Oma gestrickt worden.« Zack lachte und ließ Sand auf meine Beine rieseln. Zack war eindeutig ein Typ, der Mädchen witzig fand.

»Letztes Jahr war er mit seinem T-Shirt-Kleid schon ziemlich nah dran.« Ich schloss die Augen und erinnerte mich daran. Es war tatsächlich das perfekte Teil gewesen mit rundem Halsausschnitt, Flügelärmeln und Empire-Taille, so eins, wie es letzten Sommer alle hatten. Es sah total schön aus, aber leider gab es was, weshalb man es nicht mal anprobieren wollte.

»Was stimmte an dem denn nicht?«, fragte Zack und klopfte den Sand um meine Beine fest.

»Es war senffarben.«

»Dijon oder bayrischer?«

»Einfacher Tafelsenf.« Ich ließ den warmen Sand durch meine Finger rinnen. »Als ich es ausgepackt hatte, sagte ich ihm, dass es mir total gut gefallen würde.«

»Warum?«, fragte er. Er schaufelte jetzt meine Knie zu.

»Es war der erste Geburtstag nach der Scheidung, wir aßen gerade Hummer in einem hübschen Restaurant und er sah wieder glücklich aus. Ich wollte das nicht kaputt machen.« Erst jetzt wurde mir klar, dass Dad zu diesem Zeitpunkt wahrscheinlich gerade Polly kennengelernt hatte. Ich erinnerte mich, dass mir aufgefallen war, wie gut gelaunt mein Vater gewesen war und dass er endlich wieder Farbe im Gesicht hatte.

Zack schob den Sand jetzt um meine Schenkel. Ich erzählte weiter. »Dad sagte: ›Gefällt es dir wirklich? Und du möchtest es nicht umtauschen?‹ Und ich so: ›Ja es gefällt mir total.‹ Aber er hat mir nicht geglaubt.« Ich weiß noch, wie er die Augen zusammengekniffen und mein Gesicht ganz genau studiert hat. Je mehr ich ihn zu überzeugen versuchte, desto deutlicher wurde, dass ich das Kleid nicht wirklich mochte. »Nach der Schokomousse habe ich es endlich zugegeben.«

»War er traurig?« Zack klopfte den Sand über meinen Beinen fest.

»Nein.« Dad hatte gelacht und mit der Hand auf den Tisch geschlagen. »Mann, ich war so nah dran!«, hatte er gesagt. »So nah und doch völlig daneben. Jetzt habe ich die große Geburtstagsherausforderung wieder nicht bestanden, dabei bleiben mir gar nicht mehr so viele Jahre. Ich muss das schaffen, solange du ein Teenager bist.«

»Er war einfach nur noch entschlossener«, erzählte ich Zack. »›Nächstes Jahr zu deinem Achtzehnten packe ich das. Denk an meine Worte. Nächstes Jahr werde ich gewinnen – und wenn ich dafür die *Vogue* abonnieren muss.‹«

»Er hat es geschafft«, sagte Zack. Jetzt zeichnete er ein Muster in den festgeklopften Sand. »Er hat die große Geburtstagsherausforderung bestanden.«

»Jep«, sagte ich.

»Warum klingst du dann enttäuscht?«

»Ich weiß nicht.« Obwohl ich die Jeans total mochte

und sie auf keinen Fall in irgendwas anderes umgetauscht hätte, vermisste ich die Glitzerjeansjacke, die Blumenlatzhose und den lila Pulli. Ich war zu alt für sie geworden. Ich fühlte mich an diesem Geburtstag zum ersten Mal tatsächlich älter. Zack zog mich an den Armen, bis ich aufrecht saß. Er hatte meine Beine in einen Fischschwanz mit Schuppen und Flosse verwandelt.

»Ich bin eine Meerjungfrau«, sagte ich.

»Eine Zimmermädchenmeerjungfrau«, sagte Zack. »Die sind sehr selten. Diese Art wurde schon seit mehr als hundert Jahren nicht mehr hier an Land gespült, und du musst ins Wasser zurück, bevor die bösen Wissenschaftler dich entdecken und für ihre Experimente mit ins Labor nehmen.«

»Oh«, sagte ich, als er aufstand und seine Arme ausbreitete. Ich schaute hoch und sah, wie sich kleine Lachfältchen um seine Augen bildeten, die nur mir galten. Mir wurde ganz warm ums Herz. Ich brach aus meiner Sandhülle aus, legte meine Arme um seinen Hals und hüpfte hoch. Er hielt mich fest. »Beeil dich«, sagte ich. »Bring mich ins Meer! Uns bleibt nicht viel Zeit!«

Als wir zum Wasser stürmten, flog ein Schwarm Wattvögel auf. Ich schrie, als er mich in die kalten, salzigen Fluten fallen ließ.

Vierunddreißig

Am nächsten Tag, ich räumte gerade nach dem Frühstücksansturm die Tische im Garten ab, klingelte mein Handy, das hinten in meiner Hosentasche steckte. Eine Textnachricht. Ich dachte, dass sie von Zack wäre, der mir manchmal einen kurzen Gruß schickte, wenn er aufwachte; oder vielleicht von Liz, die mir oft irgendwelche lächerlichen Sextipps mit Vorschlägen für verschiedene Stellungen schickte. Aber diese hier war von Jules.

Wollen wir uns zum Mittagessen im Auf Vordermann treffen?

Ich schrieb sofort zurück. Meine Hände zitterten.

Ja! Wann?
Um zwölf.
Ich arbeite bis drei :(

Normalerweise waren wir schon um halb drei fertig, aber ich brauchte ein bisschen Zeit, um durchzuatmen.

3:30?
OK. Bis dann.

»Weg mit dem Handy«, sagte Bernadette, während sie die Tische abwischte und schmutzige Stoffservietten in den Wäschekorb stapelte. »Wir haben noch keine Pause.« Ich war zu verblüfft, als dass Bernadettes Tonfall mir etwas ausgemacht hätte. Ich schob mein Handy zurück in die Tasche und trug einen Berg Geschirr in die Küche, wo Gavin etwas in einer Porzellanschüssel zusammenmixte.

»Probier mal«, sagte er und reichte mir den Gummischaber voller Teig. In letzter Zeit erweiterte er sein Nachmittagsplätzchenangebot und experimentierte mit neuen Geschmacksrichtungen. Ich strich mit dem Finger am Rand des Schabers entlang und kostete den süßen Teig.

»Limette?«, fragte ich.

»Neues Rezept«, sagte Gavin. »Wie findest du es?«

»Es ist süß und säuerlich. Irgendwie … kompliziert.«

»Kompliziert? Nicht gerade das, was ich mir für meine Plätzchen wünsche.«

»Ich meine, komplex«, sagte ich. Wenn ich nur daran dachte, dass ich bald Jules treffen würde, wurde mein Gefühlsleben zu einer megakomplexen Mixtur: Da hätten wir eine halbe Tasse Schuldgefühl, weil ich heimlich mit ihrem Bruder zusammen war, einen Teelöffel eiskalte Angst, ob sie das über mich und Zack herausfinden würde, zwei Prisen kochende Wut, wenn ich daran dachte, wie sie sich auf der Party verhalten hatte, einen Teelöffel aufgeschäumte Hoffnung, dass sie mich so sehr vermisste wie ich sie, und ein paar Tropfen Unbesonnenheit, weil ich vielleicht meine beste Freundin zurückgewinnen würde.

Gavin seufzte. »Tja, ich denke ›komplex‹ könnte was werden.«

Er nahm einen Esslöffel und verteilte den Teig auf dem Backblech.

»Die Limettenplätzchen passen bestimmt fantastisch zu deinem Süßer-Sonnenpfirsich-Tee.«

»Also, das ist mal eine gute Idee, Cricket.« Gavins Gesicht leuchtete. Er grinste breit und seine Lachfalten um den Mund wurden tiefer, sodass man seine leicht teeverfärbten Zähne sah. »Wusste ich's doch, dass ich dich aus einem guten Grund eingestellt habe.«

Wenn ich geglaubt hätte, Süßer-Sonnenpfirsich-Tee würde mir die Unterhaltung mit Jules irgendwie erleichtern, dann hätte ich mindestens einen Eimer davon in mich hineingeschüttet.

Als ich das fast bis zum letzten Platz besetzte Café betrat, zitterte ich vor Anspannung. Es war laut, mindestens fünfzig Unterhaltungen schwirrten durch den Raum. Es war 15:28 Uhr und immer noch brechend voll. Ich suchte den Raum nach Jules ab und hoffte, dass ich die Erste von uns beiden war. Drinnen war sie schon mal nicht, also ging ich nach hinten in den Garten. Jules saß an einem schattigen Tisch und hielt eine Tasse Kaffee in der Hand. Mir summte es in den Ohren. Sie sah auf und winkte, ein halbes Lächeln auf dem Gesicht.

»Hallo. Wie geht's?«, fragte sie.

»Gut«, sagte ich. Zum Glück kam die Kellnerin fast sofort zu uns. Ich bestellte einen Caesar Salad mit Hühnchen und einen Eistee.

»Ich bin mit meinem Kaffee zufrieden, danke«, sagte Jules zur Kellnerin.

»Oh«, sagte ich und kam mir dämlich vor, weil ich als Einzige essen würde. Sie hatte in ihrer Nachricht doch Mittagessen geschrieben, oder? Mist. Ich hatte nicht mal Hunger.

»Ich hab schon gegessen«, sagte sie mit einem Schulterzucken. »Und, was läuft so bei dir?«

Ich trage einen String!, hätte ich ihr gerne erzählt. *Ich bin mit einem Jungen schwimmen gegangen! Splitterfasernackt! Ich bin verliebt. In deinen Bruder!*

»Nichts Besonderes«, sagte ich, faltete meine Hände und legte sie auf den Tisch. Wir waren wie diese Leute, die man immer in der *Kaffeebörse* in Providence sah, die sich übers Internet verabredeten. Wir hatten dort schon die allerseltsamsten Unterhaltungen der Kaffeetrinker belauscht, während wir unsere Hausaufgaben machten, und schoben uns auf Zetteln Kommentare hin und her. *Er will ihr nur an die großen Titten,* hatte Jules mal in meinen Sozialkundeordner geschrieben, als sich eine junge Frau ewig über feministische Theorien ausließ und ihr bärtiger Begleiter Laute von sich gab, die sein angebliches Interesse bekunden sollten. *Sie will ihn nicht auf seine Vampirzähne ansprechen!,* kritzelte ich ein anderes Mal in die Ecke von Jules' Mathehausaufgaben, als ein Typ am Nachbartisch seine künstlichen Vampirzähne mit dem Zeigefinger polierte, während seine Verabredung vom Tanzunterricht erzählte. *Und er will unbedingt darüber diskutieren!*

Wir saßen noch ein halbe Minute seltsam schweigend da und beobachteten das Treiben im Café, als wären wir Fremde, die die amerikanische Inselkultur erforschten. Schließlich platzte es einfach aus mir heraus. »Dann fang ich mal an. Ich möchte einfach nur sagen, dass ich mich echt gefreut habe, dass du mir eine Nachricht geschickt hast. Ich hab mir solche Sorgen um dich gemacht.«

»Du musst dir keine Sorgen um mich machen, Cricket.«

»Aber Jules, du bist mir wichtig. Ich bin deine … Freundin.« Ich hielt mich gerade noch zurück, damit ich nicht beste Freundin sagte.

»Meine Mutter ist gestorben«, sagte sie. »Du kannst nicht von mir erwarten, dass ich mich normal verhalte.«

»Ja«, sagte ich. »Ich weiß.«

»Lass mich einfach so verhalten, wie ich will«, sagte sie. Ihre Ohrläppchen wurden rot.

»Auch wenn du gemein wirst? Zum Beispiel als du Jay erzählt hast, was ich über seinen Bruder gesagt habe. Magst du ihn?«

»Nein«, sagte sie und schüttelte den Kopf.

»Warum hast du es dann getan?« Die Kellnerin brachte meinen Eistee. Ich sah ihr in die Augen und lächelte. »Tausend Dank«, sagte ich. Falls sie irgendwas von unserem Gespräch mitbekommen hatte, wollte ich, dass sie auf meiner Seite war. Ich klopfte den Strohhalm aus seinem Papier und trank einen großen Schluck.

»Ich war betrunken und dann ist es mir einfach rausgerutscht.«

»Oh, tja, danke auch. Jetzt wird er bestimmt nicht mehr mit mir ausgehen. Und an dem Abend auf der Party, da hast du dich wie ein anderer Mensch benommen.«

»Ich bin anders«, sagte sie, als hätte ich genau das eben bewiesen.

»Aber du bist immer noch du«, sagte ich. »Du bist immer noch Jules Clayton.«

»Bin ich nicht«, sagte sie.

»Also *ich* habe jedenfalls nichts falsch gemacht.«

»Meine Familie gehört mir. Und du hast dich benommen, als wäre sie deine.«

»Wir haben uns alle so benommen«, sagte ich verletzt, meine Stimme zitterte. Ich verschränkte die Arme. »Du hast mich dauernd zum Übernachten eingeladen. Und Nina hat immer für mich mitgedeckt. Sogar wenn wir am nächsten Tag Schule hatten. Ich habe nichts falsch gemacht.« Jules zog eine Augenbraue hoch. »Was? Was habe ich gemacht?«

»Der Trauergottesdienst?«, sagte sie nur, als wäre damit alles klar.

Ich sah sie verständnislos an. Der Caesar Salad landete vor mir.

»Frischer Pfeffer?«, fragte die Kellnerin.

»Nein, danke.« Ich wandte mich wieder Jules zu. »Was habe ich denn gemacht?«

»Du hättest nicht reden sollen«, sagte Jules, lehnte sich zurück und verschränkte die Arme.

»Aber ich habe dich danach doch gefragt, oder? Und du hast gesagt, dass es in Ordnung war. Du hast gesagt, dass es toll war.«

»Mom war gerade gestorben«, flüsterte sie. »Ich wusste nicht, was ich sage.«

Ich starrte auf den Salat, ich würde keinen Bissen herunterbekommen. »Ich dachte … also, ich mein, als du da oben gestanden bist, hast du ausgesehen, als würdest du entweder loslachen oder sterben. Du hast doch selbst gesagt, dass du kurz vorm Durchdrehen warst.«

»Du hast dort nicht hingehört. Sie war nicht deine Mom. Sie war meine.«

»Ich dachte, ich würde helfen«, sagte ich.

»Tja, da hast du falsch gedacht.«

»Deinem Dad hat es nichts ausgemacht. Und Zack auch nicht.«

»Mir schon«, sagte Jules.

Ich lehnte mich zurück, atmete den Kaffeegeruch. Ich wollte nicht im Unrecht sein und schon gar nicht, dass sie recht hatte, aber als ich sah, wie sie tief und zitternd Luft holte und sich ihre Schultern hoben und senkten, kapierte ich es auf einmal.

»Es tut mir leid«, sagte ich. »Es tut mir wirklich, wirklich leid.« Am liebsten hätte ich mich über den Tisch geworfen und sie umarmt. Am liebsten hätte ich meine Hände ausgestreckt und ihre berührt. Aber sie legte ihre Hände nachdrücklich in den Schoß. Ich ballte meine Hände zu Fäusten. Mir stiegen Tränen in die Augen.

»Manchmal kommt es mir so vor, als ob ich ihr Parfüm rieche«, sagte ich und tupfte mir mit der steifen Serviette die Tränen weg. »Zum Beispiel neulich, als ich von der Fähre kam, und dann noch mal, als ich am *Weißen Elefanten* vorbeigegangen bin. Passiert dir das auch manchmal? Dass du ihr Parfüm riechst?«

»Ihr Parfüm ist ziemlich beliebt.« Jules schüttelte den Kopf und rührte in ihrem Kaffee. Ganz offensichtlich nervte ich sie. Ich zwang meine Tränen zurück. »Also, hör mal, ich kann nicht erklären, wie ich mich fühle. Ich will auch gar nicht erklären, wie ich mich fühle, und ich will es auch nicht müssen. Das verlangt sonst keiner von mir.«

»Okay«, sagte ich. »Verstanden.« Ich schob meinen Salat auf dem Teller herum. »Warum wolltest du dich dann mit mir treffen?«

»Wegen Zack«, sagte sie. »Verrückter Junge.«

»Oh.« Meine Schultern sackten nach unten, als sich mein schlechtes Gewissen meldete.

»Er denkt, dass ich dir das schuldig bin. Dass ich dir wenigstens sage, warum ich sauer bin. Er glaubt, dass man über Gefühle reden soll.« Sie verdrehte die Augen.

»Oh«, sagte ich, schob die Paprika in ihre Richtung und fragte mich, ob sie wie in der Schule einen schiefen Paprikaturm bauen würde.

»Und was machst du an deinem Geburtstag? Der ist am Dienstag, richtig?«, fragte sie und ignorierte die Paprika.

»Ja. Ich denke, die Leute im Gasthaus werden wahrscheinlich eine kleine Feier veranstalten.«

»Hört sich nett an«, sagte sie. Unsere Blicke trafen sich. »Ich muss los. Ich arbeite heute Abend.« Sie nahm ihre Tasche, als würde sie hundert Kilo wiegen. »Hör mal, mir geht es nicht gut, ja? Und ich weiß, dass du das nicht wolltest.«

»Schon in Ordnung.«

»Und ich weiß auch, dass ich ein totales Miststück war.« Sie schloss niedergeschlagen die Augen, schulterte ihre Tasche und seufzte.

»Schon in Ordnung.«

»Alles Gute zum Geburtstag, Cricket.« Sie lächelte. Es kam nicht von Herzen. Aber fast.

Fünfunddreißig

»Für deine flachsblonden Locken würde ich alles tun«, sagte Liz über den Lärm des Föhns. Ich saß im Bademantel vor dem Schminktisch in ihrem Zimmer. Vor einer halben Stunde hatte sie mir heiße Lockenwickler ins Haar gedreht, und als sie die jetzt rausnahm, traten perfekte Wellen zutage. So gut hatten meine Haare noch nie ausgesehen. Ich hatte immer gedacht, Lockenwickler wären was für Omas, aber jetzt überlegte ich ernsthaft, mir diese Teile zu Weihnachten zu wünschen.

»Meine Haare sehen ja aus wie aus einer Zeitschrift!« Ich klatschte in die Hände.

»Heute Abend ist es ja auch so weit«, sagte Liz.

»Da bin ich mir noch nicht so sicher«, erwiderte ich.

»Oh, wem versuchst du hier was vorzumachen?«, sagte Liz und lachte.

»Jetzt mal im Ernst, ich kann das mit ihm nicht bringen, aber ich will trotzdem toll aussehen.«

»Du wirst diesen armen Kerl nur quälen.«

Zack ging an meinem Geburtstag, der genau genommen um 0:31 Uhr war, ganz offiziell mit mir aus. Er wollte in dem Moment, wenn ich achtzehn wurde, bei mir sein, also feierten wir am Montagabend in den Geburtstag hinein. Wir wollten im *Gigis,* wo er als Hilfskellner arbeitete, zu Abend essen. Es war eins der schönsten, aber auch teuersten Restaurants auf Nantucket. Und kein Ort für Kinder. Dort verkehrten Frauen in Pumps und teuren Kleidern und Männer mit Krawatten und Halbschuhen. Ich hatte irgendwann mal zu einem der Fenster hineingespäht und ein erwachsenes Paar beim Küssen beobachtet.

»Bist du sicher, dass du mich dahin einladen willst?«, hatte ich Zack gefragt, als er mir von seinem Plan erzählte. Das Günstigste auf der Speisekarte war ein Hamburger mit Blauschimmelkäse und der kam schon auf dreiunddreißig Dollar. Aber er meinte, ja. Er und seine Chefin, Anne-Marie, hatten sich während des Sommers angefreundet.

»Anne-Marie hat mir ein unvergessliches Essen auf Kosten des Hauses versprochen. Und Jeff, der Manager, hat gesagt, er würde beide Augen zudrücken, falls ich zufälligerweise eine Flasche Champagner mitbringen sollte, was ich, wie du dir denken kannst, auch tun werde.«

»Und du bist dir sicher, dass der Champagner deinem Vater nicht fehlen wird?«

»Äh, ja«, sagte Zack. »Sehr sicher.«

»Also, in Ordnung«, sagte ich. »Treffen wir uns dort.«

»Acht Uhr?«

»Acht Uhr.«

Ich machte mir ein wenig Sorgen, dass wir zusammen gesehen wurden. Jeder Tag fühlte sich wie eine zerbrechliche Verlängerung an, wie ein weiterer Tag, an dem wir etwas Unausweichliches vor uns herschoben – unsere Trennung. Aber jeder Tag schmeckte auch nach süßem Eis. Und ich wollte immer noch einen Löffel mehr.

Beim Putzen hatte ich die ganze Zeit an diese Verabredung denken müssen.

Nachdem Liz und ich mit den Zimmern fertig waren, hatte ich kurz bei George reingeschaut, der sich gerade nur noch über Handzeichen verständigte. Das Zeichen heute hieß, dass ich verschwinden sollte.

Also duschte ich ausgiebig und nahm dabei das Bumble-und-bumble-Shampoo, das ein Gast hatte liegen lassen. Ich hatte eine Woche gewartet, ob er anrufen und es zurückhaben wollte, doch er hatte sich nicht gerührt. Jetzt gehörte das Shampoo mir.

Ich setzte mich in die Dusche und rasierte meine Beine. Ich trocknete mich ab, trug eine schöne Körperlotion auf und schlüpfte, als ich ganz trocken war, in mein grünes Kleid. Ich schaute in den Spiegel. Perfekt. Liz bestand darauf, dass ich den Bademantel über mein Kleid zog, solange sie meine Haare machte und mich schminkte.

»Autsch«, sagte ich. Einer der Lockenwickler hatte sich verhakt und ziepte an meinen Haaren.

»Wer schön sein will, muss leiden«, sagte Liz und fummelte ihn heraus.

»Kann ich nicht schön sein und es angenehm haben?«, fragte ich.

»Nein«, sagte sie, klatschte sich irgendwas in die Hände

und drehte meine Haarspitzen. »Du musst dich schon entscheiden. Schönheit oder Wohlbefinden.«

»Na, gut«, sagte ich. »Schönheit.«

»Braves Mädchen.«

Sechsunddreißig

Als auf der anderen Straßenseite gepfiffen wurde, wusste ich, dass der Pfiff mir galt. Seit ich aus dem Gasthaus getreten war, zog ich die Blicke der Passanten auf mich. Liz hatte wahre Wunder mit meinen Haaren vollbracht, sie wirkten so dick und voller Sprungkraft wie noch nie, und sie hatte mir eine künstliche Wimper nach der anderen mit der Pinzette angeklebt, um meine Augen zu »öffnen«. Zuerst wollte ich unter keinen Umständen, dass sie mir künstliche Wimpern verpasst, aber sie versicherte mir, dass das toll aussehen würde, und sie hatte recht.

Aber der Grund, weshalb die Leute mir nachschauten, war das Kleid. Das Kleid war wie ein Zauberkostüm, plötzlich war ich schön. Noch ein Pfiff. Ich dachte schon, dass es vielleicht Zack wäre, aber als ich mich umschaute, sah ich Jay. Er stand auf der anderen Straßenseite, neben ihm Fitzy und Oliver. Sie trugen Angelruten über den Schultern. Jay hielt einen Angelkasten in der Hand und Fitzy war barfuß und rauchte Zigarre.

»C. T.«, sagte Jay.

»Hallo«, sagte ich und winkte.

Sie beobachteten mich, während ich über die Straße lief. Fitzy kniff die Augen zusammen und paffte seine Zigarre. Früher hatte ich immer gedacht, dass Nantucket so klein war, dass man Leuten, die man kannte, zwangsläufig über den Weg lief. Aber ganz so war es nicht. Ich hatte die drei seit dem Abend in Sconset nicht mehr gesehen. Ein paarmal hatte ich tatsächlich versucht, Jay allein durch meine Willenskraft zu mir zu lenken, damit ich ihm sagen konnte, wie leid mir das alles tat. Vielleicht waren meine Gebete ja verspätet erhört worden. Denn da stand er jetzt nämlich und schien sich zu freuen, mich zu sehen. Ich fragte mich kurz, ob ich nervös sein sollte, ob das ein Trick war und ob Jay nur wollte, dass ich glaubte, dass alles in Ordnung wäre, und mir dann seine Meinung sagen würde. Aber so war es nicht. Er saugte mich auf wie ein kühles Glas Limonade.

»Ich glaube, wir kennen uns noch nicht«, sagte Fitzy.

»Doch, tun wir«, erwiderte ich.

»Das wüsste ich aber«, beharrte er. »Wie heißt du noch mal?«

»Cricket«, sagte ich. Er hörte mir zu. Das war die Kraft der Schönheit. Wenn man gut aussah, waren die Jungs auf einmal aufmerksam. Schönheit ließ ihre kleine Unabhängigkeitsblase platzen.

»Ich bin Andrew Fitzpatrick«, sagte er und gab mir lässig einen Handkuss.

»Cricket Thompson« – Jay sah ihn finster an – »ist eine Freundin von mir aus Providence.«

Eine Freundin? Unsere Blicke trafen sich. Jays hellblaue Augen standen im Kontrast zu seiner sonnengebräunten karamellfarbenen Haut. Kein Zweifel: Jay war wahrscheinlich einer des bestaussehenden Typen der Welt, und der Sommer hatte ihm ein strahlendes Selbstvertrauen geschenkt. Der wird irgendwann mal einflussreich sein, dachte ich.

»Wo willst du denn so schön zurechtgemacht hin?«, fragte er.

»Abendessen«, sagte ich und spürte, dass ich rot wurde.

»Ich würde mich mit einem bloßen Abendessen nicht zufriedengeben«, sagte Fitzy kopfschüttelnd und biss auf seiner Zigarre herum.

»Du hörst dich wie ein perverser Lüstling an«, sagte Oliver lachend.

»Geht ihr doch schon mal vor.« Jay nickte Fitzy und Oliver zu. »Ich komme dann nach.«

»Und wieso bekommst du eine Privataudienz bei dieser sagenhaften Frau?«, fragte Fitzy ihn.

»Weil sie meine Freundin ist«, sagte Jay. Da war das Wort wieder. *Freundin.*

»Wir gehen uns nur schnell einen Hotdog holen«, sagte Oliver und klopfte Fitzy auf den Rücken. »Willst du auch einen, Jay?«

»Unbedingt«, sagte Jay. Fitzy drückte seine Zigarre aus und die beiden zogen los.

»Hör mal«, sagte ich. »Ich muss mich bei dir entschuldigen. Es tut mir leid, was ich gesagt habe. Es war schrecklich und voreingenommen, und es tut mir einfach furchtbar leid.«

»Entschuldigung angenommen«, sagte er.

»Echt?« Das ging zu einfach.

»Jules hat mir erzählt, dass sie deine Bemerkung aus dem Zusammenhang gerissen hat.«

»Hat sie? Echt?« Er nickte. »Oh Gott, das ist ja großartig.« Ich atmete tief ein. Sauerstoff strömte in den Teil meiner Lunge, der seit unserem Streit völlig verkrampft war. Jules hatte die Sache wieder in Ordnung gebracht. Sie hatte mir verziehen.

»Und dann hat sie mir noch das hier gezeigt.« Jay zog die Liste aus seiner Tasche, die ich an dem Morgen nach Noras Party geschrieben hatte, mit den wichtigsten fünf Gründen, warum ich Jay Logan mochte.

An den Ecken klebte Tesafilm. Also hatte Jules sie für unser Notizbuch aufgehoben und dort rausgenommen, um sie Jay zu geben. »Die Nummer fünf mochte ich besonders«, sagte er und ich las es noch mal. *Jay hält immer zu seinem Bruder, was mir zeigt, dass er ein guter Mensch mit einem großen Herzen ist.* »Aber ich glaube, ich mag auch deine Nummer eins.« *Er hat große, verträumte Augen und den knackigsten Jungshintern, den ich kenne.*

»Das ist total peinlich«, sagte ich.

»Nein«, erwiderte er. »Ist doch nett.«

»Oh«, sagte ich. »Also, ich freue mich riesig, dass wir das geklärt haben …« Dann verstummte ich. Er starrte mich an, wie ich es mir seit der achten Klasse gewünscht hatte. Er lächelte strahlend und einnehmend, und ich stand im Mittelpunkt seiner Aufmerksamkeit. Alle Passanten schienen uns wahrzunehmen. Sie sahen uns genau so an, wie ich die strahlenden, herausgeputzten Leute von Nantucket angesehen hatte, als ich von der Fähre gekommen war. Mein Mund war trocken.

»Ich auch. Weil ich nämlich gehofft hatte, dass du nächstes Jahr mein Mädchen wirst.«

Sein Mädchen? Was für ein altmodischer Ausdruck. Aber auch wie etwas … das Jay-Z zu Beyoncé sagen würde. Das war eine Einladung, auf die ich seit drei Jahren gewartet hatte. Wollte er sich etwa mit mir verabreden? Er wollte, oder? Wenn ich Jay Logans feste Freundin werden würde, wäre das wie ein Hauptgewinn. Ich wäre unantastbar. Auserwählt. Für ein besseres Leben bestimmt. Das wäre wie eine vorzeitige Aufnahme an der Princeton Eliteuni, mitsamt einem Vollstipendium für besondere Eigenschaften. Ich lächelte.

»Ist das ein Ja?«, fragte Jay und kam näher.

Er war ganz nahe und schimmerte in seinem verwaschenen T-Shirt wie einer dieser amerikanischen Helden. Wir wären das Pärchen des Jahres. Die Vorstellung berauschte mich. Früher hatte ich mir diesen Moment manchmal während des Lacrosse-Trainings ausgemalt und war dann immer schneller gerannt.

»Ich habe über den Abend bei Nora nachgedacht«, sagte er. »Ich hätte dich da total gerne geküsst.«

»Ich dich auch«, sagte ich. Was wirklich stimmte. Zu

Beginn des Sommers war ich von diesem Abend ganz besessen gewesen. Aber inzwischen nicht mehr. Wenn ich genauer darüber nachdachte, hatte ich mir schon wochenlang nicht mehr ausgemalt, ihn zu küssen, oder die Jay-Playlist gespielt. Plötzlich wurde mir klar, dass ich nicht mehr als das von ihm wollte. Das gerade eben. Das genügte mir. Genau das war es, was ich mir ausgemalt hatte. Wahrscheinlich hatte mir die ganze Zeit schon die Vorstellung genügt, dass Jay mein Freund sein könnte. Aber bevor ich diesen Gedanken von den anderen trennen konnte, die mir gerade durch den Kopf schwirrten, legte Jay auch schon behutsam eine Hand auf meinen Rücken und presste seine Lippen gegen meine.

Jay Logan küsste mich!

Ich presste zurück. Ja, wirklich. Ich küsste ihn zurück, weil ich wissen wollte, ob ich die Vorstellung von Jay oder Jay selbst so sehr mochte. In mir kribbelte eine Ahnung, dass ich irgendetwas falsch machte, was verwirrend war, weil ein Kribbeln immer noch ein Kribbeln ist.

»Schöner Schachzug, Logan«, sagte Fitzy. »Auch eine Art, dem eigenen Freund das Herz zu brechen.« Wir gingen einen Schritt auseinander. Da standen Fitzy und Oliver mit den Händen voller Hotdogs. Die Kirchenglocken schlugen acht.

»Bei mir steigt am Freitag eine Party«, sagte Fitzy. »Cliff Road 82. Bring deine Schwester mit.«

»Ich habe keine Schwester«, sagte ich.

»Mist«, erwiderte er.

»Ich muss los«, sagte ich.

Sobald ich die leuchtend rote Tür des *Gigis* aufdrückte, sah ich Zack. Er saß an einem Tisch am Fenster mit einem Wildblumenstrauß und einer Flasche Champagner und schaute auf die Uhr. Er hatte ein Hemd angezogen und seine rote verwaschene Nantucket-Hose.

»Hallo«, sagte ich. Er sah mich an und stand auf. Er war nur ein paar Schritte entfernt, aber ich konnte gar nicht schnell genug bei ihm sein. Jede Verwirrung, die mich auf dem Weg hierher überfallen hatte, verdunstete wie ein Wassertropfen im Sonnenlicht. Er legte seine Arme um mich und ich küsste ihn. Und als ich das tat – Meeresleuchten.

»Ich bin in dich verliebt, Zack Clayton«, sagte ich.

»Ich bin auch in dich verliebt«, sagte er und küsste mich wieder. »Ich bin in meine heimliche Geliebte verliebt.«

Siebenunddreißig

Es passierte in meinem kleinen Zimmer mit Dachschräge, kurz bevor die Sonne aufging und als der ganze Champagner verflogen war. Es war überhaupt nicht so, wie ich es mir vorgestellt hatte. Es war nicht so einfach, wie sie es gerne in Filmen aussehen ließen. Es dauerte eine Weile, bis alles organisiert war, bis wir uns geschützt hatten und loslegen konnten. Der eigentliche Akt war ziemlich kurz, und ich war erleichtert, dass er kurz war. Ich weiß, dass ich mir eigentlich hätte wünschen müssen, dass er länger dauerte, was ich aber nicht tat. Und was für das erste Mal wohl völlig normal ist. Ich hatte meine Augen offen, obwohl ich immer gedacht hatte, ich wäre eher der Geschlossene-Augen-Typ. Oh, und das Küssen war mir noch immer am liebsten. Ich hätte nie geglaubt, dass das Erste, was man mit einem Jungen tut, das Beste ist. Und danach fühlte ich mich tatsächlich anders; ich fühlte mich ganz zittrig und voller Energie. Vielleicht weil es auch ein gutes Training ist. Na ja, zumindest wird das immer behauptet. Mein Gesicht war ganz heiß und ich fühlte mich hübsch. Ich dachte nicht, dass ich mich hübsch fühlen würde. Oder wenn doch, dann eher auf die im fließenden weißen Nachthemd Art als auf die mit den glutroten Wangen.

Am liebsten hätte ich jemanden angerufen. Nicht weil

ich jedes kleinste Detail weitertratschen wollte, sondern weil gerne alle wissen durften, dass etwas mit mir geschehen war. Sogar als Zack langsam eindöste, wollte ich wach bleiben. Ich berührte seinen muskulösen Rücken. Er war das Schönste, was ich je gesehen hatte. Ich hob sein Hemd vom Boden auf und zog es zum Schlafen an. Es roch nach ihm. Ich schwor mir, dass ich den Moment, als ich sein Hemd anzog, nie vergessen würde.

»Sicher, dass es dir nicht peinlich wäre, wenn wir zusammen gesehen würden?«, fragte er. Er hatte den Arm um mich geschlungen und wir lagen eng aneinander geschmiegt im Bett.

»Ja«, sagte ich. »Sicher.« Und dieses Mal meinte ich es auch so.

Er küsste mich auf den Kopf, und ich hörte, wie seine Atemzüge beim Einschlafen gleichmäßiger wurden.

Ich dachte, ich wäre die ganze Nacht wach geblieben, ich weiß nämlich noch, wie der Himmel heller wurde und die Vögel zwitscherten und ich die Decke angelächelt habe. Aber ich muss dann doch eingeschlafen sein. Ich träumte gerade, ich wäre in Providence und säße auf dem großen Sofa im Wohnzimmer vor einem prasselnden Feuer, als jemand an die Tür klopfte. In meinem Traum war Winter. Draußen heulte ein Schneesturm. Der Himmel war grauviolett, die Schneeflocken flogen schräg und der Wind klopfte gegen die Fenster. Aber ich war in eine cremefarbene Decke gekuschelt und mir war warm, warm, warm.

Das Klopfen war für einen Traum viel zu hartnäckig. Es war echt.

»Cricket?«, sagte eine Stimme.

Ich kannte diese Stimme. Ich hatte sie vermisst. Ich mochte sie. Ihr Klang lockte mich aus meinem warmen Traum. Meine Augen flatterten auf. Da stand Jules mit Lulu dem Schwein in der einen Hand und einer Waffel mit Schlagsahne in der anderen. Eine Sekunde lang lächelte ich. Sie hatte Lulu nach Nantucket mitgenommen! Sie hatte mein Zimmer gefunden! Sie hatte an meinen Geburtstag gedacht! Sie hatte eine Waffel gebacken und sie den ganzen Weg von der Darling Street bis hierher gebracht! Und oh, es gab etwas, was ich ihr unbedingt erzählen musste. Als ich den Atem anhielt und versuchte, mich daran zu erinnern, was so wichtig war, so wundervoll wichtig, verzog sie angeekelt das Gesicht.

»Zack?«, fragte sie.

Achtunddreißig

Ich saß im Garten, hatte die selbst gebastelte Papiergeburtstagskrone von Liz auf dem Kopf, atmete tief ein und versuchte mich auf die gelben und weißen Blumen in der Vase vor mir zu konzentrieren, die vor gerade mal einer Stunde abgegeben worden waren. Ich hatte irgendwo gelesen, dass Blumen schlechte Energie absorbieren und die Umgebung angeblich positiver machen; weswegen Blumen kranke oder wütende Menschen freundlicher stimmen. Ich hoffte, dass das auch für besorgte Menschen galt. Inzwischen war es fast vier Uhr, und obwohl ich ständig bei Jules und Zack durchklingelte, hatte ich weder vom einen noch von der anderen gehört, seit sie heute Morgen um sieben gegangen waren. In dem Moment als Jules ihren Bruder ohne T-Shirt neben mir schlafen sah, hatte sie Lulu und die Waffel auf den Boden gestellt und war ohne ein weiteres Wort verschwunden. Beim Rausgehen hatte sie die Tür zugeknallt, wovon Zack aufgewacht war. Nachdem ich ihm erzählte, was passiert war, hatte er mich einmal geküsst und war ihr hinterher.

Als ein Lieferbote die Blumen an der Rezeption abgab und Gavin »Blumen für das Geburtstagskind!« rief, dachte ich, sie wären von Zack. Mein Herz schlug schneller, ich zog meine rosafarbenen Gummihandschuhe aus und schnappte mir die Glückwunschkarte. Konnte doch sein, dass Zack nicht zurückgerufen und auch auf meine sechs Textnachrichten nicht reagiert hatte, weil Jules immer in der Nähe war, es aber trotzdem irgendwie geschafft hatte, mir Blumen zu schicken. Oder vielleicht, überlegte ich, war er der Meinung, dass wir eine andere Art der Kommunikation bräuchten, weil wir gestern Abend das erste Mal miteinander geschlafen hatten – eine Kommunikation über Blumen. Aber dann öffnete ich den kleinen weißen Briefumschlag und mein Blick landete mit einem Rums auf dem Wort *Mom*.

»Die sind von meiner Mutter«, sagte ich zu Gavin.

»Das ist reizend von ihr!«, wies Gavin mich sanft zurecht. »Sei nicht so enttäuscht.«

Heute war Liz' freier Tag. (Ich wunderte mich, dass sie an meinem Geburtstag nicht mit mir tauschen wollte, aber sie und Shane hatten die Dienstage als ihre freien Tage abgestimmt und die waren ihnen heilig. Sie weigerten sich, auch nur einen einzigen Dienstag getrennt voneinander zu verbringen, und deswegen brachte Liz ihren Freund zu meiner kleinen Geburtstagsfeier auch mit.) Die Nacht war sie bei Shane geblieben, und so hatte ich ihr noch nicht einmal erzählen können, was passiert war. Ich fragte mich, ob Bernadette meine Unruhe spürte. Sie war freundlicher als sonst, ließ mich in Frieden und scheuchte mich nicht unter irgendwelche Betten, wo ich Wollmäusen nachjagen musste.

Ich hatte Liz an diesem Tag vor fünfzehn Minuten das erste Mal zu Gesicht bekommen. Sie hatte mir die Krone auf den Kopf gesetzt und war dann in der Küche verschwunden. Shane und ich waren allein im Garten, wo wir uns verlegen unterhielten. Zum Glück ging er eine Minute später auch nach drinnen und ließ mich allein. Mein Kopf war zu voll und meine Gedanken zu verworren für eine Runde Small Talk. Einerseits war ich außer mir vor Freude. Ich hatte Sex gehabt! Ich war verliebt! Ich fühlte mich anders und wie zum Beweis hatte ich seit acht Stunden rote Wangen. Wenn ich mich kurz im Spiegel sah, legte ich eine Hand an mein neues Gesicht. Es war warm und strahlte. Gleichzeitig spülten aber auch Wellen der Schuld und Scham über mich hinweg und ich bekam Magenschmerzen. Am liebsten hätte ich Liz zur Seite genommen und ihr alles erzählt, und sie hätte dann mit mir gefeiert und mir versichert, dass ich kein schlechter Mensch war, dass das, was ich getan hatte, nur zu verständlich und in Ordnung war und dass Jules ihre Meinung ändern und sich irgendwann für mich freuen würde.

Während Gavin und Liz Teller, Gabeln und Gläser für meine kleine Geburtstagsfeier zusammensuchten, brannte die Spätvormittagssonne auf meine Haut.

»Du siehst wie ein Geburtstagskind aus, das hin- und hergerissen ist«, sagte George, als er die Verandastufen hochkam. Er war endlich seine Krücken los und hielt etwas in der Hand. Etwas, das in Zeitungspapier gepackt war.

»Mir geht ziemlich viel durch den Kopf«, sagte ich und rang mir ein Lächeln ab.

»Das sieht man.« Er legte das mit Zeitungpapier umwickelte Geschenk vor mich. »Hier. Das ist für dich. Pack aus.«

»Wow! Danke, George.« Ich hätte nicht gedacht, dass ich etwas von ihm bekomme. Als ich das Apple-Logo auf der Schachtel sah, grinste ich. »Oh mein Gott, George, ist es das neue iPad?« Es war das, das gerade herausgekommen war. »Wow! Und das ist echt für mich?«

»Ja.« George stützte die Ellbogen auf den Tisch und verschränkte die Hände. Er grinste. »Gefällt es dir?«

»Das ist mega! Das ist total nett!«

»Du warst eine großartige Praktikantin. Ohne dich wäre ich nie so weit gekommen. Das ist das Mindeste, was ich tun kann.« Er klopfte einen Rhythmus auf den Tisch.

»Das ist so cool.« Ich holte das Geschenk aus der Schachtel. »Vielen, vielen Dank.«

»Und schau mal hier«, sagte er und nahm mir das iPad ab. Er zeigte mir eine App für Sprachaufzeichnungen. »Ich weiß zwar nicht, ob die Zusammenarbeit mit mir in diesem Sommer irgendeinen Einfluss auf dich haben wird, aber ich dachte, dass du auf jeden Fall vorbereitet sein solltest. Schließlich kann man jederzeit in eine großartige Geschichte geraten. Sie passieren ständig und jetzt kannst du sie immerhin aufnehmen.« Er nickte irgendjemandem im Haus zu und legte seinen Arm um meine Schulter.

»Und jetzt halte dir lieber die Ohren zu, Thompson, nicht dass ich dir mit meinem Gesang noch ernsthaften Schaden zufüge.«

»Happy Birthday to You …«, sang George, während Gavin einen Schokoladenkuchen in den Garten brachte, der mit einem Kranz aus Zuckerveilchen und achtzehn brennenden Kerzen dekoriert war. Liz lief mit einem Krug Eistee, auf dem Zitronenscheiben schwammen, hinterher und Shane trug ein Tablett mit Gläsern, Kuchengabeln und den schönen Porzellantellern mit Goldrand.

»Happy Birthday, liebe Cricket«, sangen sie alle, *»Happy Birthday to You!«*

Während ich die Kerzen ausblies, wünschte ich mir zwei Dinge.

Liz quietschte. Sie schaute auf die Zeitung, die als Geschenkpapier gedient hatte. Ich hatte sie auf dem Tisch liegen lassen. Es war das Lokalblatt. »Cricket, das bist ja du!«, sagte sie und zeigte auf das Titelfoto. »Du in deinem grünen Kleid und dein heimlicher Freund.« Es war ein großes Bild und zwar von Jay und mir, wie wir uns auf der Hauptstraße küssten. Die Überschrift lautete: *Bei perfektem Sommerwetter gedeiht eine junge Liebe.* Sie lachte. »Ich schätze mal, jetzt ist er die längste Zeit dein heimlicher Freund gewesen!«

Neununddreißig

Zack hatte die Zeitung garantiert gesehen. Die lag auf der Insel in jedem Geschäft. Eine Lokalzeitung mit einem Foto von Jay und mir auf der Titelseite würde nie und nimmer unbemerkt bleiben.

Nach der Geburtstagsfeier, nachdem ich mich zu einem Stück Kuchen gezwungen und bei jedem bedankt hatte, wollte ich eine Runde laufen gehen. Liz hatte mich die ganze Zeit bedeutungsvoll angeschaut. Sie hatte mir ständig ins Bein gezwickt und wollte wissen, ob ich mich anders fühlte. Ich hatte ein Nicken zustande gebracht, den Daumen hochgereckt und sogar ein bisschen gelacht, obwohl es mir die letzten Kräfte geraubt hatte.

Ich wollte ihr längst nicht mehr erzählen, was passiert war. Ich wollte sie nicht mal mehr auf meine Seite ziehen. Ich war ja selbst nicht auf meiner Seite. Warum sollte sie es dann sein? Es war schrecklich, was ich Jules da angetan hatte – dass ich meine Jungfräulichkeit an ihren Bruder verloren hatte und das nur ein paar Monate nachdem ihre Mutter gestorben war. Und der Kuss mit Jay, egal wie harmlos er in diesem Moment auch gemeint war und wie sehr er mir sogar irgendwie weitergeholfen hatte, war ein großer Vertrauensbruch gegenüber Zack gewesen. Wie hätte ich mich wohl gefühlt, wenn ich ein Bild von Zack gesehen hätte, auf dem er ein anderes Mädchen küsst, und das genau an dem Abend, an dem wir miteinander geschlafen hatten? Ich wäre entsetzt, unglücklich und sauer gewesen. Ich krallte mir in den Magen, als hätte ich gerade Gift geschluckt und nicht Buttercreme. Zum Glück wollte Shane Liz zum Surfen mitnehmen und Liz ließ Surfen mit Shane niemals sausen. Als wir fertig gefeiert hatten, konnte ich diese Farce beenden und die heitere Maske ablegen.

Ich war zu unruhig, um in meinem Zimmer zu bleiben. Ich war zu unruhig, um einfach irgendwohin zu gehen. Ich musste laufen. Ich musste rennen. Ich brauchte das jetzt. Ich wollte schwitzen und das Geräusch meiner Füße auf dem Gehweg hören und fühlen, wie die Sonne auf meinen Nacken brennt. Ich wollte spüren, wie mein Herz das Blut durch meinen Körper pumpt und wie mein Atem stoßweiße und abgehackt die Lunge füllt. Ich wollte in die Tiefen des kalten Atlantischen Ozeans springen. Ich wollte mit dem Kopf unter Wasser tauchen, meinen Mund öffnen und so laut schreien, dass die Fähren schwankten.

Ich zog meinen Sport-BH und meine Bikinihose unter mein T-Shirt und die Shorts und band die Laufschuhe fest zu. Ich schob meinen Pferdeschwanz durch eine Red-Sox-Kappe, die schon seit drei Wochen bei den Fundsachen herumlag, und zog den Schirm tief über die Augenbrauen. Ich joggte die Centre Street entlang in die Cliff Road.

Als ich fast am Strand war, kam ein roter Volvo auf mich zu. Das war Parkers Auto! Mein Magen verkrampfte sich, ich wurde panisch. Parker wusste garantiert Bescheid. Jules hatte ihr garantiert alles erzählt. Parker war selbstbewusst, unerschrocken und gemein. Und sie fuhr schnell. Ich blieb stehen und wandte mich von der Straße ab. Warum hatte ich kein Schneckenhaus, in das ich mich verkriechen konnte? Saß Jules mit im Auto? Oder Zack? Ich tat so, als würde ich meine Schnürsenkel binden. Ich zitterte, hyperventilierte fast.

Was in Providence passiert war, war ein Versehen. Als ich bei Ninas Trauergottesdienst gesprochen hatte, dachte ich, das wäre gut so. Ich war mit den besten Absichten aufgestanden und nach vorne gegangen. Und egal was Jules dachte, ich war ihr nach Nantucket gefolgt, weil ich sie unheimlich gern mochte. Aber das, was gestern Abend passiert war, war kein Versehen. Und der Kuss mit Jake war auch kein Missgeschick gewesen. Ich hatte ihn zurückgeküsst.

Ich hörte, wie der Volvo langsamer wurde, kniff meine Augen zusammen und schützte aus irgendeinem Instinkt heraus mein Gesicht. Die Scheibe surrte nach unten. Mein Herz hämmerte gegen meine Rippen. »Alles in Ordnung?«, fragte jemand. Das in dem Volvo waren gar nicht Parker und Jules, sondern eine Omi und ein Opi. »Brauchst du Hilfe, Liebes?«

»Ich habe nur einen Krampf vom Laufen«, sagte ich und atmete tief durch. »Mir geht's gut.« Ich stand auf.

»Du bist auf jeden Fall knallrot. Und vielleicht auch

dehydriert.« Die Frau reichte mir eine Wasserflasche. »Es ist zu heiß zum Laufen. Sollen wir dich irgendwohin mitnehmen?«

»Nein. Nein, danke«, sagte ich und nahm die kalte Flasche. Sie fuhren weiter.

Das war nicht Parker, aber ich konnte diese Information nicht von meinem Hirn an meinen Körper weiterleiten. Ich zitterte. Meine Beine waren wie Pudding. Irgendwie schaffte ich es nicht, meine Lunge mit dem nötigen Sauerstoff zu versorgen. Ich wollte zurück zum Gasthaus, das Licht ausschalten und mich am liebsten in meinem kleinen Zimmer mit der Rosentapete und der Dachschräge unter meiner Bettdecke verkriechen. Aber wie sollte ich dorthin kommen, wenn ich weder laufen noch atmen konnte?

»Ich nehme mir ein paar Tage frei«, sagte ich am nächsten Morgen zu Gavin. Er saß an der Rezeption und schrieb etwas in das riesige Reservierungsbuch. »Bernadette kann bestimmt für mich einspringen.«

»Was?«, sagte er stirnrunzelnd. Er hörte sich das erste Mal, seit ich ihn kannte, richtig verärgert an. »Normalerweise sucht man eine Vertretung, *bevor* man verkündet, dass man sich freinehmen will.«

»Es tut mir wirklich leid, aber es gibt einen familiären Notfall.« Was nicht mal gelogen war. Das hier fühlte sich nach Notfall an. Tränen brannten in meinen Augen.

»Sonst alles in Ordnung?«, fragte er. Ich nickte, konnte nicht sprechen. »Wann musst du los?«

»Morgen«, sagte ich. Ich hatte gestern Abend Dad angerufen, der mir noch immer den Flug nach Providence zu Alexis Geburtstagsfeier bezahlen wollte. Er hatte mir einen Flug gebucht, der um halb vier landen würde. Dann wäre ich gegen vier Uhr bei ihnen zu Hause. Ich wollte so schnell wie möglich von der Insel runter. Nantucket wurde auch »die weit entfernte Insel« genannt. Und sie ist so in sich abgeschlossen, dass man tatsächlich den Eindruck bekommen kann, in einer verzauberten, fernen Welt zu sein, die ein magischer Nebel von der Realität trennt. Aber man konnte sich auch gefangen und isoliert fühlen. Ich wollte hier raus.

»Cricket«, rief Gavin mir nach, als ich den Flur entlanglief. »Du kommst aber wieder, oder?«

»Klar«, sagte ich, ohne ihn anzusehen. »Ich bin nur zwei Tage weg.« Ich hatte schon so viele Leute enttäuscht und verletzt, was machte da noch eine weitere Lüge?

»Du siehst furchtbar aus«, sagte George, als ich ihm erzählte, dass ich für ein paar Tage verschwinden würde. Georges Bein war verheilt, er war seine Krücken los und fast fertig mit dem Buch. Er brauchte mich nicht mehr wirklich.

»Bei mir gibt es einen familiären Notfall«, sagte ich. Diese Formulierung hatte Gavin von weiteren Fragen abgehalten, und bei George hatte sie denselben Effekt.

»Das tut mir wirklich leid«, sagte George. »Kann ich dir irgendwie helfen?« Ich schüttelte den Kopf. »Okay. Gut. Aber am Wochenende bist du wieder zurück, oder?«

»Ich denke, schon«, sagte ich und schaute auf den Teppich.

»Weil ich nämlich gehofft hatte, dass du ein Interview für mich übernimmst.«

»Für das Buch?« Er nickte. Ganz kurz dachte ich mal nicht an Zack oder Jules. »Ein echtes journalistisches Live-Interview?«

»Ja.« Er lächelte. »Ein echtes journalistisches Live-Interview.«

»Wen soll ich denn interviewen?«

»Paul Morgan. Er ist doch ein Freund deiner Mutter, oder?«

»Klar.«

»Ich bin meine Aufzeichnungen durchgegangen und sein Name taucht mehr als einmal auf. Ich glaube, er und Boaty waren einmal gut befreundet. Vielleicht hat er ein paar interessante Sachen für mich.«

»Woher weiß ich, was ich ihn fragen soll?« Ich wollte hier weg, aber so eine Chance sausen zu lassen, wäre jammerschade. Das wäre meine Gelegenheit, tatsächlich ein Teil des Buches zu werden.

»Ich werde dir helfen«, sagte er. »Natürlich nur, wenn du auch Zeit dafür hast.«

Vierzig

»Vielen Dank erst mal, dass wir uns treffen können«, sagte ich zu Paul Morgan. Ich hatte ihn direkt von George aus angerufen, und er war einverstanden gewesen, dass ich am nächsten Morgen noch vor meinem Flug bei ihm vorbeikam. Wir saßen im Wohnzimmer seines Hauses in der Union Street. Es hatte Holzböden und war mit einer Mischung aus antiken Möbeln und modernen Sachen eingerichtet. An der Wand hingen Bootsgemälde und gerahmte Seekarten, und dann gab es alle möglichen unerwarteten Sachen, wie sie Nina wohl auch ausgesucht hätte. Ein knallroter Schaukelstuhl. Ein Poster von einem Theaterfestival in Frankreich. Der Typ hatte Stil. Mom würde es hier gefallen, dachte ich. Ich suchte den Kaminsims nach Bildern von einer Frau und Familie ab, entdeckte aber nur Leute, die wie Freunde aussahen. Ich glaube, man konnte guten Gewissens behaupten, dass Paul Morgan Single war.

»Oh, das mache ich doch gerne«, sagte Paul. »Mein Terminplan hier in Nantucket ist ziemlich locker.«

»Also, ich weiß das wirklich zu schätzen, ich weiß, wie kostbar Ihre Zeit ist.« Ich dachte an das, was George mir über Höflichkeit erzählt hatte. Er hatte erklärt, wie wichtig es war, dass die Interviewpartner sich wohlfühlten, damit sie mit ihren persönlichen Geschichten rausrückten und sie einem überreichten wie den Schlüssel zum eigenen Haus. George fand, dass viele Journalisten ziemliche Trottel waren, wenn es darum ging, an Informationen heranzukommen. Sie versuchten ihr Gegenüber zu überrumpeln und wollten, dass es sich unbehaglich fühlte. George vertrat da eine ganz andere Philosophie.

»Wenn es Ihnen nichts ausmacht, würde ich unser Gespräch gerne aufzeichnen«, sagte ich und tippte auf den Bildschirm meines iPads. Der Sessel, in dem ich saß, war viel zu groß, und wenn ich wollte, dass meine Füße den Boden berührten, musste ich vorn auf der Kante sitzen.

»Das macht mir überhaupt nichts aus«, sagte er und lachte ein bisschen. »Ich habe nichts zu verheimlichen. Du schreibst also ein Buch über Boaty Carmichael?«

»Nein, *ich* nicht«, sagte ich. Ich runzelte die Stirn. Dachte er etwa, das wäre ein Schulprojekt? »George Gust, der Journalist, schreibt es.«

»George Gust, der Journalist?«

»Er schreibt für die *New York Times* und den *New Yorker*«, sagte ich. Im *New Yorker* hatte George zwar erst einmal etwas veröffentlicht, aber ich fand, das hörte sich total beeindruckend an. »Das Buch wird bei Random House verlegt und erscheint nächstes Frühjahr.« Paul Morgan nickte und sah tatsächlich beeindruckt aus. »Ich bin seine Praktikantin«, fuhr ich fort, »und da Sie ein *besonderer Freund* meiner Mutter waren, fand er es in Ordnung, wenn ich Sie interviewe.« Während ich »besonderer Freund«

sagte, beobachtete ich ihn ganz genau. Da, seine Augen leuchteten auf. Darauf komme ich später noch mal zurück, dachte ich. Selbst wenn ich nicht mehr nach Nantucket zurückkehren würde, hieß das ja nicht, dass ich nicht irgendwo ein Treffen mit Paul und Mom arrangieren könnte. In Boston vielleicht.

»Tja, also, was möchtest du wissen?«, sagte er und klatschte einmal in die Hände.

»Ich glaube, ich würde gerne wissen, ob Sie irgendwelche besonders kostbaren Erinnerungen an Boaty haben.«

»Hm, lass mal überlegen. Ich lernte Boaty in dem Sommer kennen, als ich mit der Uni fertig war. Ich komme schon mein ganzes Leben lang hierher, aber für Boaty war es sein erster Inselsommer. Nach einem Monat kannte er jeden hier. Er war sehr einnehmend. Selbst meine Mutter hatte sich in ihn verguckt. Ich weiß noch, als er ihr ein Geburtstagsgeschenk vorbeigebracht hat, ach, vergiss es, es war, als würde er schon an seinem Wahlkampf arbeiten. Auf ihre Stimme konnte er ein Leben lang zählen.«

»Was hat er ihr denn geschenkt?«

»Eine Flasche *Oil of Olaz!«,* sagte er und zwar so, als würde ihm erst jetzt auffallen, wie lustig das war. Wir lachten beide. »Als ich ihm das erste Mal begegnet bin, war er eher ein Hinterwäldler, aber, Mann, er lernte schnell.«

Und los ging's. Paul lehnte sich in seinen Sessel zurück und erzählte von einem Segelausflug, den sie unternommen hatten, und dass Boaty das beste Schinken-Essiggurken-

Sandwich machte, weil er außer Senf noch Kartoffelchips in das Sandwich packte, und von den Lagerfeuerstrandpartys, die bis zum Morgengrauen dauerten. George hatte recht. Leute erzählten gerne. Ich schaute auf die alte Standuhr. Eine Stunde war schon vorbei, und außer dass ich ein paar Mal nachgehakt oder Paul darum gebeten hatte, einen bestimmten Aspekt näher auszuführen und mehr darüber zu erzählen, war ich kaum zum Zug gekommen. Ich musste fast schon wieder los. Keine Ahnung, ob ich etwas herausbekommen hatte, was wir gebrauchen konnten, aber in ein paar Stunden ging mein Flieger und ich musste allmählich zum Schluss kommen.

»Vielen, vielen Dank«, sagte ich, als eine kleine Pause entstand. »Das war sehr aufschlussreich.« Ich klappte mein Notizheft zu und schaltete das iPad aus.

»Na«, sagte Paul und hielt sich an den Armlehnen seines Sessels fest, »deine Mutter und dein Vater sind bestimmt sehr stolz auf dich. Ein Praktikum bei einem Journalisten und das noch vor dem Abschluss. Kommen sie dich besuchen?«

»Ich versuche gerade, meine Mutter zu überreden«, sagte ich. »Aber sie würden nicht zusammen kommen. Sie sind geschieden.«

»Das tut mir leid«, sagte er.

»So was passiert eben manchmal.«

»Falls deine Mutter kommt, würde ich euch beide sehr gern zum Abendessen einladen.«

»Das richte ich ihr gerne aus.«

Während er aufstand und mich zu Tür brachte, lächelte er mich herzlich an. Ich folgte ihm durch die Küche mit dem gesprenkelten Boden und einer altmodisch aussehenden Spüle. In den offenen Regalen war blau-weißes Geschirr gestapelt. Zitronengelbe Vorhänge bauschten sich im Wind. Ich konnte mir Mom in dieser Küche total gut vorstellen, wenn sie dem Ganzen doch nur eine Chance geben würde.

»Oh, da gibt es noch eine Kleinigkeit, die dich vielleicht interessieren könnte«, sagte er. »Jeder dachte, Boaty hätte seinen Spitznahmen, weil er Boote so sehr mochte.«

»Ja, da gibt es diese Geschichte, dass er als Kleinkind einen Wäschekorb zu einem Boot umfunktioniert hat und unbedingt darin schlafen wollte«, sagte ich. Paul öffnete die Haustür und wir traten auf die Veranda in einen perfekten Nantucket-Morgen – warm, windig und angenehm duftend.

»Das mag ja stimmen«, sagte Paul Morgan, »aber so ist er nicht zu seinem Spitznamen gekommen.«

»Oh. Wie denn dann?«

»Sein kleiner Bruder hat ihn so getauft. Boaty hatte unten am Rücken ein großes Muttermal in Form eines Bootes.« Ich lächelte und machte mir eine Notiz. Das war genau die Art von Kleinigkeit, die George suchte. Jetzt war ich doch noch erfolgreich gewesen!

»Wenn du lächelst, siehst du genau wie deine Mutter

aus«, sagte er. »Du bist bestimmt eine echte Herzensbrecherin.«

Sie haben ja keine Ahnung, dachte ich, während ich ihm die Hand schüttelte und mich ein letztes Mal bedankte. *Sie haben ja keine Ahnung.*

Einundvierzig

Als ich aus dem Taxi stieg, küsste Dad mich auf die Stirn. Er bezahlte den Taxifahrer und nahm meine Reisetasche. An das Geländer der Veranda waren haufenweise Luftballons geknotet. Und vor dem Haus hing ein großes farbiges Banner, auf dem in den Grundfarben HAPPY BIRTHDAY, ALEXI! stand.

»Hallo, Dad.« Ich lehnte mich gegen ihn, an sein Hemd. Er schlang die Arme um mich und drückte mich. Das brauchte ich gerade. Eine Papa-Umarmung. Ich konnte ihm nicht wirklich erzählen, was passiert war (wer möchte seinem Vater schon Einzelheiten aus seinem Liebesleben erzählen?), doch ich hoffte, dass er meine Verletzung irgendwie spürte und ein besonderes Papa-Pflaster dafür hätte. Wenn ich als kleines Kind hingefallen war und mein Knie aufgeschürft hatte, nahm er mich immer so schnell in seine Arme, dass ich tatsächlich zu weinen vergaß. Jetzt kamen mir allerdings Tränen, also drückte ich ihn in der Hoffnung zurück, sie aufhalten zu können.

Ich hatte Mom noch nicht gesagt, dass ich nach Hause kommen würde. Ich ertrug ihre Traurigkeit nicht. Sie war zu dunkel und zu tief, und in diesem Moment befürchtete ich mehr denn je, dass sie mich mit hinabziehen würde und ich nicht mehr rauskäme. Was, wenn ich so war wie sie? Was, wenn ich depressiv wurde? Was, wenn so eine dunkle Wolke schon auf mich wartete?

Dad tätschelte mir dreimal den Rücken, entließ mich aus der Umarmung und führte mich zum Haus. »Komm mit, die Party ist schon voll im Gange.«

»Okay«, sagte ich.

»Tante Phyllis ist hier«, sagte er. »Und Onkel Rob auch.« Ich wollte gerade fragen, warum Tante Phyllis, die in Maine wohnte und uns sonst nur an Weihnachten besuchte, hier in Providence war, als Dad das Gartentörchen öffnete. Dort im Garten meines Vaters standen Lamas. Lamas! Und andere Tiere auch. Es gab ein Schaf, eine Ziege und ein Schwein – einen ganzen Streichelzoo. Und dann noch eine von diesen Hüpfburgen. Da war ein Typ in Latzhose, der auf einem Heuballen saß und den Kindern Lieder vorspielte. Außerdem gab es eine Popcornmaschine, so eine, wie sie auch in Kinos steht. Und wer waren all die Leute? War dort drüben etwa eine Kellnerin, die Bowle verteilte? Moms Geburtstagsparty zum Vierzigsten war die einzige Feier, die dieser hier auch nur annähernd glich, und damals hatte es keine Kellnerin gegeben.

»Oh mein Gott, Dad. Das ist umwerfend. Wofür ist das alles?«

»Alexis Geburtstag«, sagte er. »Er ist sechs!«

»Das ist echt cool, dass du das alles auf die Beine gestellt hast.«

»Na ja, wenn ich so ein Theater veranstalte, ist Polly

glücklich«, sagte Dad strahlend. »Und wenn Polly glücklich ist, bin ich das auch.« Und da war Polly auch schon, in einem Sommerkleid. Sie sah wirklich glücklich aus. Ihre Hände lagen auf Alexis Schultern. Er beobachtete ganz fasziniert den Gitarrenmenschen. Polly winkte mir zu und ich winkte zurück.

»Guck mal, fällt dir was auf?«, fragte ich Dad und machte eine Drehung in meiner neuen Jeans.

»Neue Frisur?«, fragte Dad.

»Nein! Ich hab die Jeans an, die du mir geschenkt hast. Meine Clovers!«

»Oh, gefällt sie dir?«

»Total!«

»Gut. Polly hat sie ausgesucht«, sagte er.

Ich lächelte, obwohl meine Gedanken auf einmal alles andere als fröhlich waren. Also hatte er die große Geburtstagsherausforderung doch nicht gemeistert. Polly hatte mein Geschenk ausgesucht. Und er hatte im allerletzten Jahr aufgegeben.

Jetzt gesellte sich eine Frau zu uns, die ich nicht kannte. Sie und Dad unterhielten sich über eine besondere Schule, die Alexi ab Herbst besuchen sollte.

»Dein Vater ist ein wahrer Heiliger«, erklärte die Frau. »Ein Engel!«

»Ich weiß«, sagte ich. Meine Wangen taten vom Dauergrinsen schon weh. Eine der Ziegen meckerte. Dad mochte Zoos überhaupt nicht, er reagierte auf alle Tiere allergisch.

»Bring deine Tasche doch nach drinnen, Schatz, damit du die Feier genießen kannst«, sagte er und drückte meine Schulter.

»Ja, gut.« Ich ging ins Haus. Ich stellte meine Tasche in die Küche und suchte nach einem Glas, ich brauchte dringend einen Schluck Wasser. Aber ich konnte die Gläser nicht finden. Ich hatte keine Ahnung, wo sie hier standen. Also schnappte ich mir einen Becher und hielt ihn unter den Wasserhahn. Während er volllief, beobachtete ich Polly und Alexi durch das Küchenfenster.

Dad brachte Polly etwas zu trinken und legte den Arm um sie. Er wuschelte Alexi durchs Haar. Polly nannte Dad immer ihren »edlen Ritter«, ihren »Traummann«. Und jetzt kapierte ich es. Er würde alles für sie tun. Er würde seinen Garten sogar dauerhaft in einen Zoo umwandeln. Er *liebt* die beiden, dachte ich, als Polly sich an ihn lehnte. *Er liebt sie wirklich.*

Ich trank einen Schluck Wasser, meine Hand zitterte. Dad hatte Mom und mich gegen Polly und Alexi eingetauscht. Wir waren abgeschrieben und sie angesagt – wir hatten einfach Pech gehabt. Was ungerecht war. Was total ungerecht war. Diese Menschen, diese *Fremden*, hatten mir meine Familie geklaut. Ich trank das Wasser aus. Dann entdeckte ich eine offene Weinflasche. Mit zitternden Händen füllte ich den Becher bis zum Rand und trank ihn in ein paar Zügen aus. Mein leerer Magen zog sich zusammen. Tief in mir drinnen saß ein Schrei, der wie ein Krokodil lauerte.

»He, Schatz, alles gefunden, was du brauchst?«, fragte Dad. Hinter ihm fiel die Fliegengittertür zu.

Ich drehte mich zu ihm um, verschränkte die Arme und starrte ihn an.

»Alles in Ordnung?«

»Der achtzehnte Geburtstag ist viel wichtiger als der sechste«, sagte ich. Ich hasste es, wie zickig sich das anhörte, aber der Wein war mir direkt in den Kopf gestiegen. Mir war schwindelig und heiß, und ich war mir sicher, dass ich recht hatte.

»Sag bloß, du wolltest auch einen Streichelzoo, Cricket.« Er lächelte, sah aber irgendwie auch verunsichert aus. Er suchte Blickkontakt, als wollte er *Machst du Witze?* sagen.

»Du hast es nicht fertiggebracht, was für mich auszusuchen, aber für Alexi hast du ein … ein … Bauernhoffest organisiert?« Meine Stimme war schrill, laut. Was mir durchaus auffiel, aber ich konnte es nicht abstellen, als gehörte sie einer anderen Person.

»Ich dachte, die Jeans gefällt dir.« Er legte mir eine Hand auf den Rücken. Ich sprang weg, als wäre sie ein heißes Bügeleisen.

»Darum geht es doch gar nicht«, sagte ich.

»Worum geht es denn dann?«

»*Du* solltest das Geschenk aussuchen. Nur du.«

»Also, Polly und ich sind jetzt ein Team.«

Ein Team? Kotz. »Tja, weißt du, wenn du so was wie

das hier mal für Mom gemacht hättest, dann hätte sie vielleicht keine solchen Depressionen bekommen. Aber du hast es ja nicht mal versucht.«

»Doch, habe ich«, flüsterte er.

»Nicht so wie hier«, sagte ich und zeigte nach draußen auf die Party. Mir traten Tränen in die Augen. »*So* hast du es nie versucht!«

»Ach, Schatz.« Er breitete die Arme aus, aber ich trat schnell einen Schritt zurück.

»Warum hast du nicht um sie gekämpft? Warum hast du nicht um uns gekämpft?« Ich presste meine Fingerspitzen so stark gegen meine Brust, dass rote Abdrücke zurückblieben. Tränen liefen meine Wangen hinunter. Ich bekam keine Luft. Dad wollte mich umarmen, aber ich wich aus, drehte mich weg, hielt mich an der Arbeitsplatte fest. »Ich kapier nicht mal, warum du sie liebst. So toll ist Polly doch gar nicht und Alexi ist nicht mal dein Kind. Wer weiß, von wem er wirklich ist.«

»Cricket, das reicht«, sagte Dad leise und wütend.

Ich drehte mich um. Da stand Polly und hatte die Hände vor den Mund geschlagen.

»Du gehst jetzt besser«, sagte Polly. Dad schlang die Arme um sie, als wäre sie ein kleines Mädchen, als wäre sie seine einzige richtige Tochter, als müsste sie vor einer schrecklichen Fremden beschützt werden, die in ihr Haus eingedrungen war.

»So habe ich das doch gar nicht gemeint«, sagte ich

bittend. In meinen Ohren rauschte es. »Das ist ungerecht. Ich wusste nicht, dass sie da war.«

»Geh zu deiner Mutter«, sagte Dad kopfschüttelnd. »Nimm einfach deine Sachen und geh zu deiner Mutter.«

Ich schnappte meine Reisetasche und rannte aus der Tür.

Zwanzig Minuten später war ich bei den Claytons. Also nicht bei ihnen in Nantucket, sondern in ihrem Haus in Providence. Ich wusste, wo sie ihren Schlüssel versteckten, unter der steinernen Meerjungfrau im Garten, und den Code für die Alarmanlage kannte ich auch. Ich öffnete die Tür zu der pfauenblauen Diele mit der Bauernmöbelgarderobe und dem dunklen Holztisch, auf dem eine silberfarbene Schüssel mit Wellenrand stand. An der Wand hing das Porträt der Frau mit dem grünen Schal.

Ich ging die Treppe hinauf, nahm immer zwei Stufen auf einmal, und machte die Tür zu Jules' Zimmer auf, wo es stickig und heiß und vertraut und sicher war. Ich schüttelte meine Schuhe ab, warf die gesteppte Tagesdecke vom Bett und verkroch mit unter den Betttüchern – den wunderschönen kühlen Betttüchern, die Nina aus Italien mitgebracht hatte. Nina, dachte ich. Nina hätte gewusst, was sie sagen musste, damit es mir besser ging. Sie hätte mir Worte geschenkt, an denen ich mich festhalten konnte, während die Welt aus den Fugen geriet. »Nina«, sagte ich laut. »Sei bitte ein Gespenst, sei bitte ein Gespenst.« Ich trommelte mit den Beinen auf die Matratze und hoffte, dass die Lampen aufleuchteten. Ich spitzte die Ohren und wartete auf ein Knarren, leise Schritte, ein Fenster, das aufflog, oder darauf, dass die Stereoanlage anging. Ich wartete darauf, dass ich eine Gänsehaut bekam, dass sie mir zeigte, dass sie da war, doch da war nichts außer Stille. Tote, leere Stille.

Ich bin achtzehn, sagte ich mir. Der ganze Scheidungskram sollte mir nichts mehr ausmachen. Nächstes Jahr würde ich zur Uni gehen. Und ich hatte für Mom sogar einen echt netten Typen aufgetan. Warum war ich so fertig? Und warum ging mir das dermaßen an die Nieren? Warum war das nicht direkt nach der Scheidung passiert? Oder als Dad wieder geheiratet hatte?

Zack. Es berührte mich so, weil ich mich verliebt hatte. So war das mit Gefühlen. Sie fanden einander. Und sobald man einem davon die Tür öffnete, kamen die anderen hinterher. Ich zog das Laken über den Kopf, rollte mich ganz klein zusammen und ließ die Tränen laufen, bis ich müde und erschöpft war und bis meine Augen rot waren und mein Magen wehtat. Eine Stunde ging vorbei und dann noch eine, und schließlich schlief ich ein.

Als ich wieder aufwachte, dämmerte es schon. Das Licht ging an. Mom stand in der Tür.

»Cricket«, sagte sie. Sie stürzte zum Bett und breitete die Arme aus. »Oh Liebes, ich habe mir solche Sorgen gemacht. Ach, meine Kleine, da bist du ja.« Sie schlang die Arme um mich.

»Mom«, sagte ich und heulte ihren Pulli voll. »Mom, ich bin so allein.«

»Nein, das bist du nicht. Ich bin bei dir.« Und zum ersten Mal, seit wer weiß wie lange, durfte sie mich im Arm halten. Wirklich halten. Sie roch nach Paul-Mitchell-Shampoo und Mandelseife und ein bisschen nach Frühstücksflocken. Sie roch nach Zuhause.

Zweiundvierzig

»Dad sagt, dass du etwas Schreckliches über dieses Kind gesagt hast und einen Becher Pinot Grigio getrunken hast und dann wie ein geölter Blitz durch den Garten abgehauen bist. Ich wusste ja nicht mal, dass du nicht mehr in Nantucket bist. Was ist passiert? Was ist los?«

»Das würdest du sowieso nicht verstehen.«

»Versuch's doch mal.«

Ich fing mit dem Anfang an. Dem Trauergottesdienst. Ich erzählte ihr von der Party und Parker und die fiese Sache, die ich über Jay und seinen Bruder gesagt hatte. Ich erzählte, dass Zack und ich uns heimlich getroffen hatten, dass ich gar nicht wollte, dass so was passiert, dass unsere Beziehung sich aber verselbstständigt habe. Ich erzählte ihr, dass es was Ernstes sei.

»Wie ernst?«, fragte sie.

»Ernst«, sagte ich.

»Ernsthaft ernst?« Sie schloss die Augen.

»Ja.«

»Darauf bin ich noch nicht vorbereitet«, sagte sie und schlug die Hände vors Gesicht. »Wart ihr geschützt?«

»Mom! Darüber will ich jetzt echt nicht reden.«

»Als deine Mutter muss ich das fragen. Das ist meine Pflicht. Wart ihr geschützt?«

»Na gut. Ja.«

»Okay. Hast du vor, dass es demnächst noch mal ernst wird? Dann sollten wir einen Termin beim Arzt ausmachen.«

»Mom, jetzt nicht.«

»Okay, okay. Darüber können wir später reden.« Sie räusperte sich. »Bist du noch immer mit Zack zusammen?«

Ich erzählte ihr von Jay und dem Foto in der Lokalzeitung und dass mich jetzt jeder auf Nantucket hasste und ich nicht zurückkonnte. Ich sagte ihr, dass ich für den Herbst ein Internat bräuchte. Ein Internat, das mindestens zwei Bundesstaaten entfernt war.

»Du wirst auf kein Internat gehen«, sagte Mom.

»Warum nicht?«

»Weil du dich dem stellen musst.«

»Warum?«

»Weil du nicht einfach weglaufen kannst. Liebst du ihn?«

»Ja.«

Mom lächelte. »Das kam ohne Zögern.«

»Ich weiß einfach, dass ich ihn liebe. Aber ich weiß nicht, was ich tun soll.«

»Zuerst einmal müssen wir hier raus.«

»Warum?«

»Weil wir hier unerlaubt eingedrungen sind, darum«, sagte sie und wirkte fast ein wenig amüsiert, dass mir das nicht selbst aufgefallen war.

»Woher wusstest du, dass ich hier bin?«

»Ich hatte so ein Gefühl. Du liebst dieses Haus.«

»Wie bist du reingekommen?«

»Die Tür stand sperrangelweit auf, und alle Lichter waren an und führten direkt in dieses Zimmer hier. Du hättest genauso gut eine Spur Brotkrümel ausstreuen können. Und jetzt komm. Ich denke, wir sollten was zu Abend essen und alles besprechen.«

Ich schüttelte den Kopf.

»Mir ist nach gebackenen Muscheln.«

Ich stöhnte. Sie wusste, wie sehr ich gebackene Muscheln mochte. Sie nahm meine Hand und sah mir in die Augen. »Das kriegst du hin.«

»Ich kann nicht nach Nantucket zurück«, sagte ich.

»Gerade rede ich nur davon, dass du aufstehst und dir ein bisschen Wasser ins Gesicht spritzt. Das reicht schon.«

Okay, dachte ich. Okay, das bekomme ich hin.

»Einen Fuß auf den Boden«, sagte sie.

Ich stellte einen Fuß auf den Boden.

»Und jetzt den anderen.«

Beide Füße standen auf dem Boden. Als das erst mal geschafft war, war es gar nicht mehr so schwer, aus diesen weichen italienischen Laken zu krabbeln. Ich öffnete die Tür zu Jules' kleinem Badezimmer und drehte den Kaltwasserhahn auf. Es war lange her, dass ich diesen Ich-habe-die-Regie-übernommen-Tonfall bei Mom gehört hatte. Bestimmt drei Jahre.

»Es gibt aber auch gute Neuigkeiten«, sagte ich, während ich mir eine Ladung Wasser ins Gesicht klatschte.

»Welche denn?«, fragte sie.

»Paul Morgan ist noch immer in dich verliebt.« Ich trocknete mein Gesicht mit einem Handtuch ab, das mit Jules' geschwungenen Initialen bestickt war.

»Was? Wer ist Paul Morgan?«

»Deine erste große Liebe?«

»Ich habe keine Ahnung, wovon du redest.«

Ich beobachtete im Badezimmerspiegel, wie sie das Bett machte. Es sah nicht so aus, als würde sie lügen. Da war überhaupt keine Gefühlsregung zu spüren. Sie konzentrierte sich voll und ganz auf das Laken, das sie feststeckte.

»Sagt dir der Name Paul Morgan wirklich nichts?«, fragte ich.

»Nein, gar nichts«, antwortete sie. Sie schüttelte die Kissen auf.

»Vielleicht hilft dir ja das hier.« Ich trocknete meine Hände ab und zog das Emily-Dickinson-Buch aus der Tasche. Ich blätterte durch die Seiten, bis ich das Bild von Mom und dem Typen fand. Ich zog es heraus. Und da entdeckte ich das bootsförmige Muttermal.

»Oh mein Gott, Paul Morgan war gar nicht deine erste große Liebe. Das war Boaty Carmichael.«

Dreiundvierzig

Wir gingen zu *Sues Muschelbude* nach Newport. Dort bestellten wir gebratene Muscheln, Krautsalat und diese Limonade, die neongelb aussieht und lecker künstlich schmeckt. Wir setzten uns auf dieselbe Seite der Picknickbank, damit wir beide aufs Meer schauen konnten. Ich erzählte Mom von meiner Arbeit für George und sie erzählte mir von Boaty.

Sie sagte, dass sie ineinander verliebt gewesen waren. Die Beziehung hatte nur sechs Wochen gedauert, aber damals waren es die aufregendsten, romantischsten Wochen ihres Lebens gewesen. Sie war sich wie die Hauptdarstellerin in ihrem eigenen Film vorgekommen. »Mit seinem strahlenden Lächeln konnte er einen ganzen Raum ausleuchten. An unserem zweiten gemeinsamen Tag knutschten wir im Besenschrank und schworen uns im Mondlicht unsere Liebe. Wir waren so glücklich, aber wir hielten unsere Beziehung geheim.«

Was mit ihrer Arbeit zusammenhing. Die Angestellten des *Nantucket Strandclubs* durften sich nicht miteinander verabreden. Der Strandclub hatte zwei Standorte. Einen in Sconset und einen in der Nähe der Stadt. Mom arbeitete in beiden. In dem in Sconset arbeitete sie unter der Woche mit Boaty und in dem anderen am Wochenende mit Paul

Morgan. Obwohl Mom sich nach wie vor nicht an Paul erinnern konnte, wusste ich, dass es so gewesen sein musste. Paul hatte erzählt, dass er in dem Club in der Stadt gearbeitet hat, und sich genau an sie erinnert. Ich schätze, Mom war so eingenommen von Boaty, dass sie einfach keinen anderen Mann wahrgenommen hat. Der Manager war der Meinung, dass Angestellte, die miteinander ausgingen, nur Probleme verursachten und von ihrer Arbeit abgelenkt wurden – sogar wenn sie in zwei verschiedenen Hotels arbeiteten. »Ich war ja noch Schülerin, aber Boaty brauchte das Geld.« Was die beiden miteinander trieben, war eigentlich gesetzeswidrig. Boaty war zweiundzwanzig und Mom erst siebzehn. »Aber«, fügte sie hinzu, »ich glaube, durch die Heimlichtuerei wurde es nur noch aufregender.« Ich wusste genau, was sie meinte.

»Und was ist dann passiert?«

»Lilly Francis«, sagte Mom. »Ich kannte sie von dem Halbjahr auf diesem schrecklichen Internat. Sie kam aus einer der reichsten, mächtigsten und am besten vernetzten Familien des Landes. Was Lilly wollte, bekam sie auch. Und von dem Moment an, als sie Boaty das erste Mal zu Gesicht bekommen hatte, war sie hinter ihm her.«

»Mochte er sie auch?«

»Zuerst nicht. Er nannte sie Schweinenase«, Mom drückte mit dem Zeigefinger ihre Nase nach oben, »weil sie ungefähr so aussah.«

»Wie gemein«, sagte ich lachend.

Mom zuckte die Schultern. »Aber sie war hartnäckig, und als er dann langsam kapierte, wer sie war, was für ein Reichtum ihr zu Verfügung stand und welche Verbindungen sie hatte …« Mom hielt inne, aß eine Muschel und schüttelte den Kopf. Sie wischte ihre Finger an einer Papierserviette ab. »Tja, ab da nannte er sie nicht mehr Schweinenase, sondern Lilly.«

»Aber er war in dich verliebt«, sagte ich.

»Ja, das war er. Ich habe ihm seine Vokuhila abgeschnitten und seinen Hemdkragen hochgeschlagen, dadurch hat ihn jemand wie Lilly überhaupt erst beachtet. Und ich habe sie einander vorgestellt. Später wurde mir klar, dass er zweigleisig fuhr. Aber ich glaube, der Grund, warum ich mich dermaßen zu ihm hingezogen fühlte, war auch der Grund, warum er Schluss gemacht hat: sein Ehrgeiz. In Lilly hatte er jemanden gefunden, der ihn dorthin bringen konnte, wo er hinwollte, und zwar schnell. Das nächste Mal, als er nach Nantucket kam, arbeitete er nicht mehr im Strandclub. Er war Mitglied und mit Lilly verheiratet.«

»Du warst die Erste, die er benutzt hat, Mom. Du warst die erste Sprosse auf der Leiter zu seinem Erfolg. Du solltest mit George reden.«

»Ich werde darüber nachdenken.«

»Unglaublich, dass er dich für Schweinenase aufgegeben hat!«

»Tja, wenn's dunkel wird, sind alle Mädchen gleich«, sagte sie und lächelte.

»Und was war dann mit dir? Die Tagebucheinträge haben einfach aufgehört.«

Sie schüttelte den Kopf. »Er hat von jetzt auf gleich kein Wort mehr mit mir geredet. Hat mich einfach ignoriert. Ich war todunglücklich. Bin aus Nantucket fort und nach Hause gefahren. Er hat mich aus seiner Erinnerung gelöscht, und das habe ich auch versucht. Ich habe ihn begraben. Niemandem von ihm erzählt. Wenn einem zum ersten Mal das Herz gebrochen wird, ist das speziell. Es ist irgendwie das schlimmste Mal.«

Ein Vater mit seinen beiden kleinen Jungs setzte sich uns gegenüber.

»Dad hasst mich«, sagte ich. »Was ich gesagt habe, war schrecklich.«

»Er hasst dich nicht«, antwortete sie. »Aber du solltest dich bei ihm und Polly entschuldigen. Er beruhigt sich schon wieder. Er hat dich lieb, Schatz. Er ist dein Vater. Und ich habe dich auch lieb. Wir sind deine Eltern. Du darfst nicht mehr so tun, als würdest du zu einer anderen Familie gehören, abgemacht?«

»Unter einer Bedingung. Du musst mithelfen, dass es dieser Familie besser geht. Du triffst dich mit Paul Morgan.«

»Ich weiß nicht mal, wer dieser Mann ist.«

»Wenn du ihn siehst, wird dir das schon wieder einfallen. Komm schon, Mom.«

»Ich habe dir doch gesagt, dass ich noch nicht so weit bin. Ich möchte niemanden kennenlernen.«

»Und ich sage dir, dass es Zeit wird. Komm schon. Er sieht gut aus und ist echt nett und er findet dich großartig. Und er hat ein tolles Haus auf Nantucket.« Während ich den letzten Schluck meiner Neonlimo hinunterschlürfte, ließ ich sie nicht aus den Augen. Sie rührte sich nicht. »Dann versprich wenigstens, dass du nicht mehr *Real Life Mysteries* anschaust.«

»Das ist meine Lieblingssendung.«

»Ja, aber die läuft samstagabends und ist für Leute gedacht, die schon hundert sind. Oder mindestens fünfundfünfzig.«

»Das stimmt doch gar nicht«, sagte sie.

»Und warum läuft dazwischen nur Werbung für Erwachsenenwindeln und Viagra?« Ich seufzte. »Du musst mal wieder im richtigen Leben ankommen, Kate.«

»Als ob das so einfach wäre. Und nenn mich bitte nicht Kate.«

»Vielleicht ist es ja gar nicht so schwer, wie du denkst.« Wir warfen unseren Abfall weg, gingen zurück zum Auto und stiegen ein. Einen Moment lang saßen wir einfach nur da und schauten aufs Wasser. Ich kramte mein Handy heraus. Noch immer kein Wort von Zack. Ich wollte nicht nach Nantucket zurück. Ich wollte aber auch nicht nach Providence. Ich würde einfach hier in *Sues Muschelbude* bleiben. Für immer.

Mom redete zuerst, und es war fast so, als könnte sie meine Gedanken lesen. »Ich kann dich nicht zum Zurückgehen zwingen. Aber du hast nur noch eine Woche. Und wenn du jetzt alles hinschmeißt, versaust du dir dein erstes Arbeitszeugnis, und wer weiß, vielleicht schreibt dir dieser Autor ja eine Empfehlung für die Uni. So kurz vorm Ende aufgeben, sieht nicht gut aus. Und meinst du nicht auch, es wäre besser, mit Jules darüber zu reden, solange die Sache noch frisch ist?«

»Nein. Schon beim Gedanken, dorthin zu gehen und mit Jules zu reden, wird mir schlecht.«

»Manchmal muss man Dinge tun, die einem unangenehm sind.«

»Aber du nicht?«, fragte ich und drehte mich zu ihr. »Du gehst ja nicht mal zu einer Verabredung.«

»Das ist was anderes.«

»Quatsch.« Ich kurbelte das Fenster herunter und streckte die Füße raus. »Dieser Apfel ist direkt neben dem Stamm gelandet.«

Sie lehnte sich zurück, rieb sich die Schläfen und schloss die Augen. Dann seufzte sie.

»Füße zurück ins Auto.«

Ich gehorchte und sie ließ den Motor an.

»Okay. Wenn ich mich mit diesem Paul Morgan treffe, gehst du dann zurück nach Nantucket? Wirst du dann noch die eine Woche arbeiten und mit Jules reden?«

»Ja«, sagte ich und schnallte mich an, während wir vom Parkplatz fuhren. Ich beugte mich zu ihr und drückte sie so fest, dass wir ein bisschen aufs Gras fuhren.

»Mach schnell das Radio an«, sagte Mom und bugsierte uns zurück auf die Straße, »bevor ich's mir noch mal anders überlege.«

Ich stellte den Achtziger-Sender ein und drehte voll auf.

In dieser Nacht hörte ich, wie Mom in ihrem Schlafzimmer lachte.

»Was machst du?«, rief ich in die Dunkelheit.

»Ich lese mein Tagebuch«, sagte sie, beinahe keuchend. »Das Teil ist total witzig.«

Vierundvierzig

»Ich glaube, der Typ hat schon hier gearbeitet, als ich das letzte Mal mit der Fähre gefahren bin«, raunte Mom mir über den unfreundlichen weißhaarigen Typen hinter der Essensausgabe zu. Wir kauften Hotdogs und Pommes, einen Eistee für mich und einen Weißwein für Mom und ergatterten zwei Sitze an der Reling. Heute war es wolkig und sogar ein bisschen kühl. Hätte ich bloß meine Jeans angezogen. Ich hatte Mom gesagt, dass sie nicht mitkommen brauchte, aber jetzt war ich doch froh, dass sie da war. Ich hatte Angst, Jules und Parker wiederzusehen und von Zack zurückgewiesen zu werden, und wenn ich daran dachte, dass ich noch mal in eine Situation kommen würde, in der ich weder atmen noch mich bewegen konnte, war ich noch froher, dass sie bei mir war.

Ich hatte ihr von dem Vorfall mit dem roten Volvo erzählt. Und zwar noch in Providence, während sie packte und ich mit meinem Laptop auf ihrem Bett saß. Ich erzählte ihr, dass es sich angefühlt hatte, als würde mich jemand erwürgen.

»So was nennt man Panikattacke«, sagte Mom. »Also, hast du jetzt ein Bild von diesem Paul oder nicht?«

Ich hatte ihn gegoogelt und ein Foto auf der Webseite seiner Kanzlei entdeckt.

»Oh, doch, ich glaube, ich erinnere mich an ihn. Er war lustig.« Sie sah sich das Foto eingehend an. »Schöne Haare. Und er erinnert sich an mich?«, fragte sie.

»Ich hab dir doch schon gesagt, dass er fast ein bisschen in dich verknallt ist.«

Mom lächelte und schob sich die Haare hinters Ohr. Dann wühlte sie im Schrank und zog … ein Paar hochhackige Schuhe heraus. Die ungelogen verstaubt waren.

»Cricket, da bist du ja wieder!« Liz hatte einen Stapel frischer Handtücher im Arm und war auf dem Weg nach oben. Sie legte ihn auf einen Tisch und fiel mir um den Hals. »Ich bin so froh!« Sie trat einen Schritt zurück und tat so, als würde sie mir eine Ohrfeige geben. »Mich einfach zwei ganze Tage lang mit Bernadette allein lassen, voll unverschämt!« Sie streckte Mom die Hand entgegen. »Und Sie sind bestimmt Crickets Mutter. Ich bin Liz.«

»Freut mich, dich kennenzulernen«, sagte Mom.

»Ich bin Crickets Spezialberaterin in Herzensangelegenheiten«, sagte Liz.

»Oh, so jemanden könnten wir alle gut gebrauchen«, sagte Mom lachend.

»Vor allem die hier.« Liz blies sich eine Locke aus den Augen. »Welches Zimmer ist Ihres, Mrs Cricket? Dann sorgen wir dafür, dass Sie auch immer genügend Handtücher bekommen. Und wenn Sie's klug anstellen, vielleicht sogar noch ein Stück Extraseife.«

»Ich denke, Zimmer vierzehn wäre gut. Ich muss das nur kurz mit Gavin besprechen«, sagte ich.

»Du solltest Liz mal in Irland besuchen, Cricket«, sagte Mom. »Ihr würdet bestimmt viel Spaß haben.«

»Das ist leider nicht mehr möglich.« Liz strahlte. »Weil ich nämlich ganz nach Nantucket ziehe.«

»Und was ist mit der Uni?«, fragte ich.

»Shane und ich sind glücklich hier und wir wollen bleiben. Warum sollte man was Gutes verändern? Wenn wir es schaffen, keine rumwütenden Alkoholiker zu werden, haben wir sicher ein schönes Leben vor uns.«

»Toll«, sagte ich. Nicht auf die Uni zu gehen, kam mir verrückt vor, aber Liz machte einfach, was sie wollte.

»Die Zimmer werden nicht von alleine sauber, Liz.« Bernadette kam auf der Treppe an uns vorbei und starrte uns zornig an.

»Danke, dass du für mich eingesprungen bist, Bernadette.«

»Jep«, sagte sie, ohne zurückzuschauen.

Liz lehnte sich zu uns und flüsterte: »Und ich könnte mich doch niemals von solchen Inselschätzchen wie Bernadette trennen.« Sie schnappte die Handtücher und ging die Treppe hoch. Ich zeigte Mom mein Zimmer mit der Dachschräge und der Rosentapete und die Küche und den Garten. Ich klopfte an die Tür des Anbaus, die nur angelehnt war. George bearbeitete wie immer die Tastatur.

»George, das ist meine Mutter, Kate Campell.«

»Freut mich, Sie kennenzulernen.« George stand auf und schüttelte ihr die Hand. »Ihre Tochter ist einfach umwerfend. Sie könnte eine Zukunft im Journalismus haben.«

»Danke«, sagte ich. Oh, George. Wie gut es tat, ihn zu sehen. Wenn ich mal viel, viel, viel älter war, würde ich gern jemand wie ihn heiraten. Ich war froh, dass ich zurückgekommen war.

»Cricket hat mir von Ihrem Buch erzählt«, sagte Mom. »Ich glaube, ich hätte da eine Geschichte, die Sie interessieren könnte.« Aha, hatte sie sich also doch entschlossen, mit ihm zu reden.

»Großartig«, sagte George. Er lächelte mich überrascht an.

»Aber ich will anonym bleiben«, sagte Mom.

»Natürlich.« Er klatschte einmal in die Hände. »Ich bin gespannt.« Sie verabredeten sich für den nächsten Morgen im *Auf Vordermann.*

Auf dem Weg nach drinnen entdeckte ich Gavin, mit dem wir ja immer noch nicht gesprochen hatten, mit einer Gartenschere zwischen den Rosensträuchern.

»Hallo, Gavin, ich bin wieder da.«

»Hallo, Cricket.« Gavin drehte sich um. Er stutzte. Und dann lächelte er Mom an. Er legte die Schere hin, wischte sich den Schweiß von der Stirn und kam zu uns.

»Das ist meine Mutter, Kate. Welches Zimmer kann ich ihr geben?«, fragte ich. »Die Vierzehn ist frei, oder?«

»Ja, aber die Belüftung darin ist nicht optimal. Wie wär's mit der Admiral-Suite?«

»Sie braucht keinen Whirlpool und kein Himmelbett«, sagte ich.

»Also, eigentlich«, sagte Mom und warf mir einen kurzen Blick zu, »hätte ich nichts gegen ein kleines Verwöhnprogramm.«

»Das kostet um die vierhundert Dollar pro Nacht«, sagte ich.

»Ich könnte Ihnen einen Preisnachlass geben«, sagte Gavin und scheuchte mich weg. »Ich leite das Gasthaus nämlich.« Er lächelte und wischte sich mit dem T-Shirt-Ärmel übers Gesicht. »Ich bin gerade fertig hier, Kate. Kann ich Sie zu einem frisch gebackenen Stück Blaubeerkuchen und einem Glas Eistee verführen?«

»Hört sich köstlich an«, sagte Mom mit einem verschmitzten Lächeln.

Verwöhnprogramm? Köstlich? Igitt, sie flirtete. Mit Gavin. Da war sie mir im Bademantel mit ihren Fernsehserien ja fast lieber. Aber nur fast.

Fünfundvierzig

Während ich auf die Haustür der Darling Street Nummer vier zuging, zitterte ich. Ich holte tief Luft und klopfte. Nach den längsten dreißig Sekunden meines Lebens kam Jules an die Tür. Wahrscheinlich hatte sie erst aus dem Fenster geschaut oder so, zumindest wirkte sie nicht überrascht.

»Was willst du?«, fragte sie mich, ihre Hand in die Hüfte gestemmt. »Oder: *Oh, tut mir leid, suchst du etwa Zack?«*

»Nein, ich will mit dir reden.« Ich hielt ihr einen Blumenstrauß hin, den ich im Garten des Gasthauses gepflückt hatte. Sie nahm ihn nicht. »Bitte.«

Jules seufzte, kam nach draußen und ließ sich auf eine der kleinen Bänke fallen. Ich setzte mich ihr gegenüber und legte die Blumen neben sie.

Sie verschränkte die Arme und sah mich an, als würde sie mich nicht kennen, als wäre unsere gemeinsame Vergangenheit aus ihrer Erinnerung gelöscht. Ich wollte sie daran erinnern, dass ich das letzte Jahr über praktisch bei ihr gewohnt hatte und ihr auf dem Parkplatz von *Dunkin' Donuts* beigebracht hatte, wie man mit Gangschaltung fährt. Oder wie wir in ihren alten Gymnastikhosen stundenlang zu einem Rihanna-Song, der in einer Endlosschleife lief, getanzt haben und uns vor Lachen fast in die Hose gepinkelt hätten. Ich wollte aus dem Notizheft mit den ganzen Aufzeichnungen, die wir uns gegenseitig zugeschoben hatten, am liebsten alle Seiten herausreißen und sie über sie legen wie eine Decke. Ich wollte ihr die dreieinhalbminütige Sprachnachricht abspielen, die sie mir aufs Handy gesprochen hatte, als sie ihre erste Periode bekam. Sie hatte gelacht und geweint und war abwechselnd begeistert und traurig gewesen.

Ich wollte sie an das eine Mal erinnern, als ich sie starr vor Angst angerufen hatte, weil ich ein Haar entdeckt hatte, das an einer Stelle wuchs, wo es nicht wachsen sollte, und ich schon dachte, ich wäre ein Werwolf geworden oder ein spät entwickelter Zwitter. Sie hatte weder gelacht noch sich über mich lustig gemacht, sondern mich nur getröstet. Ich wollte ihr dafür danken. Ich wollte ihr sagen, dass ich damals Angst hatte wie noch nie, auch wenn sich das jetzt lustig anhörte. Oder das eine Mal, als wir zu dem Internat in der Nähe von Boston zu dem Frühjahrsballwochenende gefahren waren und so getan hatten, als wären wir finnische Austauschschülerinnen. Mineralwasser und Limo nannten wir »Zischzisch Limomo« und wir erklärten alles in einem seltsam pseudoeuropäischen Akzent für »megacool«. Ich wollte ihr von unserer Vergangenheit erzählen wie eine Geschichte aus einem Buch. In diesen Augenblicken hatte sie mir das Gefühl gegeben, die ganze Welt läge uns zu Füßen. Jetzt sah sie mich so an, als wäre jede Welt, die ich bewohnte, eine, aus der sie flüchten würde.

»Es tut mir so leid.« Meine Augen füllten sich mit Tränen. »Ich weiß, dass ich dich verletzt habe, und das tut mir leid.«

»Im *Auf Vordermann* habe ich versucht, nett zu dir zu sein. Und ich dachte, *ich* wäre den Sommer über das Miststück gewesen.«

»Ich hätte was sagen sollen.« Tränen tropften in meinen Schoß.

»Ich habe dir gesagt, dass ich Abstand brauche – und du schläfst mit meinem kleinen Bruder.« Sie schüttelte den Kopf. »Er ist in der Zehnten. Findest du nicht, dass er ein bisschen zu jung für dich ist? Findest du nicht, dass er insgesamt für so was ein bisschen zu jung ist?«

Also hatte Zack ihr erzählt, dass wir Sex hatten. Ich hätte ihr gern gesagt, dass ich für ihn nicht die Erste war, aber diese Neuigkeit konnte schlecht ich weitergeben. Das musste Zack schon selbst machen. »Für meine Gefühle kann ich nichts. Davon abgesehen sind Jungs aus der Zwölften ständig mit Mädchen aus der Zehnten zusammen«, fügte ich ruhig hinzu. Das musste einfach mal gesagt werden. »Bist du sauer, weil ich meine Jungfräulichkeit als Erste von uns beiden verloren habe?«

»Hast du nicht.« Sie grinste. »Ich hab mit Fitzy geschlafen, schon im Juni.«

»Oh.« Jules tat mir leid. Als ich Jay und seinen Kumpels

vor ein paar Tagen begegnet war, hatte Fitzy mit mir geflirtet. Vielleicht war es ja gut, dass sie nicht ineinander verliebt waren. Ach, ich weiß nicht. Ich hätte mir was anderes für sie gewünscht. »Das ist ja toll.«

Sie holte tief Luft. »Gibt es sonst noch was?«

»Glaubst du, dass du meine Entschuldigung akzeptieren kannst?« Sie schaute weg. »Ich wollte dich nicht verletzen, und Zack und ich wollten uns nicht verlieben.«

»Vielleicht bist du ja in ihn verliebt, aber er ist stinksauer auf dich.«

»Ich weiß«, sagte ich.

»Und Parker auch. Und Jay. Er hat erzählt, dass du ihn voll angemacht hast. Dass du ihm was vorgemacht hast.«

»Weißt du, wo Zack ist?«, fragte ich. »Ich muss unbedingt noch mit ihm reden.«

»Nein. Aber morgen geht er sowieso in ein Fußballcamp, und heute Abend wird er auf Fitzys Party sein.«

»Tja, dann sollte ich vielleicht dort nach ihm suchen«, sagte ich. »Fitzy wohnt in der Cliff Road, oder?«

»Wenn ich du wäre, würde ich da nicht hingehen. Dort legt niemand gesteigerten Wert auf dich, Cricket. Weder Jay noch Parker noch Zack. Und ich auch nicht.« Jules stand auf, öffnete die Haustür und ließ die Blumen auf der Bank liegen. »Ernsthaft, und das sage dir als Freundin. Geh nicht.« Sie verschwand nach drinnen und zog die Tür hinter sich zu. Und dann machte sie etwas sehr Untypisches für Nantucket. Sie schloss ab.

Sechsundvierzig

Mom und ich trafen uns mit Paul Morgan in einem französischen Restaurant in der Broad Street. Die Empfangsdame begleitete uns hinein und ich entdeckte ihn sofort. Er saß an einem Tisch am Fenster. Er sah frisch geduscht und gut aus, hatte eine Seersuckerhose und ein makelloses weißes Hemd an. Er stand auf und küsste Mom auf beide Wangen, wie man es in Europa macht. Ich war stolz, dass ich ihn für Mom entdeckt hatte. »Du siehst genauso aus wie früher«, sagte er und rückte ihr den Stuhl zurecht. Er drehte sich zu mir. »Deine Mom war wie eine verschärfte Ausgabe von Gwyneth Paltrow.«

»Das ist lange her.« Mom wurde rot und bestellte eine Weißweinschorle. Während sie und Paul in ihren Strandclub-Erinnerungen schwelgten, nippte ich an meiner Eisteelimo, beobachtete die Passanten auf der Broad Street und dachte an meine Unterhaltung mit Jules. Sie zu verlieren hatte mich schwer getroffen. Die Traurigkeit und das Gefühl, dass sich meine Welt gerade in Nichts auflöste, war niederdrückend.

Jay dachte, ich hätte ihm was vorgemacht. Parker dachte, ich wäre verzweifelt, weil ich mit einem Zehntklässler ausging. Jules hielt mich für eine miese Freundin. Aber am allerschlimmsten war, dass Zack dachte, ich hätte ihn betrogen. Ich konnte schon hören, wie sie mich nannten. Verführerin. Miststück. Schlampe. Begriffe, bei denen sich Frauen schlecht und klein vorkommen sollen. Wörter, denen ich die ganze Zeit aus dem Weg gegangen war, wurden mir nun angeheftet wie ein Namensschild. Und ich musste sie still und möglichst würdevoll ertragen. Ich musste die Jenna-Garbetti-Methode wieder ins Leben rufen: abtauchen, gut aussehen und lernen. Wenn ich meinen guten Ruf zurückbekommen wollte, musste ich so weit abtauchen, dass ich in der Tiefsee landete. Ich musste so viel lernen, dass ich ein NASA-Raumschiff fliegen konnte. Und ich musste so gut aussehen wie ein Supermodel. Ich fuhr mit der Hand über meine locker gestylten Haare. Mom hatte mich ermutigt, sie zu einem Pferdeschwanz zusammenzubinden, damit sie mir nicht ins Gesicht hingen. Und dann entdeckte ich einen Kaffeefleck auf meinem T-Shirt. Ich zog die Serviette etwas höher und klinkte mich wieder in die Unterhaltung von Paul und Mom ein.

»Nantucket hat sich ganz schön verändert«, sagte sie gerade. »Oder war es hier schon immer so exklusiv?«

»Nein«, sagte Paul. »Das hat sich erst in den letzten fünfzehn Jahren so entwickelt, als die Megareichen unser kleines Paradies für sich entdeckt haben.«

»Ich war heute in einem Geschäft«, fuhr Mom fort, während sie mit einem Plastikstrohhalm in ihrer Weinschorle rührte, »und da habe ich ein Paar Sandalen für siebenhundert Dollar gesehen. Was ist das denn?, dachte ich.«

»Einige Geschäfte sind absurd, aber es gibt auch ein paar richtig schöne.« Er machte große Augen und hob die Stimme. »Wir sollten mal zusammen einkaufen gehen.«

»Sehr gerne«, sagte Mom.

»Wir trinken ein paar Latte und gönnen uns einen richtig schönen Nachmittag.«

»Das hört sich genau nach dem an, was ich jetzt brauche.« Mom und ich grinsten uns an. Wie hatte ich das nur übersehen können? Paul Morgan war schwul. Und ich dachte, ich hätte den perfekten neuen Ehemann für sie gefunden. Vielleicht brauchte sie gerade aber ja tatsächlich viel eher einen neuen Freund.

Ich schaute hoch und sah Zack, wie er die Broad Street entlangging. Ich hatte sein Gesicht zwar nicht gesehen, aber diese Shorts und dieses rote T-Shirt kannte ich. Mein Herz hämmerte und pumpte das Blut viel schneller als sonst durch meine Adern. Das war die Gelegenheit, wenn ich persönlich und allein mit ihm sprechen wollte.

»Ich muss los«, sagte ich und richtete mich auf.

»Wo willst du hin?«, fragte Mom. Paul war verwirrt.

»Ich habe Zack gesehen«, sagte ich. »Und er ist allein. Und ich muss unbedingt mit ihm reden, bevor er auf der Party ist.«

»Okay«, sagte Mom und runzelte besorgt die Stirn. »Sei vorsichtig.«

»Was ist los?«, fragte Paul. Er hatte seine Hand auf die Brust gelegt.

»Ich erklär's dir gleich«, sagte Mom, während ich vom Tisch aufstand und die Serviette zu Boden fiel.

Im Restauranteingang war es sehr voll. Da waren Leute, die reinwollten, und Leute, die rauswollten, und die Schlange bis zum Pult der Empfangsdame war breit. Alle waren geschäftig und die Leute rochen nach Parfüm und Rasierwasser, lachten und schwatzten und gingen nur langsam aus dem Weg. Es dauerte seine Zeit, bis ich mich an ihnen vorbeigedrängt hatte. Als ich endlich draußen war, entdeckte ich Zack am Ende der Straße. Er bog gerade in die Centre Street ab und war auf dem Weg zu Fitzy. Es war eine lebhafte Augustnacht und der Gehweg voller Spaziergänger – Paare, die Händchen hielten, Familien, die in lockeren Gruppen gingen, Leute, die einfach nur herumstanden, und Kinder, die ihre tropfenden wackeligen Eiscremetüten aßen. »Darf ich mal, darf ich mal?«, sagte ich, während ich mich zwischen ihnen hindurchschlängelte.

»He!«, rief ich, als ich ihn fast erreicht hatte. »He, ich bin's!« Er drehte sich um. Aber es war nicht Zack. Es war irgendein Typ, der ein Baby um den Bauch geschnallt hatte.

»Entschuldigung«, sagte ich ein bisschen außer Atem. »Ich dachte, Sie wären jemand anderes.«

»Kein Problem«, sagte der Mann und ging weiter.

Der Mann sah Zack überhaupt nicht ähnlich. Er war mindestens dreißig oder vierzig Jahre alt. Mein Wunsch, Zack zu sehen, war so stark, dass ich das Baby komplett ausgeblendet hatte. Aber jetzt war mein Verlangen, Zack zu berühren, ihn im Arm zu halten und zu küssen und ihm zu sagen, dass ich ihn liebte, aus seinem Käfig befreit. Es war lebendig und ungestüm und von einem Mann mit Baby entfesselt worden. Ein kräftiger Wind blies mir in den Rücken. Ich spiegelte mich in einem Schaufenster und starrte auf eine heftig atmende junge Frau, die mit in die Seite gestemmten Händen zu mir zurückschaute. Ihr Pferdeschwanz hatte sich fast aufgelöst und ich konnte sehen, dass sie irgendetwas wollte, und zwar dringend. Warum sollte ich sie aufhalten?

Ich hatte Angst davor, zu Fitzy zu gehen. Ich hatte Angst vor dem, was andere über mich erzählten und dachten. Ich wollte das Bild von mir aufrechterhalten, wie mich alle kannten. Ich war praktisch wie Boaty Carmichael, dem es wichtiger war, wie er nach außen wirkte, als sich um sein privates Ich zu kümmern. War das wirklich ich?

Die einzige Meinung, die mir wichtig sein sollte, war die des Mädchens im Spiegel. Edwina MacIntosh wiederholte das doch jedes Jahr in ihrer Anti-Cliquen-Ansprache. Und zum ersten Mal fühlte es sich richtig an. Es war egal, was andere von mir dachten; es kam nur darauf an, was ich selbst von mir dachte. Keine Ahnung, warum ich das ausgerechnet jetzt kapierte, aber vielleicht funktioniert

Lebenserfahrung eben manchmal so. Man hört etwas, und ein besonders schlauer Teil deines Gehirns, von dem du nicht einmal weißt, dass du ihn besitzt, schnappt es sich. Und dort bleibt es dann, ganz versteckt, bis du es irgendwann brauchst. Ich betrachtete mich noch einmal im Fenster. Bestimmt sehe ich so aus, wenn ich Lacrosse spiele. Stark. Entschlossen. Selbstsicher. Ich war froh, dass ich mein ganzes Leben lang auf eine Mädchenschule gegangen war.

Ich bog in die Centre Street und lief zu Fitzy. Ich würde nicht abtauchen. Jenna Garbettis Methode passte nicht für mich. Ich war nicht Jenna Garbetti. Ich war Cricket Thompson.

Siebenundvierzig

Als ich bei Fitzy ankam, bemerkte mich zunächst niemand. Ich stand am Rosenspalier und suchte den Garten nach Zack ab, konnte ihn aber nirgends entdecken. Fitzy, Oliver und ein paar andere Typen improvisierten auf ihren Gitarren. Jay stand ganz in der Nähe, aber allein und zog sich ein Bier rein. Ich atmete tief ein und ging zu ihm.

»Hallo, Jay«, sagte ich. Er schaute hoch. Ich hatte ihn völlig überrumpelt.

»He«, sagte er. Ich machte mich darauf gefasst, dass er mir Schimpfwörter an den Kopf werfen würde, was er aber nicht tat. Wir schwiegen eine Weile. »Weißt du, wenn du nicht mit mir zusammen sein willst, hättest du das ja einfach nicht sagen brauchen«, sagte er schließlich.

»Ich weiß«, antwortete ich. »Du hast vollkommen recht. Aber es ist so. Ich mag dich schon ewig. Ich hab schon seit der Achten davon geträumt, dass wir zwei zusammen sind. Als du mich geküsst hast und wissen wolltest, ob ich dein Mädchen sein will, ist wirklich ein Traum in Erfüllung gegangen.«

»Dann … kapiere ich das jetzt nicht.« Er goss sich Bier in seinen roten Plastikbecher und sah ein bisschen nervös aus. Ich hätte nicht gedacht, dass ich Jay Logan nervös machen konnte. Jules, die neben Parker auf einem kleinen

Korbsofa saß, hatte mich bemerkt. Sie flüsterte Parker etwas zu. Mein Mund wurde trocken.

»Na ja, eigentlich kenne ich dich ja gar nicht. Als ich über deinen Bruder sagte, er wäre ein Versager, kannte ich dich nicht; und als ich sagte, dass ich alles dafür geben würde, um mit dir zusammen zu sein, kannte ich dich auch nicht. Ich wusste nur viel über dich. Ich habe dich geküsst, weil ich mir das schon so lange erträumt habe, weil es etwas war, was ich schon so ewig wollte, und in dem Moment hat es mich dann einfach überkommen. Aber ich liebe jemand anderen, jemanden, den ich tatsächlich kenne.«

»Das ist ein Haufen Information, C. T.« Jay nippte an seinem Bier. »Du bist kompliziert.«

»Tut mir leid, falls ich dich getäuscht habe«, sagte ich. »Vielleicht solltest du es als Kompliment sehen.«

»Hey, kein Problem.« Und zu meiner Überraschung lächelte er. »Schade, dass ich deine Träume nicht wahr machen konnte.« Er schüttelte den Kopf. »Und ich schätze, das heißt, Zack Clayton hat es irgendwie drauf.« Er wackelte mit den Augenbrauen. Die Richtung, in die unser Gespräch jetzt abdriftete, gefiel mir gar nicht.

»Weißt du, wo er steckt?«, fragte ich.

»Er ist drinnen«, sagte Jay.

Das Problem dabei war, dass ich beim Reingehen an Jules und Parker und Fitzy und Oliver und all den anderen Gästen vorbeimusste. Ein paar jammten auf ihren Gitarren, ein paar kifften, ein paar machten irgendwelche Trinkspiele und die anderen lagen auf den Gartenmöbeln herum wie Adelige in einem Schlossgarten. Gemeinsam bildeten sie ein Kraftfeld aus Selbstvertrauen, und wenn man da durchwollte, brauchte man vollen Körpereinsatz.

»Hallo, Jules«, sagte ich, während ich an ihr vorbeiging, und hielt dann die Luft an. Gerade als ich die Treppe hochstieg, tauchte Zack in der Hintertür auf. Unsere Blicke trafen sich. Er ist immer noch in mich verliebt, dachte ich.

»Zack«, sagte ich. »Es tut mir leid, aber ich kann das alles erklären. Ich würde echt gern allein mit dir reden.«

»He, Verzweiflungstäter!«, rief Parker. Ich stand auf der Treppe im Verandalicht. Parker lachte und die Aufmerksamkeit der Partygäste verlagerte sich in meine Richtung.

»Wenn du glaubst, dass ich nur mit Zack zusammen bin, weil ich verzweifelt jemand brauche, dann magst du Zack ja wohl nicht besonders«, sagte ich. Parker hielt die Klappe. »Was ziemlich dumm ist, weil Zack nämlich der Beste ist.« Jules sah kurz zu mir. Sie lächelte nicht, aber sie sah mich an, als würde sie mich wieder kennen.

»Können wir reden?«, fragte ich Zack.

»Ja«, sagte er. »Lass uns gehen.«

Achtundvierzig

Zack hatte die Arme über der Brust verschränkt und lief neben mir her. Ich erzählte ihm die ganze Geschichte, wie ich mich schon in der Achten in Jay verguckt hatte und dass man sich als Schülerin einer Mädchenschule Jungs eher ausmalt, als sie kennenzulernen. Ich erklärte ihm, dass es mir einerseits leidtat, dass ich Jay geküsst hatte, dass es mir aber auch geholfen hatte. Dadurch war mir klar geworden, dass die Gefühle für Jay nur in meiner Vorstellung existierten und die, die ich für Zack empfand, echt waren. Auf verquere Weise, erklärte ich, hatte die ganze Sache mit Jay bewirkt, dass ich mich Zack ganz öffnen konnte.

»Aber es war ja nicht nur der Kuss. Er hat dich gefragt, ob ihr zusammen sein wollt, und du hast Ja gesagt«, sagte Zack, als wir die Klippen vom Steps Strand erreichten. Wir streiften unsere Schuhe ab und ließen sie beim Holzzaun liegen.

»Das war, weil ich mir das schon so lange gewünscht hatte«, sagte ich und lief hinter ihm die steilen Stufen zum Strand hinunter. »Es war irgendwie, als müsste ich Ja sagen. Aber sobald ich bei dir war, wurde mir klar, wie falsch ich gelegen habe. Kannst du das verstehen? Kannst du das nachvollziehen?«

»Ich weiß nicht«, sagte er, als wir unten waren. Ich hätte gerne gehabt, dass er meine Hand nimmt, aber das machte er nicht. Er lief einfach weiter.

»Schade, dass du meine Anrufe nicht angenommen hast«, sagte ich. »Schade, dass du nicht zurückgerufen hast. Oder wenigstens eine Nachricht geschickt hast.« Ich blieb stehen. Ich wollte ihm nicht hinterherrennen. Er brauchte ein paar Schritte, bis er das bemerkte. Er sah zum Wasser. »Wir haben miteinander geschlafen, Zack, und du hast nicht zurückgerufen. Das war mein erstes Mal und du hast nicht zurückgerufen. Ich weiß nicht mal, wie es dir damit ging. Ich meine, ich weiß nicht mal, ob es mit mir irgendwie anders war.« Ich versuchte seinen Gesichtsausdruck einzuordnen, aber es gelang mir nicht.

»Ich wusste nicht, was ich sagen sollte.« Er beugte sich nach unten und hob einen Stein auf. »Jules hat mir die ganzen Sachen gezeigt, die du über Jay geschrieben hast, und sie hat gesagt, dass du dir einen Typen angeln wolltest, der sich in dich verliebt, damit Jay auf dich aufmerksam wird.« Er schüttelte den Kopf und ließ den Stein übers Wasser hüpfen. »Das ist total vermurkst.«

»Das ist ewig her. Das habe ich irgendwann im März geschrieben.« Ich ging zu ihm und meine Fersen versanken in dem kühlen weichen Sand. »Du hättest mir wenigstens eine Chance geben können. Hast du echt gedacht, ich benutze dich? Hat es sich *angefühlt*, als ob ich dich benutzen würde?«

»Nein« – er sah mir in die Augen und seufzte – »hat es nicht.«

»Kannst du meine Entschuldigung dann annehmen?« Mir kam es vor, als würden wir uns stundenlang anstarren, aber wahrscheinlich war es nicht mal eine Minute.

»Ja«, sagte er und schlang endlich die Arme um mich. Ich atmete den Geruch seines T-Shirts, atmete seinen besonderen Zackduft.

»Es tut mir leid«, sagte er, »ich hätte zurückrufen sollen.« Ich stellte mich auf die Zehenspitzen und streichelte seinen Rücken, aber als ich zu ihm hochblickte, drehte er das Gesicht zur Seite.

»Was ist los?«, fragte ich.

»Ich weiß auch nicht, Cricket. Du hast mir geholfen, dass ich nicht ständig an meine Mutter denke. Aber in den letzten paar Tagen …« Er schloss die Augen. Atmete nicht aus. »Habe ich an all das gedacht, was ich verloren habe.« Ich zog ihn zu mir. Er zitterte. »Ich vermisse sie. Ich vermisse meine Mutter.«

»Ich auch.« Ich hielt ihn noch fester. Da standen wir und hielten uns eine ganze Weile einfach nur fest. Als er wieder gleichmäßiger atmete, ließ ich ihn los und schaute zu ihm hoch.

»Willst du schwimmen?«, fragte ich.

»Wenn wir schwimmen, werde ich dich wollen, und im Augenblick … Jetzt gerade nicht. Ich weiß, ich spinne.« Er strich mir die Haare hinters Ohr und starrte mich an.

»Magst du einfach ein bisschen hier sitzen?«, fragte ich und kämpfte damit, dass mich die Zurückweisung nicht allzu sehr traf.

»Ja«, sagte er. Wir setzten uns. Er ließ sich nach hinten fallen. Ein Schiffshorn tutete.

»Die letzte Fähre heute Abend«, sagte ich.

»Die Leute fahren nach Hause. Der Sommer ist vorbei.«

Ich wollte nicht, dass der Sommer vorbei war. Ich wollte nicht, dass Nantucket vorbei war. Ich würde die zwölfte Klasse ohne meine beste Freundin durchstehen müssen, ohne Nina, ohne das Haus der Claytons, in das ich flüchten konnte, wenn ich es bei mir nicht mehr aushielt.

Ich würde mich für die Uni bewerben müssen. Nächstes Jahr um diese Zeit würde ich etwas vollkommen anderes machen.

Ich legte mich neben Zack, weil ich nämlich mehr als alles andere nicht wollte, dass *das hier* vorbei war. Ich wollte ihn küssen, aber zum ersten Mal, seit wir zusammen waren, war ich unsicher und wusste nicht, was ich sagen oder tun sollte. Er hatte die Augen geschlossen und es war, als zuckte er unter einem unsichtbaren Schlag zusammen. Ich spürte für einen kurzen Moment, wie er mir entglitt und in seinem großen, persönlichen Leid versank.

Ich drückte mir die Hand auf die Brust. Brach mein Herz etwa auch? Ich wusste es nicht. Ich vermisste etwas, sehnte mich nach etwas, das ich nicht genau benennen konnte. Ich stand auf und lief ins Meer, bis ich knöcheltief im Wasser war. Dort stand ich still und ruhig in der Meeresbrandung. Das Wasser war warm, aber mich überlief ein heftiger Schauer. Nahm das Geistermädchen etwa Kontakt mit mir auf? Versuchte Nina, mir etwas zu sagen? War das der Teil von mir, der, wie sie versprochen hatte, in Nantucket bleiben würde und der jetzt meinen Körper verließ und raus in die Nachtluft trat?

»Es war anders«, sagte er. Ich drehte mich um und war überrascht, dass Zack so nah hinter mir stand. Ich hatte ihn gar nicht kommen hören.

»Gut anders?«, fragte ich.

»Gut anders«, sagte er.

»Oh«, sagte ich lächelnd. »Also, das ist gut. Besonders weil, na, du weißt schon, weil das andere Mädchen eine Französin war und so. Ich glaube, von ihrer Geschichte her sind die Französinnen die besten heimlichen Geliebten.«

»Also, dir konnte sie nicht das Wasser reichen. Mit dir habe ich mich … gut gefühlt, ja genau.« Er schlang die Arme um mich und küsste mich in den Nacken. Da waren diese Schmetterlinge. Diese Funken. Dieses Summen. Das war kein gebrochenes Herz. Es war lebendig und schlug. Kurz dachte ich, er würde weinen, aber als er mich an sich zog, merkte ich, dass er ganz im Gegenteil lachte.

»Was?«, fragte ich. »Was ist so lustig?«

»Ich weiß nicht«, sagte er, schaute mich an und strich mir die Haare aus den Augen. »Vor ein paar Minuten habe ich noch gedacht, dass ich mich von dir trenne.«

»Warum?«

»Ich dachte, ich müsste das tun, damit ich, ich weiß auch nicht, mit allem zurechtkomme.«

»Ich will mich nicht trennen«, sagte ich. Ich war so weit gekommen. Ich war zu Fitzy marschiert, obwohl mir gesagt worden war, dass mich dort niemand sehen wollte. Ich hatte Jules die Stirn geboten. Jetzt würde ich meine Gefühle garantiert nicht verstecken. »Du etwa?«

»Nein«, sagte er. »Ich bin einfach nur durcheinander.«

»Was würde der Kummerdoktor sagen?«, fragte ich.

Er dachte eine Minute lang darüber nach. Dann holte er tief Luft. »Die würde sagen: *Das Leben ist chaotisch, Zack.*« Er sprach mit einem britischen Akzent.

»Ist sie Britin?«, fragte ich.

»Australierin«, antwortete er, machte aber mit dem britischen Akzent weiter. »*Das Leben ist voller Konflikte und ziemlich komplex,* würde sie sagen. *Der Verlust deiner Mutter wird sehr schmerzvoll sein, und es tut mir leid, aber da musst du durch. Und es wird wehtun.*«

»Natürlich.« Ich nickte und ein tiefer Schmerz packte mich.

»*Aber wenn ich es richtig verstanden habe, bist du verliebt*«, fuhr er fort. »*Und die Liebe ist eine seltene und wundervolle Sache. Es gibt nichts auf der Welt, was besser ist.«* Er nahm meine Hand und hörte mit dem Akzent auf. »Also werde ich wohl beides gleichzeitig empfinden.«

»Ich will deine Freundin sein und nicht nur deine heimliche Geliebte.« Ich hatte noch nie einen festen Freund.

»Ich auch«, sagte er. »Ich will das auch.«

Und dann küssten wir uns. Wir küssten uns drängend und sanft. Und lachten dabei. Wir stolperten rückwärts, bis wir bis zu den Knien im Wasser standen und die Ränder unserer Shorts nass wurden. Als wir irgendwann aufhörten zu küssen, sah ich zum Himmel. Da oben waren so viele Sterne. Eine ganze Fülle davon in spiralförmigen, kreiselnden Galaxien. In der Stadt bekommt man die Sterne so nicht zu sehen, nicht wie hier auf einem Felsen mitten im Meer.

Gefühle finden einander, dachte ich. Und sobald man einem davon die Tür öffnet, kommen die anderen hinterher. Im Moment sah es so aus, als würden unsere ganzen Gefühle in einer neuen überwältigenden Konstellation schimmern – dort oben, über uns und um uns herum.

Danksagung

Mein Dank geht an meine wunderbare Agentin und Freundin, die unvergleichliche Sara Crowe. Ich bin gern mit dir auf dieser Reise und sehr glücklich, dich an meiner Seite zu haben. Unendlich dankbar bin ich auch meiner Lektorin, der großartigen Emily Meehan. Sie hat an dieses Buch geglaubt und mich herausgefordert, es noch besser zu machen. Es ist eine Ehre, mit dir zu arbeiten. Ein besonderer Dank gebührt Elizabeth Holcomb für das sorgfältige Korrektorat und dem ganzen Team von Disney Hyperion für ihre Bemühungen und ihre Begeisterung.

Mein Dank geht an Kayla Cagan und Vanessa Napolitano für ihre Freundschaft, Klugheit und ihren Rat, die mir bei der Entwicklung der Geschichte Kapitel für Kapitel von der Idee bis zum Manuskript geholfen haben; und an Elena Evangelo und Brandy Colbert für ihre Hilfe bei der Überarbeitung.

Ich bin all den Menschen zu Dank verpflichtet, die mich über das schöne Nantucket aufgeklärt haben, besonders Eileen McGrath. Sie weiß nicht nur alles über die Insel – eine halbe Stunde in ihrer Gesellschaft ist auch Balsam für die Seele. Mein Dank geht auch an das *Island Reef Guest House,* das mir während meiner Recherchen eine erschwingliche Unterkunft auf Nantucket bot, und an

Bob Crowe für seine Gastfreundschaft und Großzügigkeit. Danke Ethan Rutherford für unsere zahlreichen Gespräche übers Schreiben und Veröffentlichen, Richard Rushfield für seine Einblicke in den Journalismus und Melissa Pennacchia Nash, dass sie ihr Wissen über Lacrosse mit mir geteilt hat.

Mein Dank geht an meine Familie: an meine Mutter, meinen Vater, Gifford, Maryhope, Elizabeth und Meredith. Bedanken möchte ich mich auch bei meiner Tante, Mimi Freeman, weil sie von Anfang an Vertrauen in mich hatte. Mein Dank geht an alle Lehrer und Freunde, die mein Schreiben über all die Jahre unterstützt haben, besonders an Hettie Jones, Alison Singh Gee, Gay Cima, Robert Florin, Jim Hines, Maria Collins, Larkin Hatchett Peters, Paola Fantini, Alice Johnson Boher, Kate Snow, Gina Hirsch, Lisa Bastoni Boucher, Patty Smith und natürlich Izzy Smith Haring.

Und an meinen Mann, meinen Schatz, Jonathan Davis. Ich schätze deinen Scharfsinn, deinen Humor und deine unbeschreibliche Liebe. Danke für alles.

Wenn dir dieses Buch gefallen hat, interessieren dich bestimmt auch folgende Ravensburger Jugendbücher:

... noch mehr knisternde Summer-Romance

Leila Howland
Salzige Sommerküsse. Verliebt auf Nantucket

Julie Leuze
Herzmuschelsommer

Sarah Alderson
Die Bucht

Juliana Stone
Wenn du mich küsst

Ravensburger Bücher

Du liebst ihn.
Aber er ist dein größter Feind.

Sarah Alderson

Lila's Secret, Band 1: Trügerische Nähe

Lila ist unsterblich in Alex verliebt – in den besten Freund ihres großen Bruders, dessen eisblaue Augen sie fesseln, der so undurchschaubar und unerreichbar weit weg ist. Doch Alex ist lebensgefährlich für sie. Denn wenn er ihr dunkles Geheimnis und von ihren Kräften erfährt, wird er sie unerbittlich jagen.

ISBN 978-3-473-**58509**-0

Sarah Alderson

Lila's Secret, Band 2: Gefährliche Gefühle

Alex hat sich gegen seine Eliteeinheit und für Lila entschieden. Doch nun werden sie beide erbarmungslos verfolgt. Als sie sich entscheiden müssen, ihr eigenes Leben zu retten oder die anderen Psy zu befreien, trennen sie sich im Streit. Aber ohne Alex an ihrer Seite schwebt Lila in Lebensgefahr.

ISBN 978-3-473-**58510**-6

www.ravensburger.de

Ravensburger

RTB_15_200